# 深淵禮讚

## 詭祕穹宇的妄執演繹

秀弘——著
由風——繪

# 推薦序　臺灣克蘇魯神話的最佳指南

秀策法律事務所主持律師　張業珩律師

第一次知道「克蘇魯（Cthulhu）」與「霍華德・菲利普斯・洛夫克拉夫特（Howard Phillips Lovecraft）」，是看到秀弘時常翻閱一本名為《克蘇魯的呼喚：H.P.Lovecraft恐怖小說傑作選》的合集，相信大家應該很常在書店裡看到這本書吧？有一天，我終於忍不住問秀弘：「『克蘇魯』到底是什麼？」面對這道問題，他罕見地露出欲說還休的微妙表情，這或許是他第一次遇到這種問題吧。他說：「這問題太複雜了！」附帶一個千言萬語難以言說的表情，「妳可能得先讀一些克蘇魯神話小說才行。」我大吃一驚，說：「我以為克蘇魯是一頭怪物的名字。」他搖搖頭，「克蘇魯不只是一尊邪神，還是一整套神話的名稱。」哇！我這才發現自己誤解大了，原來克蘇魯不只是一頭怪物，也不只是一本書，而是一整個神話體系，引起我莫大的興趣。

於是，我發揮鄉民本領，在YouTube網站瀏覽好幾個有關克蘇魯神話的影片，赫然發現，原來克蘇魯根本是個超大的宇宙！克蘇魯神話源自於在世時雖在恐怖領域嶄露頭角，卻仍屬於小眾的作家H・P・洛夫克拉夫特，他雖在《詭麗幻譚》（*Weird Tales*）雜誌發布不少中短篇小說，生前卻從未出版過任何一本專屬於自己的作品集，直到他受盡病痛折磨而逝世之後，作品及克蘇魯神話宇宙才慢慢得到人們重視。他的創作概念：「人類有限的心智無法理解生命的本質」，深深吸引著我，一直以來，我所讀過的文學創作幾乎都以人類為中心，若提到神靈等未知力量，也是以人類的價值觀出發，宣揚幫助善人、處罰惡人的「善惡二元論」，但在洛夫克拉夫特的創作中，人類是非常渺小的存在，無法理解更高維度的生命與存在，而那些高維度存在對人類或世界毫無善惡之念，根本對我們「毫不在乎」。正如他廣為人知的名言：「人類最古老且強烈的情緒，便是恐懼；而最古老、最強烈的恐懼，便是對未知的恐懼。」克蘇魯神話和洛夫克拉夫特的作品，就是在描述這些無以名狀之事。

秀弘在創作之初便標榜為臺灣克蘇魯神話作品的《深淵禮讚：詭祕穹宇的妄執演繹》，不只將洛夫克拉夫特式無以名狀的未知恐懼發揮到淋漓盡致，更在我們最熟悉的家鄉植入恐怖的因子，用最嚴謹的筆觸，刻劃令人發寒的黑暗故事，寫出最正統的克蘇魯神話之作。故事中追尋真相的官毓樺與崇穹宇，沒能理解到自己在龐大宇宙的定位，也未能充分理解邪神克希塔利本質上象徵的意義，猶如飛蛾撲火，在踏入萬劫不復的末日前，甚至以為自己能夠挽救一切。由於「未知」，方才「以為」如此，虛假的已知則進一步加強他們對事實的誤判，成為無法逆轉的惡性循環……

《深淵禮讚》就是完美詮釋「何謂克蘇魯」的入門教科書，詳盡的後記更是創作克蘇魯神話作品的最佳指南，請大家翻開書頁，沉浸於失去一切希望，又讓人難以自拔的恐怖宇宙吧！

# 推薦序　嶄新面貌的臺灣克蘇魯

美國國家衛生院訪問學者　馮啟瑞

儘管克蘇魯神話已發展近一世紀，對多數臺灣人來說仍是個相對陌生的題材，雖然平時接觸到的遊戲與電影總能看到克蘇魯元素，這些作品卻不以克蘇魯神話為主題。對部分臺灣人而言，更容易接觸克蘇魯神話的方式反而是透過TRPG（俗稱跑團），遊玩克蘇魯神話相關劇本（COC，Call of Cthulhu）。我自己也是幾年前在YouTube上接觸不少跑團紀錄，才稍微窺見克蘇魯神話的皮毛與設定，儘管如此，提到克蘇魯時的第一印象仍是：調查員（即玩家扮演的角色）遇到超乎常理的現象後擲骰子檢定接著失去理智（掉SAN值）。臺灣在書籍方面雖有不少H・P・洛夫克拉夫特的作品譯本，以及少許衍生作品如《黃衣國王》、《圖解克蘇魯神話》和《克蘇魯神話事典》等，直至今日，以臺灣本土文化描繪克蘇魯神話的原創作品仍屈指可數，實是有點可惜且現實層面不易改變的事。臺灣作為能夠海納各類宗教和意識型態的島嶼，又曾歷經過多方勢力鬥爭，其實有很多發展臺灣專屬克蘇魯之獨特題材的潛力與空間。另一方面，以臺灣人日常生活經驗出發，能讓讀者更容易認識、熟悉和理解克蘇魯神話這個自成一格的大坑。

摯友秀弘老師的《深淵禮讚：詭祕穹宇的妄執演繹》，就是一部巧妙揉合臺灣本土元素與克蘇魯神話特色的「臺灣克蘇魯」故事，以臺灣宗教與民間傳說為出發點，深入其中蘊含的神話再造，進一步描繪正統克蘇魯神話予人的體驗：人類所感知的日常，不過是宇宙中渺小的一部分，充斥著人類無法輕易覺察的神祇與異種族，光是嘗試理解或直面這些存在就能使核心價值觀崩毀，甚至喪失性命。身處在這樣的世界，無知或許反而是種幸福，好奇深入其中的人，猶如踏入深淵般再也無法回頭，毫無希望可言。克蘇魯神話不同於其他題材的觀點在於，當角色面臨超乎人類生活常理的狀況時，他們的心理如何因應改變？《深淵禮讚》對此有相當到位的描述，完美地描繪神話要素，不只塑造正確的文風和氣氛，也不拘泥於過往的克蘇魯神話作品，在既有的框架下創造出符合臺灣背景的全新邪神、眷族與大量必要設定。

秀弘老師的粉絲大概會發現，前面的兩篇〈浪潮暗影〉與〈敬獻手記〉先前已於「秀弘今天依舊寫不出來」粉絲專頁連載，各自都是優秀的短篇故事，又與第三篇故事緊密聯繫，讓讀者一邊觀看穹宇與主角革命情感的後續，同時領略臺灣克蘇魯神話的另一面貌。另外，從「聖眷的候鳥系列」的世界觀出發，又不禁讓人思考這些超乎人類常理的存在，是否與即將到來的威脅或大事件有所關聯？嘗試理解秀弘筆下不同故事間的關聯性也是令人玩味的地方。以我數年前茶餘飯後時常瀏覽跑團紀錄的觀點，《深淵禮讚》充斥不少ＴＲＰＧ要素，諸如稱呼主角為調查員、逐步調查線索並閱讀文獻等，讓本書故事變得特別適合跑團，誠摯推薦給對本身對ＣＯＣ感興趣的人。

《深淵禮讚》保留了Ｈ・Ｐ・洛夫克拉夫特的作品風格，述說讓人越想越不對勁的懸疑故事，成功地利用臺灣本土文化延續並創造出克蘇魯神話的新面貌，是一本適合入門的克蘇魯神話小說，由衷期待本書進一步推動臺灣的創作能量，激發「臺灣克蘇魯」題材的真正潛力。

# 推薦序　環海而唱的幽歌低語

醫學中心牙科兼任主治醫師／業餘作者　無言

對一般人而言，聽見克蘇魯三個字的直覺反應，多半會聯想到以西方世界為舞台、劇情陰鬱而驚悚的故事吧？在呢喃的低語聲中，在帶有霉味的濕潤空氣中，在理智與瘋狂、現實與虛幻之中，看著人物走向黑暗的終局。這是我個人在聽見克蘇魯一詞時，腦海所浮現的印象與片段。

身為秀弘老師的毒舌死黨和翻譯小說的死忠愛好者，起初對他想撰寫的臺灣克蘇魯神話故事，抱持著相當大的質疑，更直白來說甚至有些意興闌珊……因為我實在難以想像，那些又是章魚觸手、又是黏液怪物的洋派驚悚元素，要如何在臺灣這個帶有中式氣息的東方舞台演繹出故事？

然而，實際閱讀秀弘老師本次的深淵禮讚後，我衷心佩服他為這篇故事所下的考究功夫與描述細節，無論書卷文獻、地貌景觀或宗教儀式，經過秀弘老師的精心安排，一切變得既熟悉又陌生，彷若這些蠢蠢欲動的黑暗早已根植於臺灣，絲毫不顯突兀。若以食物為比喻，就像是以臺灣在地獨有的特殊食材，作出別具風味卻又令人深感地道的異國料理。截然不同的背景舞台，能夠讓頂著中文名諱的演員們演好一齣飽含「克家」氣息的故事，著實難得。

從秀弘老師再熟悉不過的新北市新莊區，到南臺灣地層下陷嚴重的雲林縣，這些看似沒有任何關聯的區域，卻在故事中的清嶽宗教團運轉操作下，牽起了不尋常的交集。平和表象下的真實，宛若臺灣近海處風平浪靜的海面深處，詭譎危險的暗流，也彷彿是風暴席捲前夕，在夕晚中格外祥和卻令人感到不安的平靜。克蘇魯神話題材的驚悚，是源自於對未知的恐懼，在無知所構築的平和之中，只有覺察到未知的人才會理解深淵的恐怖。

以人物刻劃而言，由具備搜查背景的退役警員勾起開端，撥開層層迷霧般的線索，進而讓秀弘宇宙中充滿奇葩成員的崇家一族登場。無論是在非法陰影中執刀的天才外科密醫，或是曾在天央研究院擔任重要研究人員的歌德少女，全都出自這個深居臺中大宅院的神祕家族，形象各異的古怪性格，是崇家成員的共通特色，令人印象深刻。

不過，真要說能讓我最有感觸的部分，應該是崇穹宇在無畏深淵的執著與憋扭的手足互動之後，與世間尋常的家庭相同、流著共同血脈的手足親情。倘若在整篇浸染於灰色陰鬱的故事當中，有過那麼一絲能觸動人心、劃破無垠夜空的希望之光，於我而言，應該就是崇家兄妹心燈互映的短暫瞬間吧。

世界上，以克蘇魯神話作為媒材創作的故事並不少見，但以臺灣為舞台塑造的精彩克蘇魯神話故事，卻世所罕見。

倘若你是喜歡克蘇魯神話元素的閱讀者，我認為這本書絕不會令你失望；倘若你同時也是一位喜歡故事發生於臺灣的本土派閱讀者，相信你能跟隨秀弘老師筆下的文字，走過那些在記憶中依稀光明的晦暗街道，直至呢喃迴盪的黑暗深淵。

# 推薦序　邪神降臨的本質與永續經營

潤泰精密材料股份有限公司董事／永安聯合會計師事務所會計師　尹崇恩

我知道這聽起來有點扯，但在秀弘跟我說「克蘇魯神話的邪神降臨形同末日」時，我便立刻聯想到「全球暖化」的氣候變遷問題。

全球暖化就像溫水煮青蛙，慢慢把人類送往末日。已在進行或可以預期的影響，包括海平面上升、降水變更和亞熱帶地區的沙漠擴張等，最嚴重的會是北極，冰川、凍土和海冰將不斷縮減，還有可怕的極端天氣，如熱浪、乾旱、森林大火、暴漲洪水和因溫度變化引起的大規模物種滅絕，農作物減產所引發的糧食安全危機和海平面上升使得陸地倒退更是顯而易見的「末日」。

秀弘的《深淵禮讚：詭祕穹宇的妄執演繹》是一本道道地地的臺灣本土原創克蘇魯作品，內容不只涉及近似擄人集團的情節，更描述了發生在臺灣雲林縣沿海地區的海水倒灌問題，雖然「海水」侵襲的成分在故事中是與邪教團體有關的橋段，時而浮現、時而消失的海豐島卻怎麼樣都不可能與全球暖化無關！書中，調查員與天才密醫一邊追查真相，一邊蒐集可用的素材，試圖憑藉人類弱小的力量，阻止不斷逼近的邪神威脅……這樣的情境，像不像現代不斷嘗試阻止全球暖化的人類？

若把「邪神」視為某種全球性危機（而依據克蘇魯神話的設定，這樣的理解似乎並沒有錯？），信奉邪神的邪教團體就是執迷不悟的排碳者，與之對抗的永續理念與環保團體就是手持聖典、挺身而出的主角們！一旦想成這樣的模式，克蘇魯神話似乎也不這麼難懂了呢，而且閱讀時甚至會認為，同樣在永續經營領域有所感想的秀弘，會不會真把全球性危機當成「邪神」和邪教信仰的隱射主題，並將宣導永續經營與綠色環保的我們，投射為書中主角，成為對抗難以抵擋卻無法忽視之未來威脅的「吹哨者」？

秀弘的作品往往不能單從故事的表層讀，如同過去《純粹理論：狂狷丞樹的滑坡實證》暗喻善與惡之間的偽善、《虛無的彌撒：破邪異端與炎魅魔女》隱藏著對女性現況不滿的表態等，都是必須深入挖掘，才能得到「內在主題」的作品，而且是「一百個人讀，可能出現一百種主題」的千種面向，說是「千面秀弘」也不為過！

在一般讀者眼中，《深淵禮讚》或許是一本非常優秀的克蘇魯作品，但換個觀點閱讀，或許各位也能找出屬於自己的「隱藏主題」哦！邪神的存在、逼近的末日與全球性危機，以及全力阻止的人與團體，在你們眼中又是什麼樣子呢？快快打開書本，多多切換閱讀觀點，看看自己能夠挖掘出多少藏在書裡的「秀弘訊息」吧！

# 推薦序　臺灣克蘇魯的定錨之作

《玄社宮祕聞》作者／第五屆林佛兒獎決選入圍　金柏夫

克蘇魯神話的影響深遠，近代的創作許多都含有其精神或影子，像是電影如《異形》、《奇異博士2：失控多重宇宙》，遊戲如《魔獸世界》、《龍與地下城》都有用到其元素。然而當我在翻閱圖鑑，在亞洲找尋臺灣的蹤跡時，發現日本有自己獨立的日本區，赫然醒悟克蘇魯在臺灣沒有將根扎深，要能將根扎深唯一的途徑就是本土化、在地化，而秀弘老師的這部作品的寫法跟元素顯然可以為「臺灣克蘇魯」起到定錨的作用。

秀弘老師對於人物的描寫細膩精湛，讓讀者不禁隨著官毓燁的步伐逐漸踏入禁忌的場域，先追查一個已不復存在的島嶼作為鑰匙，將神祕的大門給開出一條縫，正當以為平安結束時，噩夢像是能行動的泥沼一樣再次糾纏著他，圓塔水牢給予更多線索，同時也衍生出了更多謎題，獲得的資訊像是一堆碎片散落在面前，可是仔細觀察時就可以發現這些是可以完美契合的拼圖，然後再隨著秀弘老師的巧手引導一塊一塊組合起來，但是在嵌上最後一塊時……令我感嘆幸好自己只是個平凡人啊！看到不解之事就得過且過不了了之，無知是福氣。

未知的恐懼，聽起來很遙遠，但距離我們的生活卻是異常的近，看起來平和的日常生活中依然有著眾多駭人聽聞的案件在發生著，只是我們沒看見、沒聽到，就自以為這件事不存在，像是文中提到的水泥封屍、機場捷運、剝皮魔、社寮島、排雲山莊、大坑失蹤……等等案件，有的是真實發生、有的如都市傳說，會進入我們耳朵的已經不知道是第幾手資料了，中途也不知有多少的修飾跟美化醜化，彷彿是無數虛實反覆的觸鬚正肆意蠕動著，能夠接近真實近一點的人能滿足的只有好奇心，接著就得為好奇心付出代價。

秀弘老師的作品對於本土化、在地化都非常地盡心盡力，新莊在老師筆下變成了一個豐富的地標，甚至還有人去找尋其中的地點呢，這也代表老師非常擅長用真假虛實的交錯來營造真實感，讓事件生活化得就像是發生在你我的身邊，有自己像是不久前就擦身而過的錯覺，這種不由自主的毛骨悚然感覺正有如閱讀洛夫克拉夫特的作品，不可深挖的平凡日常。

本作提及的眾多關鍵字，有的解釋了、有的解釋一半、有的沒解釋，恰好可以給讀者或創作者遐想空間，正如克蘇魯宇宙的發展歷程一樣，我們正一起參與發展的雛型，也有榮幸為其增磚添瓦，就像當初洛夫克拉夫特與羅伯特・布洛克、羅伯特・歐文・霍華德、奧古斯特・德雷斯等作家朋友的通信一樣，這個宇宙不是由一人一己之力所創建，而是眾人齊心齊力的成果。當我看到轆岐嶼的胞子時發自內心的笑了，那一定是某個事件的開端！而且我知道為什麼基隆與貓神芭絲特有關，因為我讀過《玄社宮祕聞》！

創作是孤獨的，我也深有同感，創作可以讓人給予指導，但是最終下手去做還是得靠自己；但是創作之路則否，這條路上可以有很多同伴，譬如登山，中途休息聊天之後就可以一起啟程前往下個山頭，都在同條路上，差別只是走得快慢，樂在其中就會不知疲倦，而當驀然回首時才會知道自己爬到哪裡。

本土化之後的克蘇魯神話，祂將會是一部活著的神話，祂將會繼續成長，只需要眾人的灌溉。身為讀者該看這部作品，因為這是可以讓你享受的優秀作品，身為創作者更該看這部作品，這作品是一把十字鎬，可以幫滿腔創作慾望可是卻苦於無從下手的人鑿出一個靈感泉源。

# 推薦序　重返克蘇魯神話的哥德式鬱美

中華民國陸軍上兵／業餘作者　賣雪茄的人

作為一個哥德小說作者，即便是在呼喚異域遠古邪神的領域，我著重的仍是關於哥德式文學那些陰魂不散的詛咒。

我認為哥德是個「搖籃」，孕育了諸如犯罪懸疑、偵探推理、黑暗浪漫主義、科幻、現代恐怖等諸多文學題材的雛形，而其中也包擴了克蘇魯神話。沒錯，由霍華德・菲利普斯・洛夫克拉夫特（Howard Phillips Lovecraft，以下以「愛手藝」這個中文外號簡稱）為首的「阿卡漢（Arkham）作家圈」共同創造的克蘇魯神話體系，也是脫胎於古老的哥德文學。

愛手藝小時候便是個早慧的孩子，受他那個愛講哥德恐怖故事的外公所薰陶，在七歲時便寫下他的處女作《高尚的偷聽者》，從此往後便開始了他的創作生涯，並且他也和每個恐怖作家一樣，深受每個恐怖作家都永遠繞不過的人物——埃德嘉・愛倫・坡（Edgar Allan Poe）所影響，學到了其所擅長的恐怖氛圍塑造、驚悚心理描寫等技巧，對日後的創作大有幫助。早期愛手藝的作品如《墳墓》、《異鄉人》，充斥著各種陰暗的哥德元素，而直到後期他的《克蘇魯的呼喚》、《敦威治恐怖事件》等，雖然之中加入了比如「宇宙恐怖」、「舊日支配者」、「幻夢境」等標誌性的奇幻元素，但由於「神祕抑鬱的氛圍」和「恐怖謎團」等哥德式元素，其創作仍舊還在哥德小說的範疇當中。

而或許因為後來克蘇魯神話體系的發展向奇幻、冒險小說靠攏，又或許因為哥德文學的衰敗式微，現今的克蘇魯神話創作很難看出它與哥德式恐怖的關聯。我還記得最早接觸到克蘇魯神話時，看著那些海怪、觸手、末日降臨等等元素，絲毫不曾聯想過，沉眠於拉萊耶的章魚頭邪神，會跟古堡裡的幽靈、吸血鬼、科學怪人、瘋狂殺人犯等陰森的怪物是同一家人，看似毫不相干的元素，竟然有著千絲萬縷的關係。

「愛手藝是哥德作家、早期克蘇魯神話屬於哥德小說」是秀弘告訴我的，在自行查證之後，除了驚訝之餘，我也未曾想過，秀弘他目標有多遠大。「克蘇魯神話必須由創作者以各自的作品共同發展」也是秀弘曾說過的，他想效法「阿卡漢作家圈」的模式，讓大家寫出屬於自己的克蘇魯神話，並將這個體系的舞台設在臺灣，建構真正的臺灣克蘇魯神話。一開始，我對克蘇魯神話、本土元素並不了解，對於這項提議興趣缺缺，直到閱讀他的第一篇臺灣克蘇魯作品〈浪潮暗影〉，發現他要做的不只是效法愛手藝或推動克蘇魯本土化，他要做的是將克蘇魯神話重新蒙上哥德的面紗，使其重返哥德式黑暗深淵，我這下方才心動。

在本書《深淵禮讚：詭祕穹宇的妄執演繹》出版之前，秀弘先是放了兩個章節在粉專上，而這兩個章節，拉開了臺灣克蘇魯的帷幕。

第一章〈浪潮暗影〉深刻描述了徵信社調查員官毓燁和崇家二哥「怪醫藍鬍子」崇穹宇追查邪教謎團的過程，閱讀過程中我總會發出「這完完全全就是臺灣版本〈克蘇魯的呼喚〉啊」諸如此類的感嘆，但我更為驚嘆的是，秀弘可以做到在故事中所帶出的設定完整詳細之餘，又能將伏筆埋收的節奏做到恰到好處，既不會拖得太長使人失去耐性，也不會收得太早讓人期待不足。

而我最愛的是第二章〈敬獻手記〉，閱讀過程中我總想起愛倫坡的《鐘擺與陷阱》，密室是精神凌遲最好的場所，看著敘事者在裡頭受盡折磨，一如在狂風中搖曳的燭火，忽明忽暗的光彩就像心念不斷在希望與絕望之間反覆橫跳，實在叫人欲罷不能，大腦不斷地催促著眼球趕快往下看，看看敘事者究竟是成功脫困、抑或是慘死於密室，加上詳細的描寫使人感覺身歷其境，心臟不安地跳動，彷彿自己就是那個被關在密室裡，飽受折磨、近乎崩潰的那個人。

光是放在網路上的兩個章節就足以令人感到嘆為觀止，知曉竟然還有後續故事時，更是令人期待。看完本書之後，我感到十分滿足，秀弘果然從來不會讓我失望。

秀弘的作品有一種特性：題材多元且豐富。我一直覺得他的故事就像一座繁花盛開的花園，一本書中絕對不只單一一種題材或元素，透過恐怖（真的，除了恐怖之外我覺得很難有更貼切的形容）的閱讀量，所有的題材元素都能得到很好的發揮，效果不只是加法的商，而是乘法的積，不僅僅只是繁花盛開的花圃，而是繁花通力協作、展現至美之景的花園。

《深淵禮讚》將秀弘故事的多元性完全體現出來，本書除了鋪設深刻且引人入勝的謎團、步步抽絲剝繭的解謎之外，還有叫人血脈賁張的冒險劇情、很科幻又很奇幻還很本土的故事設定以及情景，能把這些元素運用得淋漓盡致，對我而言已是難以言喻的高度，但他不僅做得到，而且還將這些元素融合在一塊，讓我不禁感到更加欽佩。

說起題材元素，於我而言最重要的仍是「哥德」。本書那些令人毛骨悚然、不安的氛圍，還有大多數陰森昏暗的色調，使得它也屬於哥德大家庭的一分子。閱讀本書的過程當中，我發現了讓克蘇魯神話哥德血脈覺醒的可能性，於是我對哥德文學未來的發展充滿信心與期待，想著哥德式復興的發展，能夠和現今流行的克蘇魯神話並肩作戰，實在無法形容我所展望的天空有多寬廣。希望有一天，大家提到克蘇魯想到的不是觸手，而是陰森不安的氣氛及對浩瀚宇宙的深刻恐懼等哥德式克蘇魯神話元素。

# 各方推薦

- 桃園市政府警察局督察長、前中正一分局分局長　沈炳信
- 前臺北市立成功高級中學國文老師　范曉雯
- 天主教恆毅高級中學英文老師　張文潔
- 天主教輔仁大學法律學院院長　吳志光
- 天主教輔仁大學法律系副教授　鍾芳樺
- 齊呈聯合法律事務所主持律師　謝宜庭
- 鐿體法律事務所主持律師　劉宛甄
- 青澄法律事務所主持律師　顏永青
- 長江大方國際法律事務所主持律師　黃盈舜
- 略策法律事務所律師、桌遊設計師　洪建全
- 辰豐聯合法律事務所律師　鄭詠芯
- 寬和法律事務所主持律師／粉絲專頁「好馬葛格」版主　謝良駿
- 薈盛國際法律事務所主持律師／《家事法官沒告訴你的事》作者　楊晴翔
- 梭特科技股份有限公司售服課長　謝秉寰

# 目次

「我認為，世上最慈悲的事情，莫過於無法將一切事物聯繫成形的人心。」

——霍華德・菲利普斯・洛夫克拉夫特，〈克蘇魯的呼喚〉

# 浪潮暗影

# 第一節：異端的遺產

無知，是人類能夠維持理智，安穩生活的重要元素。

事後細想，嘗試將隱藏於歷史洪流的破碎資訊重整成形，往往會招致意想不到的危害，無論有形抑或無形，源自心靈之淵的創口並非肉眼可見的外傷，而是盤據意志的心靈喪鐘。

一切的開端始於今年六月四日，慈祥和藹的駱老太太於睡夢中嚥下最後一口氣的寧靜清晨。

說來實是與我無關的案件，畢竟在短暫的人生歲月之中，我何德何能結識如此位高權重、樂善好施又鍾情收藏的尊貴女士。數年前，剛從警專畢業的我，順利通過警察特考分發至新莊分局的新莊派出所服務，任職期間雖無不快，人際關係也挺融洽，卻在榮升巡佐沒多久後便主動辭職。人民公僕的職務壓力很大，不是能夠輕鬆背負的社會重擔，琢磨自己不是能保持熱情待到退休的中庸個性，才果斷做出這種跌破大家眼鏡的決定。離職後，幸虧得到獨立開設法律事務所的學長沈靖瑋律師提拔，進入口碑、規模頗值信賴的徵信公司擔任調查員，僥倖地憑藉警察實務經驗再度餬口，實際負責的職務內容多半與律師業務搭配，針對特定案件進行全方位的私人蒐證，補足訴訟需求。

駱女士的案件，只是單純的遺產清冊細目整理，嚴格來說是非常輕鬆的細瑣工作，幾乎算是一筆快錢。交辦此項任務的學長是駱女士的個人法律顧問，平時主要協調家族內部的財產糾紛，通常不會衍生出複雜難解的案件，即便是過世之後的遺產管理，充其量是跑個流程，不成大礙。事情之所以變得棘手，原因在於駱女士異常龐大且混亂不清的個人資產，撇除涉及公司法人和遺囑捐贈項目的基礎類別，還有為數眾多又極富價值的珍貴收藏品。日理萬機的學長早已分身乏術，無暇搭理此事，整頓駱女士現存遺產的重責大任，自然落到我的頭上。

徵信公司長期人手不足，駱女士又是學長特別重視的尊貴客戶，不便多添人手，原則上由我一人執行地毯式調查，評估所留動產的總價值。我自今年六月十五日接手，耗費兩週時間，終於清點完駱女士位於新莊副都心重劃區一戶豪宅內的收藏室，之後還有五戶相同大小的收藏空間和物品總量等著我。琳瑯滿目的收藏品中，令人特別在意的是狀似半身像，卻嚴重破損的不明陶像。

缺失一部的陶器塗滿光滑的乳白色彩，圓錐狀的底座上方理當存在某種塑像，卻僅剩幾條扭曲卻銳利的細長趾爪，無法辨識原來的外型。陶像重量約十公斤，利用租借而來的X光檢驗設備初步掃描，確認裡頭並未埋藏其他物品，材質密度亦無差別，推斷應是一體成形的雕刻藝術品。陶像底座的切面非常工整，要非以特殊工法製成，便是直到駱女士過世之前，每隔一段時間都有專人細心打磨。殘留於圓錐底座的數條趾爪中，有兩條特別強壯，肌理線條刻劃得細緻入微，利爪跟部的斷裂處，則殘留幾塊突出的整齊鱗片。

難以言喻的不協調感，讓我打了個寒顫，冒起雞皮疙瘩。

無法確認原形的動產，本就難以估算價值，何況駱女士的收藏多半舉世罕見，縱然形體完整，查詢公開拍賣會的資料也不見得有可供參考的客觀價值，遑論這座外形不全的神祕陶像。

這尊陶像，頓時成了燙手山芋。

其他與陶像置於同一保險箱的物品，分別有提及玄靈道、正十四會和正序會的雜誌報導、霧峰師呈小學幽隱事件的泛黃剪報、新莊特二高架斷橋事件和臺中車站封城事件的社群臆測，以及一份地號位於雲林縣臺西鄉的骨灰位土地所有權狀。仔細檢閱每份文件，發現雜誌報導所載資訊雖然涉及特定的非主流宗教信仰，卻多屬沒有根據的推論和難以自圓的奇想，無關塑像的來歷和用途，僅是偶然置於同處的零碎資料。

唯獨那張土地所有權狀，予人無法忽視的強烈反常感。

駱女士生前熱衷於納骨塔投資，留有數量可觀的納骨塔位永久使用權狀和骨灰位土地所有權狀，為數眾多的殯葬商品真偽不明，卻不是我所在意之事。讓人起疑的不是權狀獨立藏於保險箱的突兀樣態，而是權狀地號的位置，那裡是偏僻難尋的雲林林厝寮地區，並非熱門之殯葬地點。林厝寮地區是連老家位於雲林的學長都不甚熟悉的場所，涵蓋漁港腹地，緊鄰臺灣海峽，遠離主要幹道，人口稀疏，居民結構以漁民為主，與雲林一貫的農業色彩截然不同。

為了弄清楚陶像的形體與來歷，並撇除一切無關的資訊，雖然不具直接關聯性，我仍依序拜訪正十四會的白穎辰先生、正序會的藍琦望小姐和玄靈道的九降詩櫻小姐，提出盤旋腦海的疑問，試圖釐清模糊不清的事實。白先生與藍小姐未曾見過陶器，亦不認為所屬教派與此相關，雖說並無進展，卻消除了部分懸念。九降小姐給了我很多幫助，她對於陶像的異樣色彩有些印象，卻否定了玄靈道與此物的直接關聯。臨走之前，她介紹一位名叫崇穹宇的密醫，認為他能為我指引明路。經過查詢，崇穹宇曾是臺大醫院首屈一指的外科醫生，卻在一次蓄意傷害事件後遭院方解職，非但永不錄用，隨後更依醫師法第二十五條第五款規定移付懲戒，執業執照和醫師證書均遭廢止。我看不出崇醫師與陶像間潛在的資訊聯繫，卻也沒有其他調查管道，無法輕視這項線索，只能硬著頭皮前去叨擾。往好處想，即便撲空，至少能給學長和駱女士的眾繼承人一個冠冕堂皇的交代。

崇穹宇醫師違法營業的診所位在臺北市萬華區鄰近華江橋的雜亂公寓之間，雖是不折不扣的密醫，醫療設備和研究裝置卻很齊全，乍看之下甚至遠遠超過部立醫院的內科規模。裝設不透明自動木門的診所，我還是頭一次見，甫踏入內，濃如藥水的可怕異味撲鼻而來，等待區唯一的沙發沒有任何病人，面無表情地坐在櫃臺後方的女護理師，縱然聽見門上吊掛的鈴鐺發出聲響，頭也不抬，理都不理，自顧自地盯著發出藍光的電腦螢幕。

「雖然無法給你斬釘截鐵的答案，但這座陶像必定來於清嶽宗教團，這點絕不會錯。」

崇醫師留著一頭蓬亂黑髮，立體的五官挾帶幾分異國色彩，慵懶無神的雙眼和慢條斯理的語調，怎麼看也不像來自臺大的醫生。確認我的來意後，他談起一個深藏於新北市新莊區蕭厝地方，近似臺灣民間信仰卻崇尚邪典異端的乩身靈修教派——清嶽宗。聽聞靈修二字，浮現腦海的是發生於二〇一三年的日月明功虐死案和二〇一六年的仁神術過失致死案，然而，他口中的清嶽宗，實際作為遠比致人於死等殺人害命的重罪可怕，不只是使人陷於錯誤的扭曲信仰，而是直接動搖理智並瓦解心靈的危險邪教。

崇醫師曾有一位虔誠信奉清嶽宗，以致產生嚴重心理依賴的女病患。因為睡眠障礙而長期索取清嶽宗符水的她，對於大海、河川、湖泊、池塘和水窪等含有液體的環境感到恐懼，源於精神意識的心因性病症即便服藥亦無法緩解，到了症狀末期，甚至看見杯水都會劇烈震顫。她的自主意志無法觸及恐懼的根源，難以明確描述實際畏懼的目標或對象，對於沉迷清嶽宗並深信符水的理由毫無想法，陷入令人難以置信的重度催眠狀態。無形的精神阻礙使她說不清楚多年來崇拜的神明究竟為何，亦對時常前往臺六十一線觀海堤道，漫無目的來回徘徊的舉動毫無印象，就算搭配測謊儀器，也無法證明她有刻意隱匿的跡象。崇醫師說，心因性精神障礙不會產生如此特定的局部失憶，太過難解的病症，迫使他前往新莊御儀宮，尋求精通道法的靈巫九降詩櫻小姐協助。九降小姐親自為那名女病患觀相、收驚和制解，依舊無法抹除深埋於迷霧一般的心靈深處，未知的混沌暗影。

醫學與宗教的力量全都束手無策，崇醫師只得回頭研究清嶽宗的信仰本質。

他告訴我，清嶽宗的核心信仰是大海，或說是潛藏在汪洋之中的某種存在，誠摯地供奉並敬畏著那尊世所未知的神靈。他們並不崇拜傳統信仰的觀音菩薩、延平郡王和天上聖母，只信奉覆蓋烏黑鱗片，狀似雙頭大蛇卻有一條花瓣尾巴的異端海怪。或許注意到我微皺眉頭的模樣，他以極小的幅度揚起嘴角，說：

「別擔心，我不是邪教的信徒。」

他遞來一張嚴重泛黃的陳舊相片，裡頭有位手捧陶像的少女。那是我第一次見到這尊陶像的真正形體，細長的身軀狀似蟒蛇，長滿紅眼的頭顱和開著大花的尾部則詭異地令人作嘔，除了兩對四指利爪之外，軀體周圍更有數對較小的趾爪，讓人難以分辨此生物究竟是蛇一般的蜿蜒移動，還是利用存在感強烈的利爪攀爬前行。他說，向九降小姐展示這張相片時，她覺得座上之物與棲息於臺灣海峽的汪洋妖怪魔尾蛇有些相似，卻不認為存在著信仰此一水怪的宗派，縱使是邪教，也不會故意選擇易起疑竇的神靈。

「我認為，你在調查的破毀陶像，就是清嶽宗供奉的神像。」

即便獲知來歷，仍然無法確定陶像價值，非但如此，倘若此物真的出自邪教團體，難保駱女士有更多四散在外的遺產，遭到不良組織用於摧毀心智的洗腦邪術。確認物品來源的同時，衍生更多必須深入調查的細節，也增加了亟待補充的資訊。

原先的燙手山芋，此刻變得比鎔鑄爐火還要熾熱。

「這麼說來，」我問：「清嶽宗信仰真的與那位女病患的精神障礙有關？」

「何止有關，儼然就是根源。」

原來，在崇醫師決心深究精障成因時，那名病患便去世了。

即便放下巧合至極的死亡時機，死時的樣態也不合理。前年六月四日，那位女病患北上歸來，便在新莊區蕭厝地方的住家靜靜斷氣，毫無掙扎跡象，亦無外力介入的可能性。根據承辦員警的描述，女病患臉上掛著安詳的微笑，乍看反倒像是服藥自戕，而非自然死亡。作為剛過而立之年的女性，她的過世太突然，也太反常；若無病症，人類的自然壽命實在不可能僅有三十多年，但這看似正常的思維，卻被崇醫師否定了，他認為關鍵不在時日長短，而是死亡前後的綜合情狀。長期困擾於精神疾病的她，除了每週必須按時就診外，已然失去穩定的工作，按時計費的零工很難想像會有外派出差的機會，讓她願意放棄事前預約的看診時段，毫無預警的南下行程，不免啟人疑竇。

崇醫師放下手邊工作，闔起桌上某本漆黑封面的小冊子。他說，由於不具備調查死因的客觀地位，死亡當時的描述只能仰賴警方說詞，但神祕的旅遊地點則否，是可以查證的線索；他透過熟識友人從旁得知，沒有汽車等交通工具的她，似乎搭乘高鐵去了趟雲林。

她的親人皆已離世，老家又位於宜蘭郊區，沒有貿然隻身前往雲林的理由。崇醫師同意我的想法，默默打開手邊的冊子，翻到寫得密密麻麻，滿是螞蟻大小文字的頁面。

我不禁皺起眉頭，「這是……？」

崇醫師輕啜一口熱茶，慢慢闔上雙眼。

「這是我調查雲林縣的清嶽皈錦寺之後，整理完成的筆記。」

# 第二節：人心的弱點

特立獨行的崇醫師要我乘上他的高級進口車，在毫無說明的狀況下，驅車前往新北市新莊區。乘坐幾乎剛剛認識之人的車輛，讓我不太自在，乘車時沒有熱絡談話，置身車內的數十分鐘，氣氛凝重，彷若窒息。

他將車子停在中華路二段與中原路的交接口，一間木造裝潢精緻華美的獨棟咖啡廳，坐落於數條道路的交集處。附近的醒目地標，還有經過整頓顯得乾淨許多的中港綠堤公園，和較遠處的塭仔底生態公園。駱女士的住處全部位於新莊，距離此處卻很遠，並非步行能及，若說此地存在任何關於清嶽宗或邪陶像的線索，必也藏於暗影之中，一時難以察覺。

崇醫師指向外觀華美的咖啡廳，說：「咖啡廳底下的位置，是新莊地區直接連結淡水河的對外水道。我說過，清嶽宗是藏於新莊、崇敬大海的邪教組織，但新莊卻未倚靠海洋，反而囿於內陸，似乎與基本教義相違。除此之外，對於盲信海洋信仰的清嶽宗而言，重新防水堤道緊鄰的大漢溪，水質與淡水河主流完全不同。根據他們的教條，偏離主河道的支流無法直通大海，是遠離神靈的『黑暗之地』，依此脈絡，繞過半個蘆洲的大漢溪，絕非新莊區連結大海的優良地段。唯一能以最短路線連接淡水河的，只有我們腳下的特殊樞紐。」

「中港大排沒有真的連上淡水河。」

「確實如此，但邪教團體擅於自圓其說，以言詞或行動將明顯不合常理的事實扭曲為易於接受的內容，使眾多教徒產生『這項資訊只有我們知道』的獨佔錯覺偏誤，進而對教派萌生更深刻的歸屬感。中港大排的水道依序流過大窠溪、二重疏洪道和塭子川，最終匯流於淡水河，我不確定清嶽宗接受大窠溪卻排斥大漢溪的理由，但他們確實在此留下一道格外醒目的識別性標誌。」

環顧四周，沒有看見任何具宗教色彩或邪陶像形影的標示。

他笑了笑，啟動戴於左腕，名為腕環機的手環型電腦，展示一張十年前年底的相片。相片中，現在已是獨立咖啡廳的純白獨棟建物，是地方政府所設的里民休憩空間，建物上方則有一組巨大的充氣式白章魚裝飾，他接連展示從各角度拍下的章魚照片，讓我得以充分觀察這座風格怪異的大型擺設物。充氣章魚沒有眼睛，也沒有嘴巴，除了易於辨識的八爪觸手之外，毫無生物應有的靈性表徵。作為長相奇特的海洋生物，章魚本就是頻繁被人用於吉祥物的原型常客，但在見過外型不同，但同樣擁有數對趾爪的邪陶像全貌之後，思緒不禁蒙上一層陰影。擔任警察的經歷和任職於徵信社的經驗不斷提醒著我，世上沒有真正的巧合，看似奇巧的現狀，均是一則則刻意安排的資訊重整而成，沒有運氣、沒有機率，也沒有模糊地帶。事實，即「過去之事」，是一翻兩瞪眼的既定情報，換言之，由事實組成的現狀終歸有跡可尋，困在形同宿命的框架內，沒有轉圜餘地，亦無偶然交集的可能。

巧合，只是應當拆解分析的密切事實元素罷了。

隱藏在蕭厝地方的清嶽宗、信仰所用的多腳怪物邪陶像和安置於中港大排中心處的不明章魚裝飾，三項乍看獨立的情報合而為一，在這數百平方公尺範圍之內，挨著同一條水道的位置出現「巧合」，確實值得詳加思索。

崇醫師皮笑肉不笑地呼出一聲鼻息。

「剛才那一瞬間，你幾乎相信了吧？」

「這是假的？」我不禁提高聲量。

「當年確實有這麼一個章魚造型的裝飾，但只是景觀藝術，與清嶽宗無關。」崇醫師以極其細微的幅度揚起嘴角，微眯雙眼，露出難得一見的笑容。儘管是抹迷人的微笑，濃厚的嘲諷之意卻溢滿於外。「這就是邪教團體最高明的手段。他們會用零碎的資訊混淆聽者，在聽者狐疑之際丟出與之無關、似是而非的理論，讓人無暇思考邏輯與合理性，只能暫時接受進入大腦的前提資訊。有了前提資訊，人們會更願意接受緊接而來，具備微弱關聯性的偏旁知識，新的知識紛紛塞入存放前置資訊的位置，漸漸將先前存於大腦的前提資訊，挪往不再受到懷疑的記憶區塊。輪番重複，層層堆疊，最終形成『似乎沒這麼不合理』的謬誤結論。」

「……你居然騙我。」

「沒辦法，你把這一切看得太嚴肅了，這種生活態度並不健康。」他的笑容很淺，卻散發出讓人難以反駁，又不禁覺得可靠的氣場。「世上存在太多無法解釋的事，倘若如此緊繃，將比客觀之人更易身陷其中，難以維持心智健全。若想繼續挖掘此事，你該做的不是憋住氣息，而是放寬心胸。」

儘管心有不滿，幾分鐘前的狀況確實如他所言，接踵而來的資訊投入後，根本無法妥善思考訊息的正確性，反倒很快得出「確實值得思索」的曖昧結論。此時細想，章魚造型的大氣球和狀似雙頭蛇的多腳怪物，根本毫無關聯，大腦卻很自然地接納了「好像有關」的想法，即便大腦決定留待未來思考，實則卻不會重新檢索，就這麼一路置於長期記憶區塊，成為基礎知識的一環。

他就為了驗證邪教的手段，把我帶到這裡？

總覺得提出這個問題，答案必定讓人失望，索性連提都不提了。

「既然清嶽宗的寺廟位於雲林，為何特地跑到蕭厝地方傳教？」

崇醫師斂起笑容，神情嚴肅地說：「客觀上，旅居新北的雲林人從一九七〇年起便不斷增加，清嶽宗的北移，或許只是單純的地域移動，何況二十年前的蕭厝地方幾乎沒有民房，歸入副都新重劃區前只是個偏僻的城郊，很適合作為教團擴大北部勢力的根據地。」

這麼說來，那名病患的租屋處也在蕭厝。東明高中設立之前，蕭厝地方的富貴路留有不少無人居住的廢墟，連新莊在地人都鮮少前往該處，是與熱門地段無緣的邊陲之地。

「為何放不下這些事？」我凝望他的側臉，「你在糾結什麼嗎？」

崇醫師微仰下巴，眨了眨長睫底下的眼眸，視線遠眺，向著中港綠堤遠方的願景公園。耳聞他遭臺大除名的狂氣事跡，也見過那間老舊斑駁的非法診所，我實在不認為他會為了一名病患，深入調查風評不佳又潛藏危險的邪教團體。

他靜默半晌，從大衣口袋取出一塊長形明治巧克力，輕輕咬了一口。

「如果科學的極限是理智的護欄，信仰的極限便是心靈的禁區。」

崇醫師似乎對清嶽宗的冷門信仰和洗腦行徑沒有意見，也不認為崇拜詭譎神靈有何問題，唯獨非屬病症的記憶區段和伴隨安詳的詭譎死相，讓他無法放下偏離科學理論的怪誕奇事。

回程路上，他始終盯著前方，靜默不語。

那是我第一次讀完他滿載筆記的黑色小冊子。

## 第三節：崇穹宇的邪教筆記

崇醫師將耗費一年的追查成果，詳實地抄錄在黑冊子裡。

當時的他，即使知道女病患南下雲林，既無法掌握出發目的，也無從得知確實地點，對於清嶽宗的皈錦寺更是一無所知。該名病患過世後，崇醫師暫時關閉門診，挪開預約時段，讓護理師休了一年帶薪長假，騰出時間專心調查清嶽宗的各項線索。兩年前，清嶽宗勢力在新莊不如今日龐大，光是鎖定正確的宗教場域都很困難，遑論針對信仰核心展開調查；縱使事後知道位在蕭厝地方，他也不具強制搜索權，無法一戶一戶摁鈴叨擾。

「你沒想過再次拜訪九降小姐，直接尋求協助嗎？」

「詩櫻姊不是萬能的。」提及九降小姐時，崇醫師總會露出相形溫柔的仰慕神色。兩人應是非常親近、熟識許久的朋友，才能討論個人內在信仰這類涉及私領域核心的事。他說：「清嶽宗的本質源於惡意之訊息傳播，約束力則來自虔誠的信仰，雖說性質及外觀與三大宗教相仿，卻不具備善意和正念，很難類比或借鏡現存的非主流新興宗教。詩櫻姊所屬的玄靈道固然擁有覆蓋全臺的實質影響力，卻對處於灰色地帶的組織敬而遠之，沒有中央政府的委託或授權，無從接近甚或探查邪教團體。正因如此，光是先前的一次詢問便已讓我內疚萬分，遑論再次請求幫忙。」

「這是崇醫師一廂情願的想法吧。」

「什麼意思？」崇醫師微皺雙眉，無聲道出「你懂什麼」的想法。

「在你眼中，登門拜訪或尋求幫助都是叨擾，會對九降小姐造成負擔。」

「不只是負擔，更是多餘的煩惱。」

「我說了，這只是你的一廂情願。」我聳聳肩，話鋒一轉：「崇醫師決定獨自探索女病患的怪異死因，之後一共花費多少時間，才找到位在雲林縣臺西鄉的清嶽皈錦寺？」

「八個月左右。」

「我見過九降小姐一面，體驗過她近乎無限的包容和關愛，明明素未謀面，仍能騰出寶貴的私人時間，為我指點迷津。要是讓九降小姐知道，你寧願花八個月的時間貿然行動，也不願事先與她討論，恐怕會更傷心。」

「……你無法確定詩櫻姊知道皈錦寺的所在位置。」

「確實如此。」我輕笑一聲，「但你也不知道向她詢問到底是種打擾，還是讓她不會傷心的選擇。」

崇醫師正欲開口，隨即抿起下唇，皺眉不語。

如他所說，誰都無法確定九降小姐知不知道正確地點，也無法確定她真的在乎崇醫師單打獨鬥的危險行為，純粹只是偶然的舌戰勝利。佔上風的理由，建立在崇醫師對九降小姐過於異常的敬重，即使無關個人實力，成功用計使他答不上話，也算一報中港綠堤公園章魚裝飾的玩笑之仇了。

「你最後選擇怎麼追查？」

「當然是跑遍新莊地區的大小廟宇，偽裝出情緒非常低落、心理狀況不佳的模樣，以求助之姿積極尋找隱藏的宗派。」

實在難以想像總是面無表情的他，能夠詮釋這樣的角色。

「大概跑了多少地方？」

他斜睇我一眼，噘起嘴尖。

「四十五間。」

「該不會是新莊全部的廟吧……？」我忍俊不禁，噗嗤一笑，「你寧願跑這麼多間宮廟，也不願意去一趟御儀宮？」

「囉唆。」

崇醫師哼出鼻息，撇過頭去，我則摀嘴竊笑，享受短暫的勝利。

根據黑冊子的記載，在找到皈錦寺前，他先注意到發生於新莊區特定地段、特定期間不正常的夢遊囈語現象。原本只是向宮廟打聽「拜水的宗教」，卻意外聽聞蕭厝一帶曾經有過頻繁的夢遊囈語病患，說是夢遊，卻會道出無法辨識的語言，出現宛如人格切換的詭譎行止，令人膽寒。當時的病患優先送往部立臺北醫院和新泰綜合醫院，少數病症嚴重、涉及暫時性精神障礙的病患則會送往輔仁大學附設醫院，雖說數量異常龐大、症狀樣態特殊，病患的行為舉止卻停留在盲目徘徊與低聲呢喃，沒有自傷和傷人的跡象。崇醫師可能曾想打聽幾名送往輔大醫院急診的行走類夢遊病患，只在手冊記下幾組英文縮寫，打算留待日後查詢。

比起徘徊，他對夢遊者出現的地理範圍和時間區段，有著更偏執的意念。手冊中有整整兩面的篇幅，寫滿人名、路名和門牌號碼，旁側更拉出數條黑筆細線，連結急診時間、病患住處和症狀變化等資訊。一筆一畫寫下的文字，在在顯示調查過程的繁複與費時，即便是客觀真實的急診時間，非屬該院工作人員本就難以取得，對於喪失醫師身分的他來說，更是難上加難。

筆記往往只會留下接近結果的筆跡，辛勞的探索過程將永遠隱藏，無法見聞，也難以知曉。瞥向他冷俊的側臉，我瞇起雙眼，暗自思忖藏在那張皮肉面具下，究竟是多渴望真相的炙熱內心。

「怎麼了？」他冷不防問。

「沒事。」我連忙把頭轉正，「稍微思考筆記的內容罷了。」

他沉默幾秒，冷笑一聲。「還以為是在觀察我。」

「我可沒有觀察旁人的風雅。」

「說起觀測，讓我不禁想起了弟弟。」他直望前方的眼眸不帶一絲情感，讀不出蘊含其中的好惡評價，無法確定這位「弟弟」究竟受他喜愛，抑或相反。「我有個喜歡觀察人類外部行為的弟弟，他總是不動聲色地盯著人瞧，以為這樣就能讀出某些特殊訊息，推得對方並未顯現的本質意念，殊不知——『人類的複雜性，在於不可思議的單調，與難以置信的愚蠢』，單純的外部行為很難直接連結內在思維，人類就是如此不合邏輯的存在。」

「祟醫師總能說出值得收錄的名言佳句呢。」

「剛才那句只是盜人所言罷了，我妹妹才是真正的名言製造機。」

「弟弟和妹妹，你比較喜歡哪一個？」

「你指的是哪個弟弟，又是哪個妹妹？」

「居然都是複數……」

「家族成員在我眼裡並無飽滿的立體形象，而是形同二維平面的特殊存在。每當我以為稍微理解她們時，其實僅是擦過她們的個體邊緣，未曾觸及本質，亦未探知真心。不管是大哥、大姊、二妹、三弟、三妹、四妹、么弟和么妹，全都太過玄祕，也太過複雜，彷彿渾然天成的微型宇宙，難以形塑真實的好惡。」

「慢著，」聽得頭都疼了。我輕輕揉捏太陽穴，「剛才的問題沒這麼困難，只是要你選最喜歡的一個而已。」

他皺起眉頭，垂下嘴角，說：「這就是最困難的。」

完全無法溝通。以後得盡量少和他談家族成員的事，省得心煩。

有關蕭厝的不明夢遊病症，除了從免費報紙《八門報》剪下的一小片社會版報導外，只剩一則可信度低的鄉土訪談手抄筆錄。兩項訊息乍看之下似乎與清嶽宗無關，內容卻不約而同提及不明病症和囈語呼喚，讓人十分在意。

兩年前的五月四日至六月四日一個月間，新莊蕭厝附近的住家一共發生十四起夢遊事件，夢遊者身分多是新搬遷的居民，雖然都有工作過勞的生理時鐘週期異常和基於焦慮或壓力的精神性睡眠障礙，卻不曾有過夢遊經驗。出現病症的全是女性，她們夢遊時的步伐穩定得堪比清醒，既會繞開牆壁，又會旋轉門把，好似接受集體催眠的受試者。她們會走出門外，前往頂樓、陽台或庭園等空曠處，面朝西方，反覆道出難以辨識的囈語，令當時的昌平里里長恐懼不已，擔心是某種未被識別的現代疾病。

崇醫師說，夢遊者的囈語其實是複合型的唇齒擦音，難以辨別不提，甚至無法稱作「語言」，若是硬將那些夢話轉換為拼音文字，或許會得到這樣的句子：「Ot ah’lloigshogg gn’thor. Ot ah’lloigshogg gn’thor. R’luh ot epgn’thor ah r’luh’si ph’nglui ph’trub’ta isuloca’si.」

雖然徵信社常會接下識別或翻譯外語文書的案件，我卻沒有深入鑑識的專業能力；即便有，此種怪異詭譎的拼字與文法，相信並不屬於任何一種已知的流通語言。崇醫師在這串無法辨識的字句旁草草追記「二妹」和「Necronomicon」，同時寫下「Fear of water. Fear of water. The secrets of the underwater are hidden in the overturned islands.」的英文翻譯——既不通順也不工整的文法，想來應是毫無潤飾的直譯。英語譯文的右側，則是轉譯為中文的語句：「畏懼水。畏懼水。水下的祕密藏於覆沒的島嶼。」

崇敬並畏懼汪洋的話語，立於事後諸葛的角度，確實與清嶽宗的中樞信仰不謀而合，但臺灣地區沒有這種拼音文字，至少不是中央政府目前整理的臺文、客文或原住民文。

作為補充的訪談筆記，則是崇醫師與某人交談時留下的語錄體記述。

※　※　※

**〈蕭厝訪談筆錄〉／記於╳╳╳年九月十八日，於新莊典華酒店**

問：「請說明夢遊囈語事件發生的時間、地點和狀況。」

答：「主要發生在六月初，雖然有些人在五月初就出現症狀，但最密集的幾天是六月的第一週。地點集中在蕭厝地方的昌平里，塭仔底濕地公園周邊的住宅尤其嚴重，富邦銀行北新莊分行甚至因此休息三天。最嚴重時，幾乎每個社區都有八、九個人夢遊，全是成年女性，她們會走動，也會說話，但不會傷人。我想正是因為沒有明顯危險性，中央政府才沒有積極介入。」

問：「醫生對此做出何種醫療判斷？」

答：「一般的診斷都是睡眠障礙，但輔大醫院精神科的鄧孟涵醫師說，夢遊病症不太可能突然出現，也不會在同一地區大規模形成。這種缺少逐步漸進的驟然惡化，讓她有點擔心。」

問：「夢遊者有固定的行為模式嗎？」

答：「有。」追記：此部分同報導所載。

問：「囈語的內容為何？」

答：「沒人聽得懂。有人把那些夢話錄下來，交給輔大外語學院和跨文化研究所進行細部分析。我手邊有六份錄音檔，全部的複製檔皆已交給輔仁大學，其中兩份則轉作醫學院有關精神障礙的學術研究資料。」

問：「能給我一份囈語錄音的複製檔嗎？」

答：「可以」追記：當場收下檔案磁碟，共有六份錄音檔。

問：「醫學院的學術研究有成果嗎？」

答：「沒有，但輔大跨文化研究所的劉靜瑕所長認識一位朋友，似乎能夠辨識尚未文字化的不明語言，更編纂了數十種特殊語言的中譯辭典。」

問：「記得劉所長朋友的姓名嗎？」

答：「天央研究院的祟紗夜博士。」追記：二妹。

問：「劉所長怎麼描述祟紗夜博士？」

答：「她說，祟紗夜博士曾經負責馬祖亮島和古老亮島人的研究，也以神祕學的角度調查過社寮島事件、八堵車站事件、大坑集體失蹤案和排雲山莊事件等懸案真相，但因為與夢遊囈語事件沒太大關聯，我沒做筆記，也沒記住。」

問：「輔仁大學對囈語的研究結果是？」

答：「我不清楚，但他們一致認同不屬於任何語言的衍生型，發音接近南島語族，重音位置卻像因紐特語。另外，劉所長說這類事件早在十五年前就有書面紀錄，是另一位教授的研究計畫，雖然聽起來像閒聊，話題內容卻很吸引人。只不過，那位教授後來似乎失蹤了，找不到當時的研究資料。」

問：「有新聞報導嗎？」

答：「沒有，所以我半信半疑。劉所長說，那位教授並未成功找到囈語的意義，卻透過一名病患，得知夢遊者間薄弱但很特別的共通性。」

問：「什麼共通性？」

答：「她們都有睡眠問題，也都在一年內去過雲林，而且都喝過符水。」

問：「去雲林做什麼？」

答：「不太確定。」

問：「她們都喝哪一間廟的符水？」

答：「不知道。」

問：「其他還有什麼印象深刻的事？」

答：「病患都曾夢見浮沉的沙洲，和比船還大的海蛇。」追記：魔尾蛇？

※　※　※

「海蛇……魔尾蛇？」我挑起左眉，瞥向祟醫師。

「我不明白你狐疑的語氣想表達什麼。」

「魔尾蛇不就是九降小姐曾經提過的妖嗎？」

「是這樣沒錯。」

「你之後有沒有去御儀宮詢問九降小姐這頭妖怪的事？」

「當然有。」

「雖然我覺得可能性不低啦……」我裝模作樣地壓低聲量，揚起嘴角。「該不會清嶽皈錦寺的確切位置，最後還是由她告訴你的吧？」

「……」

「說中了吧？到頭來還是造成人家的困擾了嘛！」我哈哈大笑，用力拍他的肩，說：「這就叫做聰明反被聰明誤！想方設法不去麻煩別人，繞一大圈依舊只能回頭，不只無謂浪費時間，還讓對方更加擔心，根本就像離家出走才發現毫無經濟能力，最終只能拍拍屁股躲回家中的小鬼。」

「……閉嘴。」

他微幅噘起的嘴尖和略顯泛紅的耳朵，宣示著我的勝利。

畢業於臺大醫學系的他，成長過程或許沒受太多挫折，我這種中等智商的普通人所能造成的「傷害」，大概只有這種等級，就別強求了。接下來的幾十分鐘，崇醫師始終緊盯前方，死板著臉，視線一次也沒移過來。

我的雙手撐於腦後，漾起滿意的微笑，若有似無地呼出鼻息。

闔上雙眼，靜靜品嚐這令人心曠神怡的美妙時刻。

## 第四節：萬神的典籍

浮沉的沙洲和比船大的海蛇，作為線索似乎不夠充分。

撇除相傳迴游於臺灣海峽的魔尾蛇，《水經注》和《廣異記》也分別記載名為「擔生」，又名「神蟒」的海蛇妖怪，當時的文獻不會指明妖怪出現的地點，但從引起水患和能夠理解人類行為兩項特徵判斷，或許魔尾蛇和擔生是性質相近的海蛇，即便如此，仍然無法確定這些神話生物就是夢遊者所說的巨大海蛇。

祟醫師的調查之旅，止於找到清嶽皈錦寺的一週後，停止追查的理由為「時間不足」，事實上，從黑冊子的筆記可知，尋得邪教信仰的源頭，恐怕已是吾人所能抵達的最近距離。無法進入宮寺，便無法取得進一步的訊息；要想進入宮寺，就得擁有邪教團體能夠辨識的通行證明。無論清嶽宗如何使人陷入夢遊，進而道出囈語，都無法解釋伴隨笑靨的安詳死相，也無法肯定邪教、夢遊與死亡間存否不明、曖昧不清的因果關係，因此，對祟醫師來說，有無進入宮寺根本就不重要。

可惜的是，這種結果對我而言並不足夠。倘若取得陶像的原因真與清嶽宗有關，駱女士留下的遺產很可能另外押於某處，甚至作為傳布邪教之用，不只害及當事人往生後之名聲，更有危及繼承人利益的可能。

我以祟醫師的筆記內容為基礎，獨自調查一週，獲得更多線索，卻也萌生更多疑點。不祥的邪陶像、崇拜大海的清嶽宗邪教、漾起微笑死去的病患、特定時間密集出現的夢遊者、未知語言的囈語、夢境中的沙洲與海蛇，多項元素看似相互連結，實則各別分立，無法理出足以服人的事實。除了探究事實，我也開始懷疑駱女士的「安詳離世」有所蹊蹺，雖然未予確認，倘若老太太死時的遺容與那位女病患一樣，伴隨著無法解釋的微笑，案件就變得更複雜難解了。

反覆聆聽錄音筆播送而出，自祟醫師手中取得的囈語錄音，擁有共同點的線索化作疑問的火苗，一天天在心中膨脹成全新的假說。

我懷疑，持有陶像的駱女士正是清嶽宗的忠誠信徒。

「這就是你又跑來的理由？」

祟醫師埋首於堆滿文件的桌面，似乎正在尋找某物，面無表情地東鑽西竄，挪開物品時發出的聲響，大得足以充分表達他隱藏於心的煩躁。

診所內最後一名病患是位女性，面對他時洋溢著幸福的燦爛笑靨，望向我時便換上如喪考妣的陰沉面孔，強烈反差著實令人不悅。我百無聊賴地將手撐上櫃臺，伸長脖子，視線越過板著臉的護理師，望向電腦螢幕的病患資料。「性別：女」、「性別：女」、「性別：女」、「性別：女」、「性別：女」、「性別：女」……由上而下隨意掃視一輪，約莫有九成病患為女性，與其說是密醫診所，不如說是地下偶像見面會。不經意地哼笑出聲，惹來護理師冷漠的斜瞪，連忙轉過頭去，故作無事。

祟醫師一邊翻找文件，一邊悠然開口：「請勿騷擾診所員工。」

「我才不做這種下流事。」

「請勿以肉眼掃視病患的個人資料。」

「我才沒……」我抿抿嘴，雙手抱胸。「抱歉，職業病又犯了。」

畢竟是沒有開業執照的違法診所，當事人隱私資料的控管當然更為嚴格，即便只是偷瞄一眼，都有造成無法回復之損害的可能。崇醫師在塞滿文書檔案的櫃子翻找半天，什麼也沒找到，身邊的紙張卻一疊疊堆了起來。他的呼吸越來越急促，動作也越來越煩躁，坐於椅上的護理師卻絲毫沒有出手幫忙的跡象，默默整理私物，準備下班。

幾分鐘後，收好提包的護理師頭也不回地離開診所。

「咦？」我呆望她遠去的背影，「現在的護理師都這麼冷漠嗎？」

「護理師不是醫師的僕人，無須在沒有指示的狀況主動幫忙。」崇醫師整顆頭鑽進書櫃的倒數第二層，不斷翻出裡頭的文件。「對我來說，護理師只是醫療業務和病歷統整的助手，上班時間來，下班時間走，負責範圍僅限於主動要求的部分，其他部分就……好痛！」

砰地一聲巨響，他的頭重重撞上書櫃夾層。

要不是親眼看見，實難相信人類頭顱能夠敲出如此響亮的聲音。

「你、你還好嗎？」

「我很好。」崇醫師鑽出身子，表情沒有明顯變化，唯獨聲音有些顫抖。「人類頭部共有二十二塊骨頭，腦顱雖然僅有八塊，硬度卻相當於成熟的南瓜皮，大約擁有絕對硬度六十一點五度的……好痛……」

「果然撞太大力了嘛。」

他瞪了我一眼，搖搖晃晃地拉來一張電腦椅，攤軟身子跌坐其上。

診所櫃臺周圍已被隨處堆放的紙張佔據，各式各樣的列印紙佈滿四周，收拾時的工程想必相當龐大。崇醫師隨手拿起一條毛巾摁於頭頂，既未浸過熱水，亦未添加冰塊，無視熱敷或冰敷可能存在的消腫效果，一律未予採行，僅是某種聊以安慰的無謂之舉。我抓起距離最近的病歷夾，隨意翻閱，發現裡頭不只排版與常見的版本不同，多數欄目亦是手寫而成，連電子編號都沒有。手寫倒不礙事，麻煩的是將書寫者怪異個性展露無疑的潦草字跡，使整份文件變得宛如間諜檔案，毫無秩序，外人幾乎無法判讀。

看來，這種手寫病歷就是專為自己準備的特別文檔了。

「其實年代久遠的病歷，連我自己也看不懂。」

那這種病歷還有什麼意義？我嘆了一口氣，懶得提出得不到正解的疑問，揚起手中有些泛黃的紙張，說：「病歷數位化的資訊工程早在數十年前就完成了，你居然還用手寫，真不簡單。」

「並不是所有東西數位化後都會更加方便，這個世界可沒那麼簡單。病歷是病患的醫療紀錄，不只醫師本人，包含護理師、復健師和營養師在內，於問診、檢查、診斷或護理時，從無到有，接連製作而成的檔案文書。」崇醫師挑出一份淺綠色的病歷夾，說：「無法使用病歷歸檔系統的狀況下，尾位數檔案排列法和彩色病歷夾仍是極佳的分類方式，簡明、單純且便利，更重要的是成本低廉。此外，悠娜大姊說過，文書資料的最大優勢是——」

「便於焚燬，讓一切證據消失殆盡。」

「……嗯。」他撇撇嘴，放下手中的病歷夾。「有時你遲鈍得令人擔憂，有時又敏銳得讓人害怕呢。」

說誰遲鈍啊，真是沒禮貌的傢伙。

崇醫師的病歷表右側常有無關病症的筆記，字跡比診斷內容還更潦草，像是一邊做著其他事時，分心抄錄的扭曲筆畫。上頭記載的是病患本人提供的次要資訊，諸如親人、學經歷、家庭成員或個人習慣，各種無關疾病的細節全被草記在上，或許是他試圖記住病患特徵的獨門手段。在臺灣，醫生的醫德、態度和操守被無限上綱到難以想像的高度，一次小小的口角，一句冷淡的言語，都是不被允許的，舉步維艱的險惡職場，無怪乎崇醫師這種脫離體系的孤高之人，也得對病患多一分關心。

他順著我的目光，望向筆跡潦草的字句，聳了聳肩。

「雖然不確定你在胡思亂想什麼，但我寫下那些筆記的理由，並不是對病患的私生活感興趣，也不是想扮演關心對方的溫暖醫師。撰寫筆記為的無非是留下每位病患獨特的個體特質，透過他們無形的生活模式、人生哲學和談吐言語，搭配客觀的病症流變、特殊習慣和遺傳宿疾，做出一份完整的『真實簡歷』。不斷累積簡歷，擷取極不易見的共同之處，終有一天必能找到人類作為動物的『集體本能』，解讀一直無法破解的演化缺口。當然，我指的並非生物學意義的演化，而是哲學、心理學和病理學意義的真正演化。」

連珠砲的話語讓我聽得頭昏腦脹。

「雖然你說得頭頭是道，我卻有聽沒有懂。」

「簡單來說，」他嘆了一口氣，「之所以寫下無關病症的筆記，不是為了記錄病患的個人生活，而是為了自己。」

「那部分我有聽見，但即使目的是打算理出……非生物學意義的演化？即便如此，也是透過統整病患簡歷，以歸納法找出存否不明的共同點，再以演繹法篩出人類特質的演化。」

他歪著頭，眨了眨眼，似乎不懂我想表達的意思。我大大嘆了口氣。

「你想透過『整理病患簡歷』的手段，輾轉取得想要的結論，對吧？」見他點頭，我便往下說：「整理病患簡歷，客觀上與『記錄病患生活』沒兩樣啊。」

他思忖半晌，微蹙眉宇，說：「完全不一樣。」

「哪裡不一樣？」

「目的不一樣。」他環顧四周，卻沒打算收拾散落一地的文件。「目的之存在會影響手段，縱然客觀行為看似幾近相同，只要內心意欲和主觀目的相異，本質就截然不同。舉例來說，同樣是持刀支解他人肉體，出於醫療目的和出於興趣目的，行為意義便天差地別。」

「有人會出於興趣目的支解他人？」話剛出口，我便「啊」地輕叫一聲，立刻想起中部地區的都市傳說「剝皮魔」，雖說真偽不明，卻勉強可作為案例對照組。「不過，出於醫療目的『支解』他人的場合並不存在吧？」

「撇開動詞的詞義不管，醫療行為和殺人行為客觀上並無不同。」

這倒是真的，開刀醫治和刺殺他人的行為樣態和基礎元素，都是「手拿刀子」和「刀入人身」。

「由此可證，行為初始究竟出於何種目的，將直接影響後續實施之行為意義和可受評判之客觀價值。」

我沉吟半晌，默默地頷首，以表認同。

他點點頭，直望我的雙眼。「所以呢？」

「我不明白這道反問的意思。」

「你總不會是來和我討論人生哲理的吧。」

的確不是。之所以再次來到這間隱藏於萬華巷弄的灰暗診所，是為了解開接連發現的疑點，並探查被他刻意忽略的重要資訊。確認邪陶像的來源後，衍生的問題是：駱女士基於何種理由、何種代價、何種管道取得此物？既然懷疑駱女士有信奉邪教之可能，甚或有將部分財產獻予教團之危險，模糊不清的調查結果可能嚴重影響遺產繼承人的權利，很難向徵信社和律師學長交代。誠然，撇除調查義務，我對隱藏於檯面下的邪教團體和難以解釋的奇異事件，同樣非常好奇。

人類總會下意識地忽略不欲為人探問的細節，作為徵信調查員，找出人們想要隱藏的事物，導出更為有利，也更正確的推論，是至關重要的任務。崇醫師主動提供記錄於黑冊子的追查筆記，乍看之下毫無保留、絕無隱匿，實則是以消極不談論的方式，迴避一片至關重要的資訊拼圖。

「祟醫師，請告訴我『祟紗夜』到底是什麼人？」

聽聞此言，他的表情並無變化，面部皮肉猶如上了層蠟，非但僵硬死板，甚至冷得讓人畏懼。雖然直望向我，眼神卻未飽含任何意念，彷彿端詳著無生命之物，沒有想法，也沒意念。四目相接的短短十秒顯得格外漫長，正以為魂魄將被那雙迷魅的眼眸吞噬，他才放鬆緊繃的肩膀，緩緩闔上雙眼。

「祟紗夜博士，是尖端解析與異態對策研究院的首席研究員之一，不只擁有生物化學的專業，也是跨文化研究的箇中翹楚，更是未知語言領域首屈一指的頂尖解析者。」祟醫師動了動細長的睫毛，睜開雙眼，不帶一絲表情地說：「此外，她也是祟家的次女，我的妹妹。」

雖然訪談筆錄寫明「二妹」一詞，仍須先行確認，才能提出後續的問題。

祟醫師的妹妹，臺中市霧峰區曦鳶里祟家大院的次女祟紗夜，是一名公開記錄幾乎全被隱藏，神祕至極的世界級研究員。她一共跳級三次，只花三年便取得臺灣大學生化科技博士和語言學博士雙學位，未滿三十歲便成為直屬於總統之特別研究機關——尖端解析與異態對策研究院，亦即「天央研究院」的首席研究員，此後資料一概俱無，活像人間蒸發，消失殆盡。天央研究院，與簡稱「蒼溟」的未知防制與特殊容留察核司以及簡稱「雷霆」的超常事例與特殊應變勤務部隊並稱為三大超常事例應變組織，是中央政府底下最神祕，也最不符合民主法治的國家機關。

我不確定祟紗夜博士留下的中譯辭典為何能夠解析夢遊者的囈語，也不確定祟醫師怎麼取得這些譯文，只確定上開資訊絕非祟博士親見親聞，因為這些疑點之間存在著絕對無法跨越的決定性阻斷因素。

名為祟紗夜的女子，全世界最優秀的女性研究員，早已過世了。

「我認為，你消極地隱瞞了某個非常關鍵的資訊。」

我將自己調查所得的文書資料置於桌面，當中包含表列祟家全員的戶籍謄本、臺中市曦鳶里祟家大宅的第一類土地建物登記謄本和臺灣大學教務處登錄系統的學位資料，全是須以特殊手段取得的隱私文書，非得做到這種程度，才能確定崇紗夜的死亡及相關學經歷的真實性。

這也同時是崇醫師絕不可能從她口中問出囈語譯文的最佳佐證。

「姑且不提戶籍謄本，一類登記謄本和臺大學位資料得由本人申請吧？」崇醫師的嘴角以極其細微的幅度上揚，說：「看來你這週過得挺充實的。」

「對於一流的徵信調查員來說，只要資料真的存在，就必定能弄到手。」

真是胡謅，正常的徵信社調查員才不會做到這種地步。戶籍謄本和一類登記謄本的申請要件非常嚴苛，非本人臨櫃辦理，根本找不到正當理由取得。臺大的學位資料雖然儲存於中央系統，申請權限卻分配給各系所，絕非一兩天內能夠取得的資訊。然而，上述三項文書有個共同特性：皆有電子文書存檔；電子存檔的特性是，只要存在於電腦系統，且那台電腦有連結網路，就必定能夠入侵。為此，我以必須詳加調查駱女士金融資產為由，請律師學長的某位天才駭客朋友協助，成功入侵檔案庫取得相關資訊。

不得不說，我為了探查邪陶像背後隱藏的祕密，真的是使出渾身解數了。

我微瞇雙眼，凝視他飽含神祕魔性的澄澈眼眸。

「崇醫師，你是不是擁有由崇博士編寫而成，能夠參照轉譯夢遊囈語那種未知語言的特殊辭典？」

面對這道尖銳的詰問，他的表情毫不動搖，眼睛眨也不眨，直直凝睇著我，彷彿想用銳利的目光看透一切思緒，讀出我數日內調查得來的全部資訊。

不久，他輕嘆口氣，放鬆稍嫌緊繃的神情。

「我沒看過二妹編纂的未知語言中譯辭典，但我手上確實有能夠參照轉譯的文本資料。」

「什麼樣的資料？」

「一張相片。」

「拍了什麼？」

「正體中文版《死靈之書》副本的某一頁。」

「死靈之書？」

太過詭譎的名詞，讓人一時分不清真假。他是臺大的外科醫師，擁有凌駕於常人的極高智商，臨時編造虛構的名詞試圖矇騙他人，並非不可能之事，但他一成不變的表情，卻散發某種讓人無法懷疑的氣場。不知為何，我認為他消極隱匿的訊息，伴隨著極其重要卻分外危險的邪惡事實。

「我寫在筆記本上的『Necronomicon』一詞，指的就是這本危險的典籍。」

那是我第一次聽聞有關此書的軼事，也是再也無法安於凡常世界的瞬間。

《死靈之書》是一本完成於公元七三〇年前後，由「阿拉伯狂人」阿卜杜・阿爾哈茲萊德（Abdul Alhazred）執筆撰寫的魔法書，該書原名為《魔聲之書》（*Al-Azif*），至公元九五〇年，由君士坦丁堡的提奧多羅斯・菲力塔斯（Theodorus Philetas）翻譯為希臘文，並改以《死靈之書》即Necronomicon為題印行。公元一二二八年，烏勞斯・沃彌烏斯（Olaus Wormius）將希臘文版《死靈之書》譯為拉丁文，憑藉稀少的冊數輾轉經手，流傳到世界各地，成為現存最普及的版本。

正體中文版《死靈之書》的流傳歷史，不只比西方國家的拉丁文版晚了數百年，成書過程也更為坎坷，但卻保存了遠遠超過其他版本的詳盡內容。

十世紀初，適逢阿拉伯文版《死靈之書》完全滅失之前，一份保存良好的抄本在公元九六〇年左右的「伊州之役」後，被甘州回鶻的可汗景瓊當作和談之禮，獻給大契丹國的遼穆宗耶律璟。其後數百年內，歷經數次朝代更迭，仍未完成翻譯，最終於清乾隆九年，即公元一七四四年編入紫禁城之「天祿琳琅」善本書庫。

兩百年後，一九四八年十二月二十一日，中央博物院籌備處理事兼祕書李濟受命安排故宮的第一批文物共計三百二十箱，由中鼎號登陸艦負責載運，送往臺灣；同時裝船遷運者，計含中央博物院籌備處二百一十二箱、中央研院歷史語言研究所一百二十箱、中央圖書館六十箱及外交部重要條約檔案六十箱。收藏於善本書庫的《死靈之書》阿拉伯文抄本，也在第一批遷運文物之中。

第一批文物抵臺後，為避免僅有一冊的珍稀善本遭到破壞，同時阻絕凡常百姓接觸時的風險，傅斯年、蔣復璁和屈萬里等學術領導人決定將數種典籍封入機密書庫，其中便包含了《死靈之書》手抄本。解嚴之後，機密文書逐步解密，這份特殊的抄本卻不曾公諸於世。

巧妙的契機發生於數年前，新北市新莊區發生死傷嚴重的超常事例「機場捷運劫持事件」，中央政府為了尋找無需仰賴御儀姬九降詩櫻便能抵禦未知威脅的方法，將《死靈之書》抄本交由蒼溟容留司編為管制類目，再轉由天央研究院解析和編譯。擁有語言學專業的首席研究員——崇紗夜博士成為編譯該書的最佳人選，她也不負眾望，獨自一人於半年的時間內迅速完成正體中文版之翻譯，既維持內文的正確性，也完整保留阿拉伯文抄本的內容和意義不明的未知語文。

據說，《死靈之書》不只記載遠古時代的歷史斷片和扭曲儀典的祭祀咒語，更記述著超越人類、超越時空、超越一切，莫可名狀的未知神祇。

那是一本緊鄰邪惡核心的駭人魔書，更是不該流傳於世的萬神典籍。

「那本魔法書，不只記載著遠古時期曾經支配地球，此時陷入沉眠的眾多神祇，更大量使用發音形似藺厝夢遊者囈語的未知文字。」崇醫師皺起眉頭，彷彿光是提及這份典籍，就讓他深感不適。「雖是正體中文版譯本，二妹卻保留了非阿拉伯文的『拉萊耶語』以及更難解讀的『寰星祕文』，前者是美國麻州的米斯卡塔尼克大學已有涉足研究的神祕語言，後者則是由二妹發現、解析並編纂的詭奇祕文。無論何者，皆是四散於世界各地，甚或用於宇宙各個角落，因緣際會地收錄於《死靈之書》等不詳書籍的非地球語言。以拉萊耶語和寰星祕文寫成的字句，往往屬於侍奉神祇的咒語和侵略現實的巫術，總之，是一本非常危險的邪惡典籍。」

過於詳盡的流傳歷史和他嚴肅的發言姿態，讓半信半疑的我，逐漸接受違背常理的事實元素。

「你說的這本魔法書，放在什麼地方？」

「據說，正體中文版《死靈之書》的正本收藏於天央研究院。」

「那可是個死胡同呢。」

他點點頭，「除了正本之外，相傳二妹違背研究院的最高機密規範，私自印製五冊副本，以特別的方式分別藏於特定地點的特定書櫃。」

「一下據說，一下相傳……所以到底是什麼方式、什麼地點和什麼書櫃？」

崇醫師以非常細微的幅度搖頭，說：「全都是都市傳說罷了。」

「我不認為你沒沿著這條線索往下挖。」

「認識沒幾天，就這麼懂我了？」他微揚嘴角，輕笑一聲。「確實，如此醒目又突兀的線索，我當然會去調查。包含機場捷運事件、水泥封屍事件和剝皮魔殺人事件在內的都市傳說和街坊怪譚，都存在著模糊不清的事實缺口，而我知道，有個地方專門販賣這種『可能存在』的缺口。」

「暗網嗎？」

「沒錯，就是暗網。兩年前，我曾設法進入暗網，在販賣各種違法物品的最大暗網交易網站『天橋路』，以誇張的天價買下正體中文版《死靈之書》的副本所在地資訊。」

「天價……我能請問大概多少錢嗎？」

「九位數。」

「每個醫師都像你這麼能賺？」

「沒有醫師像我這麼能賺。」崇醫師皮笑肉不笑地哼出鼻息，「二妹私自印製的副本分別藏在輔仁大學公博樓圖書館、東明學院大學部圖書館、國立臺灣大學總圖書館和國立故宮博物院南部院區。即使知道所在位置，至今也沒有人真的找到，就連負責管理珍稀書庫和機密檔案庫的內部人員，都沒聽過這種東西。」

「慢著，你剛才只列出四個地點。」

「那是因為正體中文版《死靈之書》的最後一冊副本，由二妹本人持有，並隨著她的自殺而下落不明。」

「咦……」

「怎麼了嗎？」他微微瞇起雙眼。

「崇紗夜博士是自殺過世的？」

「是啊，你查不到嗎，偉大的調查員先生？」

崇醫師漾起略顯僵硬的笑容，以不甚自然的表情嘲諷驚詫不已的我。望見這副笑靨，才明白自己不知不覺落入他暗伏許久的陷阱，確實吃下先前嘲笑他導致的遠因惡果。居然有人會以親妹妹的死因作為反擊，驚訝之餘，不得不佩服這位輸不起的醫學怪人，竟能動起這種歪腦筋。

一報還一報乃屬當然之舉，我得重新設局，讓他再吃一次虌。

「既然你已看過記載囈語原文的典籍，姑且幫我排除一堆暫定的假說了。」我卸下沉重的後背包，拉開因欠缺保養略難扯動的拉鍊，取出那尊局部破損的邪陶像。「為了確定當事人是否為邪教組織的信徒，甚或有形資產的贊助者，我得知道這東西的真正用途。」

「你憑什麼認為我知道？」

「刑警的直覺。」

「你現在是徵信調查員。」

「那就調查員的直覺。」

「直覺這種毫無邏輯的論述基礎，作為理由是不充分的。」

「所以，」我將陶像置於一旁，探出身子。「你到底是知道，還是不知道？」

崇醫師面無表情地挑動右眉，似乎被我不肯退讓的強硬態度澈底說服，撥了撥瀏海，啟動戴於左腕的腕環機。細長的食指在投影畫面中憑空滑動，透過他晶瑩眼眸倒映的亮光，能夠看見一張張影像正飛迅掃過。他花了十分鐘翻找數組電子相簿，終於停下手指，抬起雙眼凝視著我。

「你得知道，有時候，零碎的不全資訊才是人類足以維持理智的關鍵。」

「可惜我和你一樣，早已深深墮入混沌不堪的萬惡泥淖了。」

「說的也是。」

他微揚嘴角，伸出手臂，向我展示腕環機的投影畫面。

那是一張翻拍照片，是某張泛黃書頁的影像，上頭有七成文字是正體中文，其餘三成則與黑冊子所載的囈語文字一樣，屬於怪異扭曲的未知文字。書頁中央繪有一尊正方體底座的雙頭多腳生物雕像，尾部連著一株極不相稱的美麗花朵。無論怎麼看，漆黑烏亮的不祥色調、圖樣底座的不明花紋和雙頭多腳的可怖外觀，都與駱女士收藏的半毀邪陶像如出一轍。

圖樣下方寫著一行文字：「克希塔利・阿撒納（Cthytali Azanah）信徒的邪神像」，同時列出一串無法運算的數列：「23-43-500-000+120-08-000-090」，更下方的位置，則記述著祟醫師轉錄於黑冊子的夢遊囈語原文、英文與中文翻譯。

看來早在正體中文版《死靈之書》譯成之時，未知囈語便已存在，非但如此，我尚屬正常的理智告訴自己，囈語的字句恐怕早在一千年前，甚至更久遠的古老時代便已浮現，伴隨那些莫可名狀的神祇們，來到美麗的地球。

「雖然我覺得不會如此單純，但這組數字的排列方式，給我一種特別奇妙，也特別熟悉的感覺。」

「看來，」祟醫師微瞇雙眼，「我們的思維模式非常相近。」

若把數列中的加號視為第一個分類區隔，便會得出前後兩段由連續減號構成的數列組，再將減號視為第二個分類區隔，就能從界分完成的兩組數列分別得出四組數字。000和090這種怪異數列很快便能聯想到特定的指示，倘若這串數字並非陶像的長寬高，勢必屬於與前後文字段落有關的特定數列。數列上方的文字為「克希塔利・阿撒納信徒的邪神像」，下方則是由三種譯文構成的語句：「畏懼水。畏懼水。水下的祕密藏於覆沒的島嶼」。信徒、神像和水，無論何者都難以與數列產生連結，但「覆沒的島嶼」一詞，卻存在著極為重要卻尚屬未知的隱藏數值。

在我拿起鉛筆的同時，祟醫師將身邊的白紙挪了過來。

想不到聰明絕頂的人，連別人的思考時間都估算得清清楚楚。

我將所得數列寫在紙上，並以得出的結論為基礎，啟動腕環機查出正確的衍生資訊，一併記於紙面。

「那座『覆沒的島嶼』，就在23°43’50.0”N 120°08’00.0”E的座標地點。」

## 第五節：海豐島的瘋狂旅程

步出坐落於虎尾鎮的高鐵雲林站，頂著刺眼的豔陽，感受徐徐拂來的乾爽清風，令人心曠神怡。高鐵站位置遠離市區，附近的都市規劃尚未完成，呈現腹地空曠且荒蕪偏僻的空虛感。與北部地區不同，臺灣中南部的計程車隊各有千秋，並非啟動腕環機就能輕鬆叫到車；幾年前，我與律師學長前往臺中地方法院，剛過晚上七點就完全叫不到車的可怕情境，至今仍歷歷在目。

崇醫師瀏覽著腕環機投影畫面中的列表，上頭全是車隊名稱和電話號碼，顯然有做過功課。他說，高鐵雲林站還算容易叫車的地點，問題是願意載人前往臺西林厝寮的司機很少，僅能選擇北港計程車、臺西計程車和欣昌計程車三家車隊。我們費了好些時間聯絡，又花十幾分鐘等待，總算叫來一輛乖乖掛上白底紅字營業車牌的計程車。

我們的目的地是林厝寮出入海管制站，官方地址為雲林縣四湖鄉中華路62巷98號654，是個沒多少司機知道位置的罕見地點。

「你堅持不搭白牌計程車，讓我有點驚訝。」

崇醫師一面翻閱手中的黑冊子，一面悠然開口：「你應該知道白牌計程車這種非典型私家運輸工具，遊走在法律邊緣吧？白底紅字的營業用車輛，定期檢驗和職業執照的規範都很嚴格，相形之下比較有保障。」

「但也可能遇到具有營業執照，卻比白牌駕駛更糟或更危險的駕駛。」

「就像我遇到一個比正規警察還更纏人的無牌警察嗎？」他瞥了我一眼，微微揚起嘴角。「死拉活拽地把我帶到這個地方，看來你對所謂的『禁忌』和『風險』毫不在意。」

「說得好像你沒去過林厝寮管制站。」

「你無法確定我是否真的去過。」

「的確如此。」我搭上他的肩，露齒而笑。「作為一名徵信調查員，若是連如此明顯的人格特質都看不出來，可就嚴重失職了呢。在我眼裡，你不只是被臺灣大學逐出門外的無照密醫，更是著迷於違反常理之事，難以自拔的逆邏輯狂魔。」

「若是單從我介入調查的行為推得此項結論，你腦袋裡的思維恐怕比滑坡謬誤還更荒唐。」

我望著他一成不變的面孔，微瞇起眼，說：「我認為，驟然離世的病患和漾起微笑的死相只是觸媒，驅使你展開行動的，是某個早已完結的定局。」

他瞟向我，依舊面無表情。「你得小心自己接下來說的話。」

「放心，我知道誰都不願想起心中的創傷。」見他微皺眉頭，我連忙擺手，說：「你心裡放不下的糾結與我無關，那些無法挽回的過往，只是我想加以利用的資訊罷了。在你轉錄囈語內文的同時，理當也注意到照片裡那張書頁的數字，非但如此，聰慧至極的你，絕不可能無法識破兩組數列與地理座標的相似度。執刀救命的外科醫師，是預先規劃嚴密的手術流程，才著手動刀的演繹法佼佼者。追查清嶽宗、探究夢遊者、破譯囈語文和尋找皈錦寺，每項元素各自獨立，卻又相互影響，最終收束於特定的框架之下——亦即教團信仰的拘束力，以及動搖人類神智的手段。」

「你到底想說什麼？」

「追查所費時間並非調查的阻礙，真正使你卻步的，是那些深入瞭解邪教信仰後逐步揭露的殘酷事實。」我輕輕拍打置於腿上的背包，即使隔著防水表皮，仍能感覺到陶像堅硬的稜角。「即使手中沒有陶像，你也察覺不對勁了吧？這尊陶像的材質並非黏土，而是混入鉛與鋼的特殊合金，這種奇怪的組合通常只有一種用途：阻擋和降低輻射強度。清嶽宗教團恐怕利用這尊陶像散播某種傷害大腦的放射線，使潛在的信徒身陷混沌夢境，產生相同的幻覺，間接驅動腦神經，引導四肢活動誘發夢遊。為了避開中央政府和超常事例應變組織的耳目，他們將宗祠設於雲林，因此最強烈、最直接也最有效的人心操控系統，勢必就在這個偏遠鄉間，更有甚者，他們或許刻意選擇正體中文版《死靈之書》記載的座標地點，藉以強化邪教信仰的說服力。新莊蕭厝只是嘗試擴大信仰的實驗，卻發生引人注目的夢遊囈語事件，或許是他們始料未及的意外吧。」

在我長篇大論地發表推理時，崇醫師始終面朝窗外，凝望廣陌無際的農田，露出若有所思的淡然表情。

「你認為清嶽宗信奉的神祇，並不存在。」他瞥向我放在腿上，裝有陶像的背包。「非但如此，你還認定夢遊、囈語和死前微笑是某種科學能夠解釋的『把戲』，對吧？」

「雖然目前無法驗證，等我們抵達座標地點，必能找到相關物證。」

崇醫師輕笑一聲，「你好像對自己的推理很有自信。」

「事出必有因，有因必有果。」

「這兩句話併在一起也不會有加強語氣的效果。」

「我相信崇博士對未知語言的解析轉譯與研究成果，卻不相信清嶽宗的信仰具有干涉夢境甚或驅動人身的能力，他們一定採行某種不法手段，營造出『神明介入』的情境，拉攏更多信徒。」

「我原本也這麼想的。」

「現在呢？」

他眨了三回眼睛，保持靜默，沒有回答。

計程車不斷朝西行駛，午後天氣變得有些詭譎，後方的虎尾鎮仍是晴天，前面的道路卻已被幽暗的烏雲籠罩。即使未曾明說，崇醫師必定去過林厝寮出入海管制站，親眼勘驗距離座標地點最近的海域。座標23°43'50.0"N 120°08'00.0"E的位置，有一座歷史悠久卻神祕難尋的小島，日治時期定名為佐佐木島，中央政府遷臺之後則改為海豐島，時而浮現，時而消失，偶而有漁民停靠歇息，卻無永居之人，是塊難以界定性質的沙洲小島。

同時亦為適合架設違法設備的隱蔽場所。

抵達目的地後，荒蕪髒亂的光景使我大為震懾，立於棄置許久的出入海管制站放眼眺望，養殖業者非法架設的蚵架與蚵棚佔據整片海岸，年久失修的堤道早已廢棄，走沒幾步便會絆到蚵繩，儼然成為一條人為的障礙路面。不過，畢竟是個地點隱密、人跡罕至的「祕境」，迎面而來的海風特別涼爽，一望無際的海峽美景也很驚人——誠然，這種評語必須無視破壞景致的蚵架、蚵棚和蚵繩，以及堆積成山的廢棄物。

靜靜凝望海面，背後突然傳來細微的腳步聲。

「想不到還會見到你呢，小子。」

留著灰白短鬢，頭戴圓帽的老漁夫朝此走來，他的雙手袖口沾滿彷彿永遠洗不乾淨的深褐水漬，無聲地彰顯靠海維生的辛勞。我與這位老者應是初次見面，他口中的小子，想必是指佇立在旁，連出遠門都套著白色長袍的崇醫師。

「喂喂，」我湊向神情木然的他，「不是有人說自己因為時間的關係，在查出皈錦寺所在位置後就放下整件事了嗎？」

「囉唆。」

老人身後跟著一位大概剛滿二十，頭戴中空帽的黝黑青年，他背著一綑固定船隻的粗繩，看上去非常沉重。

「小子，你又要出海啦？」

「……」崇醫師垂下嘴角，一聲不吭。

「喂喂，不是有人說我是個對『禁忌』和『風險』毫不在意的人嗎？」

「閉嘴啦。」

看來，崇醫師幾年前便已登過海豐島，但從他並未正面肯定我的推論判斷，島上恐怕沒有什麼隱藏設備，也沒有清嶽宗教團留下的人心操控裝置——前提是真有這種東西。

既然如此，他為什麼願意陪我白跑一趟？

我取出那尊破損的陶像，向老人和青年表明來意，希望他們提供更多資訊。相對於比崇醫師還沉默的青年，老人的口風不緊，幾乎為我補完所有已然發生的事實漏洞，不只抖出崇醫師去年五月四日至六月四日間每天出海的怪異行徑，更提及常有外地旅客前來眺望大海的不明狀況。我問老人，那些旅客大多朝向哪個方位，老人一時答不上來，沉默的青年卻舉起右手，指著西北方。

管制站的西北外海，正是海豐島的位置。

倘若邪教信徒前來觀海的理由是為了朝聖，清嶽宗教團在海豐島隱藏某物的可能性，便有了更可靠的佐證。

「那群人像瘋子一樣，不講中文，也不講臺語，真是亂七八糟的神經病。」老人彎腰撿拾尚能使用的蚵繩，抬起頭來露齒一笑，使我注意到他缺了兩顆門牙。「這附近什麼也沒有，沒有居民、沒有商店、沒有旅客，更沒有你手上的那種雕像，或是什麼高科技裝置，純粹是個連養蚵都很困難的廢地，下不了網，釣不到魚，充其量是方便靠船的無人角落罷了。」

老人的話，現實得令人語塞。雲林縣沿海的麥寮鄉、臺西鄉、西湖鄉和口湖鄉，受到規模龐大的養殖產業超抽地下水以及全球暖化造成的海平面上升等影響，發生嚴重的海水倒灌，近海土壤腐蝕惡化，更出現大範圍的淡水鹽鹼化。思及至此，冷不防想起崇醫師提過的清嶽宗信仰，那些邪教信徒對於大海的崇拜與尊敬，讓人隱隱感覺雲林縣的海水倒灌與侵襲內陸，似乎是極佳的傳教手段。

源於內心的荒誕想法，使我忍不住打了寒顫。

「既然知道我的推理有誤，為什麼還跟著來這種鬼地方？」

「眼見為憑才能消除疑慮。」崇醫師彎下腰，幫老人撿拾附近的短繩。「此外，我認為這次……或許會有不同的結論也說不定。」

「為什麼有這種想法？」

「醫生的直覺。」

「你已經不是醫生了。」

「那就密醫的直覺。」

「不要學我耍這種嘴皮子。」

不知道該做什麼的我，佇立在旁，端詳持續撿拾蚵繩的青年和老人。幾分鐘後，青年拉起一條繫在岸邊的粗繩，左手換過右手，使勁猛拉，慢慢拖來一艘掛滿漁網的鋁合金小船。

崇醫師瞥了我一眼。「你看起來很驚訝。」

「當然驚訝。」我指著那艘外觀老舊的船，「還沒決定出海，你就找好船了？」

「我知道你一定會出海，而這位伯伯是我最信任的討海人。」

白鬚老人哈哈大笑，以沾染髒汙的手掌用力拍打崇醫師的肩膀，說：「一起出海冒險過的夥伴，還叫伯伯就太見外啦！」

「那就……爺爺？」

「真是頑固的臭小子！」

即便是一艘看上去撐不過大浪的船，也遠比游泳渡海來得強。雖然被他看破心思有些不悅，卻由衷感謝即時的支援，讓我能夠立刻出海。

去年五月四日至六月四日共三十二天，崇醫師每天支付老人與青年各五千元，只為前往三點五浬外的沙洲小島，這份毅力，讓我相信神祕的海島必定值得一探。上船後，我將事先準備的行車記錄器裝於船艙窗邊，來到左船舷，與崇醫師相隔著唯一的救生圈並排而坐。老人說，海豐島只是座離岸沙洲，安不起蚵架，也鋪不了漁網，僅是勉強能供船隻靠岸休憩的雞肋小島。對中央政府而言，海豐島的存在擴大了領海範圍，讓專屬經濟區變得更廣一些，看似毫無意義，卻有難以言喻的民生價值和國安重要性。

不管老人如何追問，崇醫師始終沒有坦白前往該島的理由。這是他最體貼的表現，畢竟理解部分事實的代價便是萌生追尋真相的慾望，人的慾望永無止盡，對於物質是，對於真相也是。此刻的我，和彼時的崇醫師，都是深受真相誘惑的飛蛾，唯有撲火之際，才能明白自己的莽撞與無知。

拉住繩索眺望遠方的老人，瞇起雙眼，伸出食指。

「那就是海豐島。」

一座灰黃的沙洲映入眼簾，或許頻繁受到海浪侵襲，沙島中央早已裂解，分割成範圍不大的南北兩段。乍看似乎小得不可思議，隨著船隻接近，才發現是略有規模，足以作為中繼的特殊島嶼。

如崇醫師所言，島上除了零星矮草和養蛤木樁，什麼也沒有。

老人說，海豐島在數十年前重新浮現時，四湖鄉的漁民都很興奮，為了保住難能可貴的沙洲，連忙帶來小草栽植，以草固沙，試圖減緩黃沙流失，延長小島壽命。青年轉換引擎檔位，船速逐漸變慢時，大腳一跨走向右船舷，抓起一綑繩索，瞄準海豐島的木樁輕輕一拋，準確套牢。靜待船隻完全停止，專注觀察海象的青年獨留船上，我和崇醫師跟在老人身後跨出小船，踏上海豐島鬆軟的沙土。我們並肩而行，雖未交談，卻能感受彼此深埋心底的緊張感。

繞遍整座小島，始終沒有找到我所推論的特殊設備，甚至連個像樣的線索都沒有。正因論證碰上死胡同而懊惱，驀然察覺一股源於地底的震顫。

我望向崇醫師，皺起眉頭。「這是……地震？」

他才準備開口，留在船上的青年突然舉起右臂大喊：「浪！有大浪！」

朝青年所指的方向望去，一道連綿數哩的高聳大浪朝著此處席捲而來，浪潮由臺灣本島所在的東南方朝西北前進，彷彿故意想將我們推入海峽中央，悖於邏輯，不合常理。

在老人的催促下，我和崇醫師趕緊返回漁船，拉緊繩索，蹲伏於甲板。老人大喝一聲，青年便扳下引擎把手，全速朝海豐島的反方向，亦即來時之廢棄港口前進。明明應已見過數十年風浪，老人仍舊咬牙咒罵，不斷說出「臺灣海峽哪有這種浪」等語，否定親眼所見的事實。船隻飛快航行，後方大浪卻越來越近，無論採取多麼樂觀的計算公式，都能輕易得出必死無疑的結論。

崇醫師瞇起眼來端詳高如巨牆的海浪，思忖幾秒，起身奔往船艙，使勁撞開青年，緊握船舵奮力向左轉。單憑這艘小船，絕對跑不贏違背常理的大浪，想必他轉動船身的行為應是另有安排。

但他竟然持續轉向，直到船首完全直面浪潮為止。

「慢著，你在做什麼！」

我朝船艙大喊，卻被老人拉住。

「那小子是對的！跑不過大浪的話，絕不能讓船打橫，橫浪才是最致命的！我的船身短，船首頂浪比較有利，遇到狀況時還能將船偏至迎風浪二十度角，嘗試側面突破。——那小子是對的！」

想不到聰明絕頂的人，連船都會開。

然而，襲向我們的是颶風等級的狂潮大浪，即便是通曉事理的崇醫師，亦難正面突破。彷彿回應這道想法，他不僅沒改變方向，甚至仔細確保船首與巨浪完美垂直，鐵了心要硬衝闖關。

幾秒之後，便會與浪對撞。

「抓緊了——！」

崇醫師的聲音傳入耳中，我連忙抱住身旁的粗繩，雙腳塞入唯一的救生圈，緊閤雙眼，蜷曲身子，靜待駭人的衝撞。

剎那間，伴隨一道轟聲巨響，身軀像要騰空飛起，陷入短暫的失重狀態。下一秒，重力再次將我抓回船板，砰地一聲，能夠清楚感覺左肩已然脫臼。強烈的耳鳴漸趨消退，四周充滿凌亂的碰撞聲，活像一切物品都活起來了似的，鏗鏗鏘鏘，吵雜刺耳。

混沌來得急躁，隨後的平靜卻分外突然。船隻也不再晃動，四肢正在復甦，大腦亦已重拾意識的主控權。我慢慢睜開雙眼，適應亮光後，發現駕駛船隻的崇醫師搖搖晃晃地站起身子，頭部和臂膀似乎遭受嚴重衝撞，留有醒目的撕裂傷，不斷溢出鮮血。

青年上前攙扶老人，後者雙臂癱軟，一時沒能恢復清醒。

環顧四周，追跡在後的大浪已消失無蹤，海面一片平靜，卻散發著莫可名狀的不祥異樣。放眼遠眺，不見本島內陸，也不見海豐島沙洲，一望無際的汪洋，在彰顯船隻已被推入海峽中央的殘酷現實。我和崇醫師交換眼神，透過他不帶情緒的雙眼，確認心中所想應屬無誤。

為了找出返航路線，我開始翻找理當存在的羅盤，不知打開第幾個收納櫃，終於發現文具店常見的陽春指南針，奇怪的是，應該維持不動的指針卻不斷旋轉，未能指明正確的方位。崇醫師抓起掉在船板的老舊雙筒望遠鏡，像個陀螺一般原地轉圈，觀察海象。

「喂，調查員。」

「我有名字。」

「我又不知道你的名字。」崇醫師將望遠鏡交給我，指向西方。「那個方位好像有什麼東西，不太像人……總之你自己看吧。」

籠統萬分的語句出自他口，讓人有些驚訝。我接過望遠鏡，湊至眼前，轉向他指示的方位。確實如他所言，那裡存在著「什麼東西」，之所以使用如此空泛的詞語形容，是因為該物體的外觀就像一艘來自古代，拼裝而成的木造遠洋帆船，卻又大得不可思議。船首以勉強能夠判讀的行書寫著「玉釵號」，船身和兩舷佈滿密集得完全遮蔽船體的藤壺，甲板上多不勝數的鵝頸藤壺向外懸掛，整艘船活像一隻長滿密集腫瘤和短小觸手的詭異生物。

然後我看見「人」了，或者說，是某種近似於人的非人之物。

那個「人」踏上甲板，注視我們的方向，過了半晌，他的身後走出一名、兩名、三名……數十名人形生物，數量之多，很快便佔滿整艘大船，即使船身不住搖晃，他們依然不為所動。

耳裡傳來青年淒厲的慘叫，轉過頭去，一道黑影飛快竄出海面，準確咬住青年的咽喉，鮮血四濺，令人觸目驚心。在我們來得及反應之前，不明生物驀然蹬起雙足，啣著可憐的青年躍入汪洋。我抓來一條繩索急欲拋向大海，崇醫師卻迅速啟動引擎，船舵急向右轉，飛也似地駛離原地。

「你在做什麼！」我衝著他喊：「他還有救，讓我試試看！」

「你這個蠢蛋，他已經死了！」崇醫師的聲音難得如此激動，「那些東西的速度快得讓人反應不及，就連視覺和大腦都跟不上對方，絕非能夠正面抵禦的敵人——不，那根本不是人，是怪物。」

儘管心有不甘，卻也明白此一決定是正確的，雖然並未看清海中的威脅，但光是「無法看清」這點便已讓人深感恐懼。既非人，亦非魚，無法言喻的怪異形體雖有生命，卻又違反生命，悖於生態圈體系，以最扭曲的姿態嘲笑創造眾生的神明。

我舉起望遠鏡查看玉釵號，發現甲板上的人形生物不斷躍入大海，以左右扭動的駭人姿態飛快游動，此種視脊柱為無物的曲型游動法，絕不屬於脊椎動物。這種人形生物，與我畢生所見的任何物種皆不相符，是違反自然的荒誕存在——或者說，根本不應存在。

人形生物逐一落海，玉釵號後方則慢慢捲起一堵浪潮高牆，比先前的海浪更高、更寬，也更廣，驚天巨浪急速橫越帆船，以違背物理原則的速度前進，速度越來越快，浪也越來越高，彷彿一張準備吞噬漁船的血盆大口。我能清楚看見躲在遮天巨浪裡數以萬計的人形生物，他們蜿蜒搖擺的游動方式令人作嘔，模糊不清的五官則讓人頭皮發麻。專注凝視眼前的駭人光景，一隻人形生物突然躍出大浪，朝我猛撲。我嚇一大跳，立刻抓起甲板上的魚叉，抓準時機，以恰到好處的力道，將侵襲而來的怪物打回大海。

短暫的近距離接觸，讓我確定這種生物非但沒有五官，甚至可說沒有「臉」，僅有一顆人形頭顱，而無任何面部器官，好似橡膠覆面，恐怖至極。

崇醫師熟練地切換船檔，引擎發出更尖銳的聲響，船速亦逐漸提升。

說時遲，那時快，第二隻覆面怪物猛然撲來，張口便咬。我以魚叉奮力架開，怪物遲疑半晌，發出近似獸吼的異樣聲響，規律的音節聽起來像某種語言。怪物揮出長著銳利指甲的手，刺入我的背包，即便身子踉蹌，我仍牢牢扯住背帶，怎麼也不肯鬆手。與此同時，又有兩隻怪物躍上甲板，伸手搶奪逐漸破裂的背包。

「陶像！」崇醫師大喊：「他們要的是陶像，快把包包扔了！」

被他這麼提醒，才想起背包裡裝的是清嶽宗供奉的神祇塑像，由於並未收納其他值得一提的物品，的確能夠導出這項答案。此刻已不容細想，只能狼狽地卸下背帶，使勁一推，讓三隻怪物奪走我們手中唯一的邪陶像。

覆面怪物扯破包包，捧起殘破不堪的陶像，以虔誠恭敬的態度仰頭凝望，幾乎同一時間，高聳遮天的浪潮深處，浮現一道幽密未明的偌大暗影。隱藏於浪潮之淵的形影竟比三條藍鯨還長，不斷蜷曲的身軀顯出蛇一般的邪惡樣態，尚未親眼見聞，卻已能感受逸散於外的不祥氣息，反於現實的異常光景，讓我的太陽穴湧起難以忍受的劇痛，齒列震顫，四肢漸趨不聽使喚，只能放任小腿癱軟，跪倒在地。

意識一分一秒消散，耳中依稀聽見崇醫師的叫喊，聲音比以往更急躁、更緊張，也更富人性。仰頭直望那堵浪潮，隱約看見巨大的暗影伸出一隻相形細小的手，我不明白究竟是想抓攫，抑或單純的伸手。

船尾與大浪的距離僅剩數十公尺，我能看見不祥暗影擁有的無數顆紅眼珠。

我真的看見了嗎？不確定，也不知道。在足以毀滅心智的瞬間，就連意識本身都與自我脫離，所見之物虛實不明，所聞之聲曖昧不清。或許，那是莫可名狀的混沌之物，我在大腦擅自形成的印象則是對方強制賦予的概念，並非真實，甚至遠離真實。此刻，自我不再被殘存的心智認知為自我，我不是我，只是被我以為是我的我。真實的我存否未明，即便存在，身於混沌怪異的邪祟宇宙，根本微不足道，毫無意義。

最後的最後，明知無法全身而退，潛藏於心靈深淵的理智仍想奮力一搏。

我以僅存之力抬起上身，扯開喉嚨，朝著莫可名狀的暗影咆哮。

# 第六節：浪潮的暗影

遭到摧毀的心智，多久才能恢復？

距離清醒已過二十日，大腦仍然混沌不清，各種思緒攪在一塊兒，連最簡單的應答都難以完成。這段時間，我在崇醫師的診所休養，除了每天與他例行對話，還得接受幾位精神專科醫師診斷，搭配特定藥物，聊作治療。崇醫師說，我的大腦受到嚴重的心因性衝擊，不只產生長時間昏厥，更留下記憶不清、意識模糊和注意力低下的後遺症，由於是不存在病歷的未知病症，他只能找交情特別好的朋友協助診斷，安排僅具實驗性質的治療。

我們擅自出海前往海豐島的行程，似乎是鮮為人知的祕密。

當時，死裡逃生的崇醫師為了避免雲林當地的清嶽宗教團追查，沒有報警，也沒有叫救護車，以自己的高級進口車將昏迷不醒的我載回臺北，藏在隱密的診所，獨自照料。這些日子裡，他只和自己的大姊談過此事，那時我的聽力尚未恢復，只能隱約聽見女性啜泣聲，和挾帶哽咽的嬌弱怒罵。崇醫師有個關心自己的姊姊，我也擁有一位需要照料的妹妹，無論是他抑或是我，都不該莽撞地涉足幽暗深淵的不明知識。倘若崇紗夜博士真因自殺而死，且自殺行為完全出於自由意志，或許是想藉由自己的死，保護愚昧駑鈍、脆弱不堪的世界，讓人們遠離千年來妥善隱藏的事實，永遠無法拼湊世界的真相，確保誰都無法接近那些比宇宙更古老的未知事物。

「我們是怎麼逃過一劫的？」

「不知道。」崇醫師取出一塊明治巧克力，咬了一口。「別露出那種臉，我是真的不知道。當時，我死命地催油門，不停換檔，拚命閃躲迎面而來的湧浪，確保船速不會下降。聽好，當下我以為你不行了，一心只想回到本島……你這是什麼表情？」

「我以為你是個毫無憐憫心的密醫。」

「這不是憐憫，是責任感。」他的臉變得有些陰沉，微皺眉頭。「要是我沒讓你看正體中文版《死靈之書》的內頁相片，也沒安排出海用的船隻，這一切根本不會發生。」

「你該不會在內疚吧？」

「如果後悔算是一種內疚，那我確實非常內疚。」

他告訴我，為我們開船的白鬚老人恐怕在漁船靠岸前便已斷氣。即便是則噩耗，我卻暗自為不曾見到殘酷現實的老人感到欣慰，同時誠摯地希望被覆面怪物抓走的青年能夠安息——如果這個闇黑宇宙真有安息的概念。

「你有看見嗎？」我直望他的雙眸，「那個藏於浪潮深處，被人形怪物團團包圍，無法以任何言詞形容的異形生物。」

崇醫師輕嘆口氣。「或許，正因為我並未直接望見該物，才能保持尚稱穩定的心智把船開回本島。」

「沒有直接……所以你也看到了？」

「你還記得自己裝在船艙窗邊的行車記錄器嗎？」他垂下眉尾，露出若有似無的苦笑。「要是神明願意眷顧我，應該會以各種神蹟般的手段阻止我播放那段影像，或是在我觀看的瞬間落下一份詩櫻姊親手抄寫的《楞嚴咒》……抱歉，我的腦袋突然有點混亂。」

我的行車記錄器裝在船艙右側窗口，理當朝向右舷拍攝，竟能在船隻背向浪潮前進時攝入位於後方的不明暗影，實在是令人發麻的狀況。

碰巧窗框有些鬆動、碰巧行車記錄器的固定架稍微歪斜、碰巧鏡頭並非擺向前方而是擺向後方、碰巧固定用的支架足以撐到旅程結束、碰巧祟醫師回家後想起來有這麼一個東西……我不相信巧合，世上所有看似奇巧的偶然，全是既定結果的逆向演繹，某種可憎的未知力量，設法讓誤入詭密聖地的我們看見足以動搖理智、摧毀心靈的駭人事實。

歸來之後，祟醫師透過大姊的人脈，安排一組海巡人員前往該處調查，卻只看見海豐島一成不變的貧瘠沙土，沒有遮天大浪，沒有人形怪物，也沒有龐大的蛇身形影，彷彿我們親見親聞的一切，只是虛偽不實的幻覺。

那到底是什麼東西？

祟醫師說，假使正體中文版《死靈之書》記載的內容無誤，且祟紗夜博士的編譯和補述毫無偏差，徘徊於臺灣海峽、蜷伏於海豐島外、隱藏於浪潮深處的龐大異形，正是邪陶像的真身，亦即清嶽宗信仰的「神明」——克希塔利・阿撒納。克希塔利擁有靈活的蛇之身軀、駭人的雙頸頭顱、強壯的臂膀趾爪和散發詭異氣息的尾部花朵，外型雖與常見的人形神明天差地別，伴隨著無形壓迫感卻強烈得多。

望見克希塔利深藏大海的暗影，我深深明白，冷酷無情的異界神祇必定存在，只是祂們基於不明原因選擇隱藏，暗伏在汪洋之中，等待偶然現身的倒楣鬼自投羅網。

面對光憑身姿便能凌遲心智的神祇，脆弱的人類堪比蚊蚋，卻又難以自拔地受到神祕訊息吸引，在追尋真相的同時墮入知識深淵，即便獲得遠遠超過宇宙規模的無垠資訊，亦將葬送自己的一切——不只生命，而是實質意義的「一切」。我想，接觸邪惡資訊的人們終將化作神祇的傀儡，散佈更多訊息，誘惑更多智者，直到世界覆滅。

「祟醫師……」

「既然一同逃過藏身於浪潮的暗影，」他微瞇雙眼，揚起嘴角。「相信我們已是能夠直呼名字的交情了。」

「呃……穹宇。」總覺得有些尷尬。我搔搔頭，「謝謝你幫了我這麼多。」

「我只是做自己該做的事，況且，朋友之間哪會計較這些。」

他轉過身子，不經意地露出溫柔的笑容。

「好好休息吧，官毓燁調查員。」

「咦？」

突然被他喊出全名，心頭不禁一震。我不記得自己提過真名，縱使有，也是為了辦案設計的假名。

穹宇竊笑一聲，頭也不回地離開診所。

他不在時，我總是望著天花板發愣，感受令人窒息的無盡孤獨。

不敢闔眼，也不敢沉睡，深怕陷入沉眠，隱藏於暗處的邪惡便會找上門來，了結未能完成的志業。什麼都不敢想，不敢想像汪洋深處的事物，不敢想像終將到來的末日。我害怕所謂的末日根本是種救贖，那些東西……那些不該稱為神的神祇，恐怕在生物尚未誕生的遠古時期，便已抵達這個萬物賴以生存的世界。祂們說不定在我們乘坐郵輪出遊時徘徊於海面之下，在我們搭乘客機升空之後於上方翱翔，甚至入侵夢境迫使我們主動禱念供奉祂們的邪惡咒語，而我們終究只能任其擺佈，無能為力。

穹宇沒有還我行車記錄器，這是善意，也是體貼。我不需要那段影像，抑或任何強調客觀事實的佐證。倘若神明垂憐於我——不，世上恐怕沒有神明，沒有神眷，也沒有神蹟；即便有，也絕無善意。在我直面偌大邪靈的剎那，宇宙的善意全數消散，縱然是聖靈眷顧的比翼候鳥，抑或維繫正法的首楞嚴經，甚至是守護界域的御儀靈姬，都無法修復已然崩解的意識、理智和心靈。

彷彿亟欲將我拉回深淵，諸多巧合使我意外找出始終帶在身上的錄音筆。那是平時調查用的工具，也是用來存放夢遊者囈語的設備，似乎因為誤觸而意外錄下那趟瘋狂的海上旅程，以及歸來之後長達數日的一切聲響。

彷彿聽見浪潮暗影的尖銳叫聲，莫可名狀的噪音引起嚴重的耳鳴。

或者，我以為自己聽見了，實則只是某種狀似聲響的雜訊。殘存的理智正在自我防衛，不斷尋找理由，說服自己未曾望見無以言喻的異形邪神。

噪音之後是段漫長的空白，爾後出現穹宇的低語，與難以辨別的雜訊。

音檔末段，一切陷入寂靜之前，我聽見了自己呢喃般的不明囈語。

——浪潮暗影　完——

# 敬獻手記

我還沒死。最讓人訝異的是自己還能呼吸這件事。

〈?〉

他們沒有拿走我的背包，或許並不需要，畢竟這裡是出不去的地獄。

我不知道實施拘禁的究竟是誰，性別、年齡、人種，甚至是不是人，均屬未知，只能以「他們」代稱。倘若大腦意識沒有因為過度恐懼產生混亂，自從來到這間伸手不見五指的狹窄監牢，已經過了整整兩天。漫長的四十八小時，我不斷嘗試呼救，可惜這裡無光亦無影，無聲也無息。

## 〈二月十七日〉

必須記下一些什麼。

我不認為自己能夠獲救，但若不寫些文字，大腦思緒將完全停擺，源於黑暗的恐懼很快便會吞噬殘存的理性。

必須寫點什麼。

受困的場所是個約三坪寬的空間，內部應為梯形，長短不一的兩個邊卻有同向的弧形，應是大扇形扣除小扇形所得的扇面形狀。四方牆垣以混凝土等厚重材質打造，中間或許裝有鐵板，讓人無法聽見隔壁和外部的聲響，靜謐的程度，彷彿作為介質的空氣全被抽乾，營造真正意義的與世隔絕。監牢較長的弧形牆上有扇嚴密、緊實、不透光的混凝土門，門上有個無法從牢內開啟的活動鐵閘，是遞送食物的位置——如果那團生滿蛆蟲的濺粉凝狀物能被稱為食物的話，是的，他們會提供食物。一天兩餐，早上和晚上各一餐，食物會從開啟的閘門「流」進來，像一灘雨後淤積的爛泥，黏在門板與地板之間。透過地面詭異的色差，想必這種食物供給方式已行之有年，我不是唯一一個，甚至不是第一個趴在地板舔這團凝狀物體的人。

供給食物的閘門很小，就算完全開啟，也只容得下一個手掌通過，而且必須是我這種小不隆咚的手，換作一般男性或身長更高的女性，恐怕連四根手指都無法穿過閘口。我沒勇氣伸出手去，不只擔心外面的監禁者直接將之砍斷，更害怕可能伴隨而來的「懲罰」。

一想到懲罰，便讓人頭皮發麻。

監牢較短的弧形牆上，大約兩公尺高的位置有個圓形漆黑玻璃，頗具鏡子之效，讓我得以清楚看見自己狼狽不堪的醜陋樣貌，以及愁苦黯淡的消瘦雙頰。黑色玻璃對側的光影不時搖晃，雖然只是一道陰影，卻仍讓人畏懼不已，恐怕是負責查看牢內狀況的監視者。我想，他們可能也透過這道監視窗，決定是否降下懲罰。監視窗的光芒被我視為日光，沒有光時，便是黑夜；即使在不見一物的夜裡，單向玻璃的微弱光芒，依然不時浮現陰影，讓我明白無時無刻都受到監視，身陷毫無隱私的可悲處境。

監牢中央有個巨大的圓形孔洞，半徑約六十公分，是除了食物閘門以外唯一可供空氣流通的地方。孔洞裡頭是深邃不可探明的幽暗之域，無法確定深度，也無法確定通往何處，純粹的未知讓我萌生可怕的想像。孔洞正上方也有相同的圓洞，雖然無法確定，猜想應是某種換氣管道，與底下的圓孔組成一套大型的氣流連通管。

昨晚，上方孔洞流下腥臭的尿液和糞便，讓人頓時明白這不只是空氣流通的管道，亦是唯一可用的廁所。

我也終於明白不曾消散的噁心臭味，究竟源於何處。

〈？〉

我不斷做夢。

一開始只是普通的夢，漸漸的，夢境變得清晰，甚至能記得自己在夢裡遭遇何種事物。視覺、嗅覺和觸覺清楚得讓人困惑。

似乎看見一座浮出汪洋，外型違背幾何原理的怪異城堡。

〈二月十八日〉

他們每天會從食物閘門塞一張紙進來。

我看不懂那是什麼語言，不是英文，不是法文，不是俄文，不是拉丁文，也不是阿拉伯文，要不是他們好心地附上注音符號，標註單詞的發音，我根本不知道該如何正確誦念那些句子。至於為什麼要念……紙上除了怪異的語言外，還用工整的鋼筆字寫著「仰望淵孔禱念一千次」。

需要仰望的淵孔，大概是位於頂上的烏暗孔洞，除此之外沒有其他可能。

那天，我在禱念至兩百餘次時不小心咳嗽，懲罰立刻降臨。之後，我連嚥下唾沫的空檔都不敢有，深怕中斷禱念便會受罰。

## 〈?〉

Ot ah'lloigshogg gn'thor. Ot ah'lloigshogg gn'thor. R'luhh ot epgn'thor ah r'luhi ph'nglui ph'trub'ta isuloca'si.

La'zfign. La'zfign ephaii. Fad'sy. Fad'sy ephaii. Iä! Cthytali Azanah, throdog r'luhhor ot gn'th kolr'om'si, dof'lani klog'àl ot gn'th, ng zeklit uh'eog ah'ehye'drnn gn'th.

Iä! Cthytali Azanah, ng zeklit uh'eog ah'ehye'drnn gn'th.

## 〈二月二十日〉

我想談談懲罰。

一旦他們認為我表現不佳，便會將大量的水灌入狹小的監牢之中。

起初我不明白水從何處來，前天終於確定，用於懲罰的水是從下方孔洞漫出來的。我確定上下兩處孔洞偶而有風拂入，理當是與外部連通，或者設有某種換氣裝置，無論如何，沒有提供水位積累的密閉空間，絕不可能淤積以致淹水。

奇妙的是，用於懲罰的水總能淹到脖子的高度，我得高高仰起下巴，才能避免喝下太多漂浮著自己排泄物和噁心蛆蟲的髒水……當然，不管怎麼迴避，總會喝下幾口的。儘管不斷作嘔，卻不敢吐，否則下次喝到的就是伴隨自己嘔吐物的水了。

不過，就算表現良好，每天晚上的某一時刻也會固定注水，維持與懲罰相同的高度，持續數十分鐘，逼我喝下噁心的髒水。

仔細一想，深不見底的孔洞應該裝有某種機關，能在進行水牢之刑的同時，掩起連結下方樓層的通道。我想，一張簡單的隔板就能辦到了。就算想通這道玄機，也沒能改變無法脫逃的宿命，只是平白耗費精神，浪費腦力罷了。隨著懲罰次數變多，唯一的背包已髒得無法使用，裡頭的物品臭到讓人抗拒，或許這才是他們從一開始就不打算沒收的原因。

〈二月二十一日〉

我在右側牆壁與地板之間找到一條龜裂的細縫。

隔壁有人。我很確定有人，卻不敢與其對話。

監視者總在監視，任何一點動作，都可能引來令人作嘔的懲罰。撇開必然到來的夜間懲罰，我可不願額外喝到噁心的髒水。

〈？〉

我能聽見孔洞傳來淒厲的尖叫。

叫喊之後往往伴隨難以言喻的呢喃，那些聲音迴盪在監牢各處，令人不安。

有腳步聲。不是監視者的步伐，是來自孔洞的聲響。

〈二月二十二日〉

隔壁有聲音。人的聲音。

〈二月二十三日〉

終於連最後一絲堅持都捨棄了。

身上衣物早已浸滿髒水，噁心的惡臭始終無法消弭，逼得我只得赤身露體，將不曾真正晾乾的衣服當作不足蔽體的薄被。在這毫無希望的監牢之中，隱私和羞恥不再重要，就連生命也……我偶而會凝望深不見底的黑洞，思考最直接也最快速的解脫方式。

隔壁不斷傳來細小的敲擊聲。

對方可能想要對話，但牆壁太厚，必須緊貼牆面才能聽見。

我害怕懲罰，不敢靠近。聲音過了很久才停止。

〈二月二十四日〉

這天上午，我抓準監視窗沒有陰影搖晃的空檔，蜷曲身子貼向牆垣龜裂處，倚靠右耳仔細聆聽。隔壁傳來女人的聲音，自言自語地發出沒有目標的空泛言詞，我嘗試拍打牆壁引起對方注意，卻沒成功。

懲罰倒是來得非常及時。我再也不做這種莽撞的事了。

〈？〉

夢境的體感時間逐漸變長。

試著靠近違反幾何原理的石造城堡，發現大門位置歪斜七十度角，找不到正確的開啟方法。周圍什麼生物也沒有，漫步其中頓覺頭昏腦脹，或許是太過扭曲的景物線條和看似平坦實則歪斜的詭異地面，讓大腦始終無法正常思考。

清醒時，他們告訴我那座城堡是偉大□□□的宅邸□□□，原文則是……（以下文字均遭抹除）

〈二月二十五日〉

隔壁之人察覺我的動靜，終於有了足以稱作「對話」的互動。

由聲音判斷，對方應為女性，語調特別細小，幾乎聽不清楚——當然，也不排除是過於厚實的牆壁阻隔其間所致。即使一句話得重複數次才能辨識，還必須時常注意監視窗的陰影，我們仍能找到正確的時機，利用數個小時交換彼此擁有的貴重情報。

她說，自己是一名在生物科學和語言學等專業領域有所建樹的科學家，聽起來不太真實，我卻沒有戳破，畢竟隔著這堵高牆，就連能否脫身都不確定，何必為毫無意義的細節起爭執。我告訴她，自己原本是為了進行學術研究而前往舊新莊第一公墓拍攝尚未遷離的古墓，同時探訪機場捷運劫持事件的罹難者紀念碑，不知怎麼回事，再次睜眼便來到這種地方。她輕聲笑了，說我就是那種會在酒吧被人灌醉撿屍的類型。哼，隨她怎麼說。快樂嗎，她問。我不明白她的意思，並未立即應答。她沉默幾秒，再次追問：拍攝古墓，快樂嗎？我回答「並不快樂」後，她又笑了，說所謂的研究就是這麼回事。

她的家裡有兩個哥哥、一個姊姊、兩個弟弟和三個妹妹，老家在臺中市霧峰區曦鳶里。坦白說，我連那是什麼地方都不曉得，應該是接近中央山脈的偏遠小鎮。她曾就讀臺中市立師呈國小、臺中市立西澄國中、臺北市立第一女中和臺灣大學，並擁有臺大生化科技和語言學雙博士學位，倘若為真，這將是我活了二十八年所聽過最可怕的學歷。從她口中得知，每天必須禱念千次的奇異字句，出自無人見聞的《轅歧嶼拓碑卷》，被某些人認為是歌頌與呼喚海流之神克希塔利・阿撒納的供奉咒語。

她說，將我們監禁於此的是清嶽宗邪教團體的激進份子。

我聽不懂，還來不及追問，懲罰就來了。今天喝下比往常更多的髒水。即使緊閉著嘴，依然嚥下了自己的嘔吐物。

好可怕的味道。

## 〈二月二十八日〉

由於害怕懲罰，幾天來我不斷避免與對方交談。

今天，隔壁之人發了瘋似地拍打裂縫周圍，規律的吵雜聲響讓人靜不下心，只得乖乖靠近，與之對話。她劈頭便喊「和平紀念日快樂」，我呆愣幾秒，才明白她想表達的是二二八紀念日。

她問我是否聽說過社寮島事件，我以沉默作答。

她說，那是公元一九四七年三月十一日至三月十三日間，發生於基隆和平島的琉球籍居民屠殺事件。剛說明完，她便以耐人尋味的語調發出長長的「嗯——」，隨即說道「真有這麼簡單就好了呢」。不確定她想表達什麼，也沒有積極追問的念頭，即使如此，總是自言自語的她仍自顧自地往下說了。基隆和平島過去名為社寮島，最早從西班牙統治時期便開始流傳與貓神芭絲特（Bastet）有關的特殊儀式，目的不明，一說是為了抵禦來自海洋的威脅，一說是單純的泛靈宗教信仰。她提到一本奇特的書，聽不太清楚，似乎是她負責翻譯的某種外文典籍，裡頭詳細記載著公元一九四七年發生在和平島的怪異之事，暗示人類錯誤地實施了芭絲特的神祕儀式，引發神怒。

這些事情與監禁我們的清嶽宗有關嗎，我如是問，卻被否定了。

隔壁之人輕笑幾聲才說，雖然多屬臆測，但清嶽宗這一崇拜卻又畏懼大海的信仰，一直以來都想在擁有「雨港」之名的基隆地區發展勢力，卻被位於新莊的無形力量橫斷，未能如願。

今天的監視空檔很長，讓她有機會告訴我更多清嶽宗的資訊，但因內容過於龐雜，實在沒有心力全部記下，印象較為深刻的是教團的創立過程。她說，福爾摩沙荷蘭統治時期，有位來自漳州的仕紳林旭清向一位名叫阿夫雷・梅傑（追記：還是安芙特？聽不清楚）的荷蘭商人購買《轅歧嶼拓碑卷》，得知有關界域之外的神明，亦即克希塔利・阿撒納的超常力量。我問她《轅歧嶼拓碑卷》是什麼，她答道，那是一份相傳源於「轅歧嶼」未知古大陸的莎草紙古卷，以拓碑的圖騰與文字描述海流之神克希塔利的神祕力量與供奉方式。透過古卷的資訊，林旭清之子在玄靈道崛起的清領時期創立與之抗衡的新宗教，後於今日的雲林縣臺西鄉地區搭建宮廟，以制約力極強的傳教方式與違反法律的擄人手段快速擴張，成為隱藏在檯面下的駭人邪教。

我們這些無辜的可憐蟲，就是「擄人手段」下的犧牲者。

除了邪教的起源，她也提到不少有趣的軼事，例如：於清康熙年間，清嶽宗將神祇克希塔利描述為「阻擾渡海的巨大海蛇」，創造出知名的魔尾蛇傳說，流傳至今。隨後，魔尾蛇的故事先被季麒光收錄於

《臺灣雜記》，後又收錄於郁永河的《裨海記遊》，基本上就是換了名字，直接將清嶽宗尊崇的海流之神克希塔利融入臺灣傳統文化，供人傳頌。真是陰險狡詐的傳教策略。

令人驚訝的是，今天沒被懲罰。

監視窗依然可見陰影搖晃，卻一直沒有降下懲罰。

〈？〉

夢境的場所變了。

違反幾何原理的城堡不再出現，映入眼簾的是一望無際的黑土荒漠，冷冽的寒風虎嘯寥戾，讓我不覺縮起身子，劇烈顫抖。只能不斷向前走，漫無目的地走，明明身在夢境，雙腳破皮流淌鮮血時的痛楚依然清晰，幾度放緩腳步，卻沒停止前進。自我意志亟欲拋下一切，肉體卻被無形之力驅使，一次次邁開腳步，直朝幽暗之地的深處走去。

無人闡釋，我卻明白這裡是他們稱為轅歧嶼的古老大陸。

分明是片早已沉入汪洋的土地，為何我能安然行走……

〈三月一日〉

睡眠時間並未增加，作夢的時間感覺變長許多。

醒時，指甲常常沾染黑土。獨立監牢沒有這種土壤，可能是沉睡時濕漉漉的雙手乾掉後，偶然殘留的髒污。今天喉嚨特別乾澀，活像大肆吼叫一整晚似的，想要咳嗽，卻又不想接受可能已經感冒的殘酷事實，只能抱著雙膝忍耐，壓抑喉頭裡宛如昆蟲爬動的搔癢感，嚥下每個急欲打出的噴嚏。

總覺得監視者整天都盯著我。

不敢輕舉妄動，只好假寐。發著抖睡。

## 〈三月五日〉

隔壁之人問我有無夢遊經驗，我答沒有，她便笑了。

她告訴我，清嶽宗教團約束信眾最有效的手段，便是無法治癒的夢遊症狀，那是源自不明力量的精神障礙，專門侵略人類的意識和理智。我問她，是否曾經聽見我夢遊的聲響，她想了想，似乎無法確定。她認為，唯一可行的檢驗方法就是查看身上有無奇怪的創口、抓痕或瘀血。我低頭檢查自身，雖無外傷，指甲縫裡的泥巴卻很突兀。她沉默半晌，追問黑色土壤的事，我卻什麼也答不上來。

她告訴我，宇宙的某處存在著夢境領域的終點，通往該處的路途有許多分支和岔路，每一條路都指向某個遙遠的界域，可能是外星世界的都城，亦可能是相異時空的遠古之域。具備自由進出「幻夢境」（Dreamlands）資質的特殊存在，被稱作夢行者（Dreamer），但單純出入「夢境狹縫（Dream Slit）」倒不需要什麼潛質。清嶽宗教團透過源於偉大的克蘇魯（Great Cthulhu）或沉默的克希塔利（Silent Cthytali）之莫大力量，讓不具夢行資質的信徒無意識地墮入複雜夢境路途，穿梭於夢境狹縫間，抵達以催眠術暗中指示的特定地點。她說，前往幻夢境的手段太過複雜，但清嶽宗教團要的並不是「抵達」幻夢境，而是在夢境狹縫找到路途的岔口，前往某個時空的化外之地。

我不記得作夢時去過哪些地方，只隱約記得有這麼一回事，除了醒來時身體特別疲勞外，沒有其他可供辨識的實感。發生在我身上的似乎是極不尋常的現象，隔壁之人無法說明理由，只叮囑我注意身體狀況，確認狀況有無加劇的跡象。

至於是什麼狀況，她卻不願明說。

## 〈三月七日〉

食物送得越來越慢。

但我不覺得餓。腸胃實在太不舒服了。

## 〈？〉

向來空無一物的轅歧嶼古大陸，出現某種外觀詭異的危險生物，我找不到適當的詞語加以描述，那些……或者說那團不願定形的的腫囊接連發出令人難耐的光芒，眼睛彷彿一顆顆膿液包覆的珠子，在牠們龐大的身軀間不斷移動，時而隱藏，時而展現，時而分解，時而重組。值得慶幸的是，這群生物完全無視我的存在，想必頻繁現身於此的我，與這些怪物具備一定的同質性。

牠們與我錯身而過，巨大的軀體蜿蜒蠕動，朝著特定方向前進。我不認為這些生命體擁有智慧，也不認為牠們是屬於我們世界的原生種。

Tekeli-li! ——Tekeli-li!

伴隨一聲聲刺耳的叫喊，外型詭奇的不明生物終於離開視線。清醒時，我的大腦依然迴盪著牠們狀似哭喊的嘶吼。

Tekeli-li!——Tekeli-li!

## 〈三月十日〉

將近一個月沒有洗澡，身上的臭味燻得我難以入眠，逐漸炎熱的天氣讓前額、頸項和雙頰佈滿汗水，沒有可供擦拭的物品，只能以覆蓋皮癬的臂膀使勁摩擦，阻止更多發臭的汗珠滑落頰側。

監視窗的陰影晃動頻率高得異常，猶如即時監控，幾乎沒有一刻離開圓形玻璃窗邊。這是過去不曾出現的狀況，令人如坐針氈，深怕一個細微的動作或一道輕微的聲響，引來駭人的懲罰。

趴在地上舔食物時，也小心翼翼地觀察監視窗晃動的陰影。

不敢靠近龜裂細縫。今天絕不能和隔壁之人對話。

## 〈三月十五日〉

突如其來的反胃使我周身震顫，趴伏於漆黑淵孔不斷嘔吐。

怪異的病症讓人恐懼。要是在這不見天日的監牢生病，恐怕只有死路一條。鼓起勇氣敲打從未開啟的門，立刻惹來長達一小時的懲罰；嘗試拍打偶有陰影的監視窗，再次引來長達一小時的懲罰。無能為力的我只能掩面哭泣，瑟縮牆邊感受逐漸上升的體溫和不斷湧起的作嘔之感。

食物都被髒水浸濕了。由於吐得太嚴重，肚子餓得很快，只得舔食殘留的凝狀物，稍微補充一些熱量。凝視那道深不見底的淵孔，腦袋越發混沌，生存意志也越發薄弱。或許……只是或許……我能試著坐在孔洞邊緣，感受死亡臨近的危險，喚醒一息尚存的求生慾——倘若靈魂依然殘留這種無謂的慾望，是的，我需要苟活於世的求生本能。

隔壁之人異常安靜，靜得令人不安。

不敢細想她的遭遇，此刻已無暇顧及他人閒事。

肚子太餓，喉嚨卻不斷湧起難以壓抑的嘔吐物，連番而來的苦痛使我無法正常思考。我得出去……絕對不能死在這種地方……沒錯，我是沒有夢想也不曾想像未來的人，但生命終究是生命，如同御儀姬所言：人的價值無法客觀衡量，因為靈魂的質量眾生相等。大腦越來越混亂，意識也越來越模糊，嘗試乞求神明救贖，浮現腦海的竟非天上聖母，亦非關聖帝君；佔據大腦的全是以未知語言禱頌供奉的界外神祇克希塔利，以及早已烙印在心，不解其意的可怕咒語……

Ot ah’lloigshogg gn’thor. Ot ah’lloigshogg gn’thor. R’luhh ot epgn’thor ah r’luhi ph’nglui ph’trub’ta isuloca’si.

La’zfign. La’zfign ephaii. Fad’sy. Fad’sy ephaii. Iä! Cthytali Azanah, throdog r’luhhor ot gn’th kolr’om’si, dof’lani klog’àl ot gn’th, ng zeklit uh’eog ah’ehye’drnn gn’th.

Iä! Cthytali Azanah, ng zeklit uh’eog ah’ehye’drnn gn’th.

我想離開這裡。我想知道自己為何遭到監禁。

他們想從我身上得到什麼？該怎麼做才能獲得神的救贖？

哪一尊神？哪裡的神？誰的神？

置身夢境的時間遠比清醒更長了。

問題出在那些水，並非遭受不潔的病毒感染，而是更純粹、更直接地「接觸」他們所信仰的神祇。隨著喝進體內的污水增加，沉潛於夢境的時間就變得越長。沒有任何根據，唯獨大腦不斷說服自己：別再喝了！那不是普通的水，而是來自界域之外的產物，全是——

問題是該如何避免？他們每晚例行公事般地灌注大量污水，無論怎麼小心注意，最終也將喝進一兩口水。

到底該怎麼辦！

高聲嘶吼的同時，跪倒在地，掌心重擊地面，根植內心的憎恨使我下意識收束指尖，握起拳頭，抓起一把黑色土壤向前方扔。掌間鬆軟的泥土黏膩而富水分，湊近鼻前一嗅，伸出舌尖一舔，刺激的鹹味襲上腦際，海水專屬的味道嚇了我一跳。莫非這塊不見盡頭的黑暗大地，底下全是海水？

轅歧嶼大陸是由浸滿海水的烏黑土壤凝聚而成的嗎？

前方不遠處，口中不斷發出奇異叫喊的腫囊生物蜿蜒蠕動，身旁跟著為數眾多的人形生物，全都背向此處，以引人不適的樣態聚集成群。牠們依舊無視我的存在，彷彿現身於此的任何生命體皆屬同類，稀鬆平常，無需留意。我毫無目標、漫無目的、搖頭晃腦地穿越不見五官的人形生物，朝那群扭曲的不定形腫囊生物走去，憋住呼吸，奮力擠進牠們彼此緊貼的軀體間濕黏噁心的狹小夾縫，抵達怪物們團團包圍的中心點。

那是一塊破損的石板，狀似黑曜石的基底映出怪物的樣貌，諸多荒誕詭譎形影之中，獨缺了我。石板刻著難以辨識的文字，不知出於何種理由，凌駕意志的莫名衝動迫使我趴伏地面，以前額重重撞擊堅硬的石板……

〈三月二十一日〉

清醒時，門口已堆積兩團凝狀物，顯然我無意識地睡了一整天。

讓人意外的是，懲罰並未降臨。按常理，食物送達後數小時內沒有進食，便會遭受水牢懲罰。瞥向圓形監視窗，裡頭的陰影頻繁搖晃，或許來了更多監視者也說不定。

可能只是錯覺，原先明亮得足以充作鏡子的單向玻璃，不再清楚映出我的面孔。臉龐彷彿覆蓋一層薄膜，五官混沌不清，像堆揉捏成團的不祥肉塊。

今天的食慾差得令人擔憂，才剛舔舐乾掉的食物，難以忍受的作嘔感猛然湧上喉頭，我飛也似地奔向淵孔，朝漆黑的深淵吐出酸液。緊闔雙眼，一面感受佈滿食道的灼燒劇痛，一面靜候必將到來的駭人懲罰。

萬籟俱寂。懲罰始終沒有到來。

〈?〉

我還記得我真的記得那些刻於石碑的圖像和字形絕不能忘記必須趕緊刻上否則我無法承受我已不能再……（此處的牆面遭到不明外力嚴重磨損）

〈三月二十四日〉

身上多了數道瘀血，右手食指的指甲不翼而飛。

頭痛欲裂，幾乎無法保持清醒。

〈？〉

妳在哪裡？

〈三月二十七日〉

那不是出於患病的作嘔……

我在這座無人進出的獨立監牢懷孕了。大腦不計代價地否定這道念頭，卻比誰都明白，這是比事實還更真切的現實。儘管數度陷入無意識的深層睡眠，仍不可能遭到侵犯卻渾然未覺，何況那扇用以通行的混凝土門，早已生鏽變形，幾乎不可能再次開啟。

我體內孕育的到底是什麼「東西」？

注視深不見底的淵孔，隱隱想起水牢淹起之時，總有形同幻覺的適水性生物徘徊其中。那些融入黑暗的邪惡靈物，莫非以感官無法查知的詭譎方式，將不潔的子嗣安放我體內，好似植苗，又似寄生，將我身為人類的最終價值利用殆盡。

使勁摁住腹部，不願再往下想，順著邏輯得出的結論，將成為壓碎殘存理智的最後一擊。

絕不能連執行「最終解決方案」的意志都消逝殆盡。

〈？〉

為什麼要逃？

〈三月二十九日〉

我相信隔壁之人已經死了。

無論怎麼拍打牆面，無論怎麼扯開喉嚨嘶吼，她都不再有所回應。就連那道理當清晰的龜裂細縫都消失得無影無蹤，世上荒誕之至，莫過於此。或許我是瘋了。視覺越來越不可靠，所見之物覆蓋一層莫可名狀的腥紅，朦朧的迷霧猶如睜不開眼的視野，混沌，骯髒……

也許我該挖去自己的雙眼。也許，我該躍下無盡的深淵……

〈？〉

切記，神之大敵乃御儀姬九降詩櫻。

長遠之計是盡可能地迴避衝突，輔以□□之法，積極侵蝕玄靈道對臺灣本島的潛在影響力。傳布期間，萬萬不能引起雷霆、蒼溟和天央那群政府走狗的注意，也不能惹來沈□□、□□美、□羽□和□□宙等人的注意，我等宗脈源遠流長，只消磨耗時日，靜待候鳥凋零……

利用無父無母無牽掛之人，出入聖域，接近至高之神。

……必須尋得完整之《轅歧嶼拓碑卷》刻文，亦須取得記載偉大神靈的正體中文版《死靈之書》，更須摧毀足以干涉……的《首楞嚴經》、《時輪圭旨》和《清玄御儀經》的御儀姬手書本。奉至尊宗主林月妤之名，迎海於陸，禱詞以供，靜候至高至聖海流之神克希塔利‧阿撒納駕臨，謹盼深淵汪洋之聖域再臨。

〈三月三十日〉

這不就是你們要的嗎？你們到底要什麼，你們是誰……

我又是誰？

〈？〉

媽媽？

〈三月三十一日〉

我不是我沒有那不是真的全都是假的

不要再找我了

## 〈四月一日〉

漫步夢境之時，拾起一顆材質不明的堅硬石子。
決定將一切見聞刻於白牆，留下亙古流傳且不可抹滅的證據。
為了不讓實施駭人惡行的「他們」察覺真相，必須混淆資訊……
刻吧，迷惑他們，動搖他們的意志。
刻吧，將真實隱藏於虛偽之中，讓膽敢踏入不潔之地的智者，以毫無邏輯的推論和世所罕見的智慧閱讀蘊含的危險信號。
請牢記，當你決心凝望深淵之時，殘存於世的善意將永遠照耀著你。
我得走了。希望在我離開之後，邪惡的因子都將隨同消失。

## 〈？〉

找到妳了

## 〈圓塔水牢擄殺事件調查報告書〉

單位名稱：超常事例與特殊應變勤務部隊（雷霆特勤隊）

主負責人：第二大隊特殊班調查組長張弈弦

案件編號：RT011019001

報告內容：

10月19日上午11時30分許，一一〇報案電話接獲報案人（身分待查）之來電，陳稱「於十八份坑溪上游發現一座廢棄圓塔，附近有裸露於土壤外的遺體」，案件交由新北市警局新莊分局優先受理，隨後依據《超越凡常之特異事件案例處理法》第二條規定，移轉案件管轄權予本部隊及未知防制與特殊容留察核司（即「蒼溟容留司」）。本部隊於同日下午1時許抵達新莊丹鳳里十八份坑溪上游未編列地號之圓塔建物，標註為代號「RT-01」並實施現場封鎖，派員初步調查。

現場確有符合報案內容之「圓塔型混凝土建物」，建物一樓設有餐廳、廚房、和配電室，二樓至十樓均為圓環式私人監牢。監牢樓層之外環處設有牢門，多數門緣嚴重生鏽以致無法開啟，內環處則有同心圓式的監視房。每間獨立監牢之監視圓窗均朝向中心處，研判僅需一名監控者便能同時監管所有牢房，然而自監視房上方燈泡附近之衣架推測，監控方恐怕自始至終皆以吊掛衣物等方式營造出晃動之陰影，欺騙單向玻璃對面的被監禁者，使其誤認自己無時無刻遭受監控，進而不敢輕舉妄動。此種節約管理人員的設計，應是傑瑞米・邊沁（Jeremy Bentham）圓形監獄（Panopticon）概念之體現，調查總部將圓塔監牢稱為「邊沁圓塔」。

建物周圍林地挖掘出一百一十三具人類遺體，由四散於樹叢間之內臟與皮肉初判，應有更多被害遺體尚未尋得，已即刻請求新北市警局新莊分局組成專案小組協助追查。年代過於久遠者均已腐爛致難辨身分，距今較近之遺體狀況亦非良好，除了飢餓表徵，更有顯著之中毒反應，初步研判係營養不良與惡劣環境所致。此外，幾乎所有遺體之軀幹皆無明確致命性外傷，惟面部均受外力擠壓，五官並不完整，且與皮膚嚴密黏貼，彷彿包覆某種動物外皮，難以辨識人別。遺體皮膚均有長期泡水之腫脹現象，自表皮殘留之鹽塊判斷，多數死者皆有長時間浸泡海水之惡劣待遇。

建物每層之獨立牢房均有用於排水與通風之垂直管道，直通地下二樓之管道中，除青苔外，亦有人類血液、尿液和糞便殘留。位於八樓，調查編號「RT-01PC001」之獨立監牢，即牆上留有文字之「刻字監牢」中之石刻字跡，推測出於不同時間、不同人別之手。由刻字內容可知，監控者對被監禁者之控制方法為「水牢式懲罰」，逼迫禱念特定宗教之特定咒文，惟自一樓通往中央監視房那扇完全變形以致無法開啟之鐵門判斷，位於圓塔中央的監控房早已遭到廢棄，至少應有數十年無人進出，刻字者之陳述恐非真實。

刻於牆上之特殊文字初判應為拉萊耶語和寰星祕文，內容業已全數轉錄並交由尖端解析與異態對策研究院（即「天央研究院」）解析，亦請求該院派員協助調查其他難以辨識的不完整符號。年代久遠之古老刻字業遭嚴重磨損，究竟出於多少人之手，亦已轉交天央研究院詳加判斷。刻字內容提及清嶽宗、克希塔利、御儀姬九降詩櫻小姐、《轅歧嶼拓碑卷》和幾部存否不明之典籍，單就字句推測，多數資訊係從「隔壁之人」口中得知，然因此情與調查結果不符，且無其他客觀證物，調查總部已將刻字監牢之被監禁者定為清嶽宗內部人士，列為頭號嫌疑犯。

鑑於無法排除清嶽宗非登記宗教團體之涉案可能性，已由大隊本部發函邀請臺灣大學語言學系與輔仁大學跨文化研究所協助調查，並派員拜訪曾與崇紗夜博士一同研究清嶽宗信仰的劉靜琝教授。

## 〈天央研究院研究人員內部通信〉

刻字內容所指的「隔壁之人」，依據其口述之經歷與特徵判斷，應是前首席研究員崇紗夜博士，惟因崇博士過世多年，絕無可能現身於此，恐為熟諳相關事實者留下之資訊。令人費解的是，刻字內容提及諸多本院尚未知悉之事實，甚至明確肯定崇博士生前積極研究之《轅歧嶼拓碑卷》即為清嶽宗的創立之源，各種難解資訊實在無法忽視。

倘若刻字內容屬實，清嶽宗教團似乎正在尋找能從夢境取出物品之特殊體質者，同時計畫殺害御儀姬九降詩櫻，破壞不知是否存在的《首楞嚴經》、《時輪圭旨》和《清玄御儀經》等御儀姬手書本，不可不慎。假使崇博士生前之預言為真，且正體中文版《死靈之書》記述屬實，御儀姬之死與三大經典滅失將使界域寧靜完全破毀，招引不應留意此處之「異域者」（Xenosphere Ousider）關注。緣此，須請雷霆特勤隊加強防備，並設法聯絡各領域專業人士協助本案調查。

附註：刻字內容所述，口中發出「Tekeli-li」的生物應為正體中文版《死靈之書》記載之「修格斯」（Shoggoth）；五官不全，難以辨識面孔之人形生物，則為「凝面者」（Coagulate Ahororr'e）

附註2：倘若刻字監牢中的被監禁者確實懷孕了，其胎兒之下落……？

## 〈雷霆特勤隊調查人員案件筆記〉

監牢刻字至少存在三種以上之筆跡。

自天央研究院放射性碳定年實驗室傳回本部之檢測結果可知，附有日期的刻字應是近十年內留下的，但未附日期之古老字跡所用的雕刻物體，確切年代卻落於二百五十萬至二百六十萬年前之間，由於此項結論過於失真，現已送回天央研究院進行二次檢驗。

追記：天央研究院認定檢測結果無誤，拒絕進行二次檢驗。

## 〈蒼溟容留司管制人員電子郵件〉

時雨，我向妳保證，監牢裡的被監禁者絕不可能聽見隔壁的聲音！

獨立監牢與其他牢房間的混凝土牆足足有兩公尺寬，如此厚度的牆垣不可能有完全貫通的龜裂破口，再者，刻字監牢的四道牆面均無「龜裂細縫」，左右兩側牢房之人類體液和蹤跡皆是三十年前所留，應無其他被監禁者在內才是。

既然如此，雕刻文字之人到底在和誰說話？又或者，真有這位「被監禁者」嗎？另外，撥打一一〇報案之人至今下落不明，連雷霆都搞不清楚這座密林中的圓塔是怎麼被人發現的。

妳不覺得是很有意思的靈異故事嗎？

——敬獻手記　完——

# 莫可名狀的夢尋之旅

# 序幕：最初的開端

闔上本學期的開課資料表，我嘆了口氣，對始終如一的瑣事感到厭煩。

跨文化研究所不是特別熱門的系所，卻因跨足領域較廣，潛在的課程內容和講師需求不在少數，學術界擁有語言學、文化學和西洋文學專業的講師很多，有能力整合各個學科且願意長期留下授課的卻不多，這不單純是校院或系所熱不熱門的問題，在就業可能性和企業需求度的綜合影響下，教師也難免大小眼，畢竟精通一個學科就能去正統的文學系所，誰會沒事費心研究學科間整合的內容和複雜的「中間領域」。

看來今年的「但丁《神曲》和中古文化」和「《紅樓夢》的時空背景與英譯本研究」兩堂課是開不成了。硬把語言學研究所的老師拉來講授當然不成問題，但這類看似偏重興趣，實則與基礎實力息息相關的學科，真的不想隨便處理。

倘若世上真有精通多國語言，還對世界各地民俗文化有深度了解的人，我還真想看一看呢。

砰地一聲，研究室的門被撞開了。

「老師，我完成了——嗚哇！」

衝進來的不速之客被地上的書堆絆得踉蹌，險些跌倒。

雖說只是藉口，身為一名稱職的高等教育供給者，研究所需的典籍和資料自然會堆積如山，無法給予充足的收納空間，責任在於校方，而不在我。

突然造訪的不是別人，是多年前在九降集團舉辦的新宇博覽會之「亞太跨文化學術座談會」結識，總是穿著哥德式洋裝的優秀女性學者——不對，「學者」一詞無法囊括她堪稱天才的智商和無與倫比的學術發想，平心而論，世上或許沒有任何合適的中文詞語，能夠形容這位智能足堪比擬神明的女性。

她的名字是祟紗夜，和我一樣是臺灣大學的博士畢業生，雖不記得最終是以哪一項學位為主，令人忘不了的是她世所罕見、不折不扣的通才實力。初次見面時，作為來賓的紗夜以分外客氣的開場白稍加舒緩後續批評的力道——是的，只有「稍加舒緩」之效。那次座談會主要圍繞著馬祖的亮島人研究、原始南島語最新學說和臺灣海峽宋代沉船遺址發現的未解析語言，除了以語言學專家身分出席的我，還有負責亮島人挖掘工作的考古學家陳仲玉研究員、水下考古學者臧振華院士和跨文化研究學者何璧于教授，由於是首次揭露祕密進行一年以上的未知語言解析作業，不只要給學術界圓滿的交代，更得顧及出資贊助的九降集團面子，每位主講人無不繃緊神經，想要取得最好的成果。

紗夜像個不長眼的程咬金，針對座談會內容毫不留情地逐項檢討，我看得出何璧于教授很快就被這名失禮的「小女孩」惹怒了，可惜那是國際矚目的講座，即便想要發火，礙於面子只能摸摸鼻子默默嚥下。然而，比起學術研究遭受挑戰的難堪，我對紗夜抱持更多只能歸類為恐懼的情緒——我想那是源於挫敗的驚詫和難以置信的惶恐，揉合而成的特殊情感。

事後回想，那天也是紗夜首次向全世界闡述「寰星祕文」的重要時刻。

「紗夜，妳沒事吧？」

「沒事……哎唷痛死我了。」

紗夜一面擰著腳踝喊疼，一面朝我揮手，示意自己並未受傷。面對被書絆得眼角泛淚的她，我也只能搖頭苦笑，這位性格特異的天才有時像個長不大的小孩，對什麼事都非常好奇，日常層面卻過於疏忽，彷佛生活起居總有專人負責一般，就連腳邊那疊半身高的書堆都能踢到，實在不可思議。

「好久不見了，劉靜琝教授——哎唷不對，」紗夜故作詫異地彎腰確認辦公桌上的職稱立牌，「您是所長了呢！嘿，劉靜琝所長！」

「真不可思議，任何稱呼被妳一喊，都像嘲諷。」我摘下適應近視與老花的多焦點眼鏡，揉揉眼睛，說：「如果妳是上天派來救我的使者，麻煩從右手邊的矮櫃子取一張開課申請表，幫我頂一堂但丁或紅樓夢英譯本。」

「這年頭連紅樓夢英譯本的講師都這麼難找了啊！說不定劉所長的系十年內就消滅了呢——啊，抱歉，人生無常，或許是我先消滅也說不定。」

「請不要用這麼可愛的臉蛋說出如此惡毒的話。」

「哎呀，天央研究所根本找不到像老師一樣嘴甜的人。」

「畢竟是三大超常事例應變機關中最神祕的尖端解析與異態對策研究院，裡頭的研究員八成沒有一個正常，不是近乎怪物的天才，就是超越人類的異形。」

「我既不是前者，也不是後者。」

「妳是二者兼具。」

「哎呀，怪物、人類、天才、異形什麼的不重要啦。」紗夜拎起裙襬，不顧形象地坐上桌角，從皮製提袋取出一疊將近十五公分厚的牛皮紙袋。「猜猜看我帶了什麼寶貝來。」

「先問，這是我能看的資料，還是不能看的？」

「不能看的。」

「那妳何必帶這麼大疊東西過來。」

「該怎麼說呢……順路炫耀？」

紗夜摀住嘴巴，自得其樂地竊笑，似乎準備繼續調侃我，半張開來的薄唇卻突然靜止，眨了眨眼，彷彿聽見某種聲響，抑或察覺不明動靜，盯著空無一物的白板發愣。

「紗夜？」

她撥了撥瀏海，闔上嘴巴，重新漾出頑皮的微笑，慢悠悠地啟動俗稱腕環機的手環型智慧通訊器。

「怎麼了嗎？」我問。

「沒事，只是想偷偷跟二哥說我蹺出實驗室了。」

紗夜的二哥是臺大醫院著名的年輕外科醫師，比起聞名遐邇的精湛醫術，我更想知道擁有一位頭腦比誰都靈活的妹妹，究竟是什麼感覺。

紗夜一邊輸入訊息，一邊說道：「這次出門主要是想參加臺大的CWT活動……老師聽不懂吧？總之就是超級熱鬧的同人誌販售會，距離上一次去已過五年，這回說什麼都不能缺席！」

「臺大離輔大很遠。」我拐彎抹角地調侃她口中的「順路」。

「是啊，但這件事無論如何得由老師親自處理。」紗夜輕拍那包厚實的牛皮紙袋，面露微笑的俏皮臉蛋看起來有些寂寞。「老師，短短的幾年內，我看見太多不可思議得讓人懷疑宇宙本質的『事實』，有些能以文字描述，有些則否……唉，我實在想不出能讓老師躲過雷霆特勤隊調查的解釋方法。浩瀚無邊的宇宙之外，有個比超越現行物理概念、近乎無限的廣大空間，那裡存在著連最崇高的神靈都該畏懼的虛無之物。那些徘徊於界域之外的未知存在，擁有超越一切的智慧，對於一切萬物卻抱持近乎蔑視的冷漠，對它們而言，不只地球，就連太陽系、銀河系或整個宇宙，都是渺小脆弱的概念，光是輕瞥一眼都能將我們毀滅殆盡……抱歉，我的大腦不允許自己進行如此危險的深入思考。牛皮紙袋中放了一張紙條，請老師依據指示，將裡頭的物品藏於指定位置。」

「紗夜，妳說的話我聽不懂——」

「老師，」紗夜斂起笑容，伸手搭住我的雙肩。「請專注於自己的領域，不要涉足那些充滿吸引力卻歪曲危險的假說，未知的源頭即是風險，不值得賠上性命。很多乍看無法理解的事物，背後都有合乎邏輯的既定規律，只是不見得存在於我們的宇宙罷了。不要追尋事實背後的真相，也不要探究典籍隱藏的真理，即便獻祭自我，也絕不能讓界域之外的存在——異域者（Xenosphere Ousider）進入我們的世界。」

幾年前，我在充滿火藥味的研討會，見過崇紗夜這名備受關注的天才學者針對某些議題的特殊偏執，即使聽來像精神異常之人毫無邏輯的警語，潛藏心底，不可名狀的第六感卻告訴自己，這女孩知道自己在說什麼，只是無法以更簡單的話語重組複雜且危險的訊息，傳達給智識不足的我們。

我不知道天央研究院讓她涉足多危險的研究，只知道佇立面前的女孩，再也不是初次見面時那個熱衷追求真理的研究者了。

紗夜離開之後，我有將近半小時無力挪動身軀，雙眼緊盯那包乘載未知資訊的牛皮紙袋。這不是她第一次有求於我，以往為了罕見文獻的幾行句子，甚或校對一個單字，總會排除萬難地跑來找我。或許整個世界除了她的親人以外，我是最了解她治學嚴謹程度的人，因此，這回過於慎重的囑託，反倒讓我卻步。

門外走廊變得靜謐，我也終於鼓起勇氣，以珍藏的龍首觽形純銅信拆小心翼翼地割開紙袋。袋中之物非常沉重，堅硬的漆黑封皮乍看不像精裝書，若不是看見米白聖經紙，還以為是盛裝器物的盒子。

這本書不只外觀特異，連書名都讓人一頭霧水；或者說，感到不安。

封面除了未知的單詞Necronomicon之外，另有以古印楷書繁體中文刻上的中文書名。

——死靈之書。

# 第一節：夏時雨博士的假說

冬末，越是靜謐的日子，就越讓人不安。

今年春節比去年同時期更寒冷，撇除總在冬季復甦的大規模傳染病毒影響，惡劣的氣候和蕭條的景氣讓路上行人減少許多，商家生意明顯受到重創，短時間內難以復甦。立於窗邊眺望空蕩蕩的道路，我摒除腦中雜念，不帶一絲情緒地注視對面公寓暖光流洩的窗口。

一戶住家的父親剛剛進門，身穿粉紅洋裝的年幼女孩飛奔上前，使勁一跳，無尾熊似地緊緊環抱；望向這戶人家右手邊的窗口，一名尚未褪下校服的男孩似乎因成績不理想，被擰著考卷、橫眉豎目的母親責罵，哭得一把鼻涕一把眼淚。住在規格略同的公寓，身處有限的狹小空間，彼此緊鄰的人們各有各的生活，可能幸福，可能不幸，誰也不會明白別人的痛苦。冷不防地想，身在生活步調極快的大都會區，能夠毫無雜念地站在窗口觀察周邊住家，不知該說是幸，還是不幸。一旦意識自己正把時間花在毫無意義的社會觀測，便感到羞愧害臊，甚至自覺這番行徑有點異常。

透過隱約顯露的玻璃倒影，發現自己又瘦了一圈。

距離海豐島的瘋狂之旅已過數月之久，內心餘悸仍不止息，失眠問題亦未解決，即使經過長達數日的休養、診斷與治療，深植心靈的沉重暗影終究未能消散，難以解釋的憂鬱情緒一日一日侵蝕我的思緒，腐蝕我的生命，以顯著卻無形的攻勢破壞我賴以生存的薄弱意志。

事件隔週，我在沒有附加任何說明的情況下向徵信社辭職，儘管費心提拔的學長沈靖瑋律師不斷追問，為避免任何不必要的資訊外洩，我以身體不適和慢性疾病等消極理由搪塞，甚至直接將腕環機電池和網路發信裝置拔掉，在物理層面澈底地與世隔絕。

除了工作，我也拒絕任何訪客，放棄接觸人群，深怕越發負面的情緒散發異常且危險的訊息，讓深藏暗處、悄悄監測的邪靈有所警覺——當然，或許沒有這種荒唐事，但此刻的我什麼都不敢確定了。調查過程取得的文書記錄均已燒成灰燼，面對百思不得其解的學長，我始終保持沉默，什麼也不說，畢竟事涉核心關鍵，即使是最表面的藉口亦有潛在的風險。為了確保任何人無法再次接觸邪惡事實，也避免自己過世後不必要的資訊外洩，我將任何與之相關或可能與之相關的資料，諸如檔案、相片、文書、簡報和信件全數盜走，雖然礙於器具不足而無法物理性地澈底銷毀，卻已阻斷最直接的獲取可能性。

即使隱藏於檯面之下，不為眾人所知，克希塔利・阿撒納確實是存在於世的未知神祇，不確定究竟是某種早已滅絕的古老生物，亦或真如正體中文版《死靈之書》所載，與遠古時期曾經支配地球，來自界域之外的不明生命體具有特殊關聯性，唯一能肯定的是，那龐大的邪物擁有難以理解的駭人外型和直探人心的理智衝擊，我不認為那是主動侵襲的結果，只是偶然、附帶、意外地對脆弱之人類肉身的沉重傷害。由此衍生的對照組也很令人在意，只要沒有「直接」望見邪惡靈物的神祇真身，僅透過影像、照片或其他方式間接確認，便不會受到如此嚴重的精神病症。

這番道理不難理解，畢竟透過視覺接收的細節資訊最為詳盡，任何替代方式都將有所減損。倘若此項推論為真，縱使克希塔利對人類毫無惡意，其存在本身對於整個世界仍是無法想像的潛在威脅，雖是超越神怪領域和界域概念的異常事物，卻因尚未形成直接之重大損害或急迫危險，無法請求御儀姬九降詩櫻或燚魔女月神美等人出面干預，一切危害純屬假說，眼下沒有任何適切的應對手段。

離開窗邊，拖起彷彿繫著高山巨石的緩慢步伐，嘆出一口長氣，坐上穹宇元旦時贈送的按摩椅。數日來，無邊無際的無謂思考讓我心力交瘁，果斷將全身體重安心交給這張數萬元的舒服大椅，仰起下巴，呆望天花板的花紋與燈飾，陷入更為空虛、更加寂寞的沉思。

叮咚——

歷經數個月的隔絕，我幾乎記不起自家電鈴，直到尾音慢悠悠地拂過耳畔，方才意識到有人揿鈴。疲憊的大腦正確地認知此刻的情況，緩慢推算可行的應對手段，隨即選擇最簡單也最合邏輯的一種：無視。

叮咚——叮咚——

對方顯然不肯放棄，但既然決心不與世界連結，就得耐著性子忍受吵雜的電鈴，無視這道干擾思緒的惱人噪音。

叮咚、叮咚、叮咚、叮咚、叮咚、叮咚、叮咚、叮咚、叮咚、叮咚、叮咚、叮咚、叮咚、叮咚、叮咚、叮咚、叮咚——

我的玉皇大帝啊……這種粗暴野蠻的侵擾，絕不屬於穹宇和任何友人。

為了終止令人心煩的噪響，我深深嘆一口氣，關閉恰好按到後腰的按摩椅，費勁撐起疲憊的身軀，走向門口。電鈴未曾停歇，不僅充分展現來者的無禮，更彰顯出行為背後的浮躁與不耐煩。

門還沒開，我便已對門外之人產生難以消弭的偏見。

「明明在家，為什麼不開門呢？」

準備解開防火鐵門的內鎖，對方隔著門板丟來這麼一句話。

壓抑內心不斷膨脹的不悅，我緊皺眉頭，以最不友善的表情迎接來客。

門外是位留著清秀長髮的女孩，外表看起來和我的年紀差不多，與不甚禮貌的態度相反，她有一張彷彿願意遵守任何規矩的乖乖牌臉蛋，柔和的眉目和豐腴的胸圍散發無以言喻的母性，溫暖色調的毛衣與頗具特色的繡紋長裙表現出符合年齡的時尚感，身上格外醒目的純白袍子，讓人聯想到總是關在實驗室埋頭研究的科學家，或逡巡於診間忙碌不已的醫師。

陌生的面孔，生疏的語調，並非曾打過照面的人。

「請問您是官毓燁先生嗎？」

「……就算使用『請問』、『您』和『先生』，也無法抹除剛才的失禮之語。」

「那也沒辦法囉，我沒想到如此厚重的門，隔音效果那麼差。」

舉措失禮居然怪門不好，真是胡來的傢伙。

「我就是官毓燁本人。妳是何方神聖？找我有什麼事？」

她在確定我是本人的瞬間，圓睜雙眼，難掩「賓果」的雀躍，隨即啟動腕環機，埋首翻找電子資料。

「我是夏時雨，可以叫我小雨哦。」

「我不會叫妳小雨的，」我微微皺眉，「夏時雨小姐。」

她似乎並不介意。

「官先生是否聽說過新莊地區的圓塔水牢擄殺事件呢？」

我的眉頭皺得更深了，「水牢擄殺？」

她點點頭，說：「兩個月前，超常事例與特殊應變勤務部隊，亦即『雷霆特勤隊』在新北市新莊區丹鳳里十八份坑溪上游發現一座圓塔型的混凝土私人監牢。」夏時雨點開一份電子筆記，找到寫滿鬼畫符般醜陋字跡的特定頁面。「檢警在圓塔監牢內部和附近的樹林裡，發現了一百一十三具屍體——這只是能夠拼湊成形的部分。」

換句話說，不成人形或難以連結的肉塊全未計入。即便如此，還有一百一十三具？

「這和我有什麼關係？」

「基於種種理由，我需要你的幫忙。況且，」夏時雨泛起天真的微笑，「我覺得你應該會有興趣。」

「妳憑什麼認為我有興趣？」

「因為，」她關閉腕環機，微覷雙眼，漾出更為燦爛的笑容。「那座圓塔恐怕是清嶽宗的祭祀監牢。」

雖然先前的調查是為了清點當事人遺產，挖掘資訊的過程確實並未隱藏身分，事後細思，當時還真莽撞，就連如此失禮的女人都能找上門來，換作更危險的對象可就大事不妙了。

「原來如此，我明白了。」我點點頭，「但我拒絕！」

「咦咦──我什麼都還沒說耶！而且你明明聽得津津有味！」

誰跟妳津津有味了……

我揮揮手，將她逼退至走廊，抓住把手，慢慢掩起厚重的鐵門。

門板即將扣上之際，依稀聽見她的低喃：「只好先找另一個人了……」

「慢著，」我不禁提高聲量，「除我之外，妳還打算找誰？」

「當然是和你一樣了解清嶽宗的人囉。」

夏時雨聳聳肩，稍微調整側背包的位置，不知有意或無意，居然將細長的背帶卡入胸部之間。

「我要找崇紗夜博士的親哥哥，崇穹宇醫師。」

「喂！」

我推開門，用力抓住她的臂膀，隨後驚覺此舉非常容易引來誤會，連忙鬆手致歉，臉頰熱得像泡了一個小時的滾水。夏時雨有些詫異地望向慌亂的我，眨了眨眼，歪著頭，似乎摸不著頭緒。這也是當然的，任誰都無法理解，經歷過海豐島事件後，共同患難且生還歸來的崇穹宇醫師對我而言有多重要；他的存在肯定了我的「正常」，肯定著當時所見的，荒誕難解的異域物種。雖說程度不同，他和我一樣受到克希塔利的影響，必須承擔難以言喻的壓力，才不至於被殘酷的事實壓垮。

如果可以，由衷希望異常事端不再侵擾他的生活；倘若邪惡神靈需要一位祭品，我會挺身而出，守護他的人生。

「夏時雨，有關清嶽宗和不明監牢的事件，我可以幫妳。」話才說到一半，她便瞪大雙眼，露出略帶驚奇的笑容。我舉起右掌，制止她的喜悅。「但妳必須同意一個條件：『不准找上崇穹宇』。」

「有什麼理由嗎？」

「有，但我不會告訴妳。」我把頭探出門外，確認樓層走廊並無他人。「不管妳想做什麼，就是別讓穹宇淌這渾水。」

夏時雨思忖幾秒，點點頭，揚起嘴角。「有你或崇穹宇醫師任一位的幫忙，對我來說就很足夠了。——我可以進門了嗎？」

「請進。」

幾個月來，我的住處除了穹宇和他熟識的醫療人員外，乏人問津，鮮有出入。由於平時無事可做，暫時也沒有回歸職場的打算，雖然是個獨居大男人的套房，室內環境倒是清理得非常仔細，就連常被忽略的窗櫺、電線和曬衣架都有確實除塵，毫無瑕疵的整潔，讓我不禁懷疑事件之後的心理偏差反應，是否包含了近似強迫症的潔癖。

室內並未鋪設木地板，夏時雨仍然褪下短靴，留在門邊，微微踮起腳尖緩步走向客廳中央。東張西望的她，視線停在屏風後方被我當成臨時工作室的照片牆，之所以如此稱呼，是因為上面密密麻麻地貼滿徵信調查蒐集的沖洗影像，活像藝術系學生的畢業大作。夏時雨的目光停在牆壁左側，由新莊西南方山坡地風景照組成的拼貼區，我解釋道，那是去年受託辦理新北地方檢察署潛在治安死角專案的相片；她點點頭，不確定是接受我的說詞，或是根本沒在聽。牆壁中央則是先騎女士遺產調查案的影像資料，包含御儀姬九降詩櫻、破邪師白穎辰、藍琦望和崇穹宇的側拍照，以及幾樣稀有物品和納骨塔位永久使用權狀的翻拍照；有關邪陶像和海豐島的照片則已卸下，以碎紙機切成細條，扔進金爐燒毀。牆壁右側是與學長沈靖瑋律師有關的合作案，除了最常見的侵害配偶權和離婚案件外，還有真相不明的重大刑案，例如著名的連續水泥封屍事件和剝皮魔連續殺人事件。

夏時雨在最接近照片牆的沙發椅坐下，由於上方有座學長贈送的四杈角北美黑尾鹿（Odocoileus hemionus）頭骨標本，沒什麼人會選那個位置。入座後，她掩蓋於裙下的細瘦長腿隱隱透出線條，無聲地展現出與失禮之舉和實驗白袍不同的高貴優雅。雖說只是主觀臆測，眼前的女子可能來自高知識水準的上層階級，從小過著較為富裕的生活。

「喝茶嗎，還是咖啡？」

「啊，我可以自己來……」夏時雨正想起身，突然認知到「自己沖泡」是多麼奇怪的要求，隨即泛紅雙頰，靜靜回座。「黑咖啡就可以了，謝謝你。」

我啟動咖啡機，以穹宇送的肯亞豆迅速完成兩杯三百毫升的咖啡，遞給恭敬地伸手，輕輕捧住杯緣的夏時雨。一反猛按電鈴的行為，顯然是個循規蹈矩的好女孩，所謂的「失禮」或許是先入為主的偏見與誤解。

「好苦……真難喝。」

看來她的失禮並非出於偏見和誤解……我皺下眉頭，輕啜一口。這咖啡真的太苦、太難喝了！發現投放的咖啡豆太少，味道很淡，簡直像加了兩倍的水，口感差得令人難以想像。長期獨自生活，加上最常拜訪的穹宇不喝咖啡，根本沒機會沖泡兩人份的量，無法正確拿捏投放豆子的總數。

「抱歉，我再沖一杯。」

「不要緊的，你請坐吧。」夏時雨抿了抿嘴，將手中的杯子放上沙發前的矮桌。「首先，請容我再次自我介紹。我是夏時雨，夏日的夏，時間的時，雨天的雨，輔仁大學比較文學與跨文化研究博士，現為同研究所之助理教授，主要研究領域為異地文化與在地文化的接觸與影響。」

「我不認為跨文化研究所能介入清嶽宗和死了一百多人的重大刑案。」

「乍看之下確實如此，但領域的定義本即浮動概念，以『跨文化』一詞為例，何謂文化？宗教、犯罪和特殊事件均可能是文化的展現，此外，是否僅限於人類文化？不，異地文化包含任何區域，諸如海底、天空和宇宙，只要能符合『生物在發展過程中積累起跟自身生活相關的知識或經驗，以適應自然或環境，由共同生活之人形成的約定俗成潛意識外在表現』的寬鬆定義，即屬文化。」

「換句話說，多元宇宙和外星文化也是妳的研究範圍？」

「多元宇宙和外星文化『尤其』是我的研究範圍。」夏時雨像個孩子般露齒一笑，伸手想拿杯子卻又作罷，或許是想起了裡頭之物非常難喝。「我的恩師，亦即輔大外語學院跨文化研究所所長劉靜琝教授，接受雷霆特勤隊的委託，以最嚴格的特甲級機密權限調查『圓塔水牢擄殺事件』。我也是機密團隊的一員，主要負責不明文字的整理和清嶽宗的咒語關聯性。」

夏時雨啟動腕環機，秀出一系列圖文檔案，向我簡要說明調查進度。

雷霆特勤隊在廢棄的圓塔內發現時代相隔極遠的刻字，分別有正體中文、英文、拉萊耶語和寰星祕文，其中最古老的放射性碳定年鑑定是二百五十萬年前，太過異常的數據，卻未得到天央研究院之二次檢驗，彷彿天央想以消極拒絕的方式，接受這項難以理解的事實。備受關注的監牢刻字，提及清嶽宗、克希塔利、御儀姬九降詩櫻、《轅歧嶼拓碑卷》和《清玄御儀經》，後二者有點陌生，前三項倒是非常熟悉；即使依據無罪推定原則不能一口咬定清嶽宗涉案的嫌疑，我卻百分之百肯定，這起可怕的連續監禁殺人事件，必定出於這個天理難容的邪教團體之手。

「既然是特甲級機密，妳怎麼敢向我透露如此龐大的調查資訊？」

「因為，官毓燁調查員就在機密團隊的外部顧問名單內呀。」

「啥？」我差點從椅子上跳起來，「為什麼雷霆會知道……原來如此。」

可想而知，作為潛在犯罪團體的清嶽宗本即雷霆特勤隊等超常事例應變組織的關注目標，與之相關的人事物，無論內部抑或外部，亦無論友好或敵對，均是必須監控和列管的對象。我與穹宇專注於追查夢遊囈語事件和海豐島的祕密時，雷霆恐怕早已派員跟蹤，甚或嚴密監聽腕環機的一切通訊，蒐集我們交換資訊時發送的文字和影像。讓人在意的是，倘若雷霆早已盯上清嶽宗，為何沒有出面解決發生在新莊區蕭厝的夢遊事件，又為何不積極介入逐漸北移的邪教勢力？夏時雨的調查檔案中，光是監牢刻字的部分便構成對御儀姬的生命威脅，雖說難以想像世上有人能夠殺害九降詩櫻，其中的危害可能性卻不能掉以輕心，放任隱藏暗處的清嶽宗為所欲為，不像雷霆一貫的作風。非但如此，不知出於何種理由，總統直屬的雷霆特勤隊寧可向外求助，也不願積極介入，加強防護。

「『外部顧問』是指僅需給予意見，無庸直接參與調查吧？」

「是這樣沒錯。」夏時雨再次露出天真無邪的笑容，「但如果官先生不親自參與調查，我可能得去打擾崇穹宇醫師了。」

「……有人說過妳很狡猾嗎？」

「身為一名合格的文化研究者，面對不願配合的對象總得狡猾一點。」

「從妳的穿著來看，最快今晚就會動身？」見她點頭，我不禁搖頭嘆息。「清嶽宗信奉的神明可不是玉皇大帝、女媧娘娘、九天玄女、天上聖母或關聖帝君，而是來自宇宙彼端，對人類、對臺灣、對地球不抱一絲友善的未知存在。」

「我知道，是名為克希塔利・阿撒納的神明。」

夏時雨認為，發生在新莊的夢遊囈語事件和圓塔水牢事件都是清嶽宗「嘗試接近」克希塔利的邪典儀式，撇除同樣使用含有「Ot ah'lloigshogg gn'thor. Ot ah'lloigshogg gn'thor. R'luh ot epgn'thor ah r'luh'si ph'nglui ph'trub'ta isuloca'si.」字句的祈禱文，其中「畏懼水。畏懼水。水下的祕密藏於覆沒的島嶼。」（Fear of water. Fear of water. The secrets of the underwater are hidden in the overturned islands.）有關水的描述，更是與邊沁圓塔的水牢式懲罰有所關聯，加上克希塔利不只具備傳統水神的信仰形態，監牢刻字甚至挑明清嶽宗教團以魔尾蛇傳說包裝這尊神明，各種跡象無不導向「水」之關鍵字。此外，她亦認為圓塔監牢懲罰使用的水，必定與誦念祈禱文間存在某種因果關係，絕非單純的責罰。

「雖然處於假說階段，我認為清嶽宗利用水和咒語進行某種儀式，讓符合特定條件的人類出現幻覺；倘若監牢刻字屬實，被害者將進入形同夢境的特殊場域，雖然無法確認究竟是實體空間抑或虛擬空間，至少被害者腦中的實感相當具體。新莊蕭厝的夢遊者之所以僅僅道出供奉語句的囈語，而未進入其他空間，最有可能的原因是清嶽宗實施了『不完全的儀式』，無法產生圓塔水牢的顯著效果。」

她的推理，讓我想起了新莊蕭厝夢遊囈語事件的另一個共通點：號稱能解決睡眠障礙的不明符水。

「夢遊囈語事件、圓塔監禁事件和官先生經歷的海豐島事件，全都能用『水』這項元素完美串連。從你生還歸來之後足不出戶以及崇醫師請求各類專科醫師陪同前來的狀況判斷，當時發生的事顯然造成某種不可回復的傷害——雖然只是我的臆測，但海豐島周圍海域是否存在著莫可名狀的事物？這是一種假說，純粹是基於現有資訊和形式邏輯構築的理論。請容我進一步大膽推測，海豐島附近非但藏有不可言喻的事物，你甚至親眼目睹了『那東西』，對吧？」

即使暗地裡遭雷霆追蹤，我和穹宇在臺灣海峽撞見的駭人情景，應仍不為人知，理當對真相一無所知的夏時雨，短時間內便展現出治學嚴謹的專業態度。她藉由文獻資料、鄉野調查和宗教分析，深入理解克希塔利這尊異端神明，各方面的知識顯然比我這位目睹真身的外行人更透澈。

或許已將我視為調查團隊的一員，她毫不猶豫地將特甲級機密檔案傳給我，龐大的文檔包含十八份坑溪的圓塔水牢事件，以及雷霆對我和穹宇的觀察結果，但最值得在意的，是附加於檔案後方的延伸參考文件「崇紗夜博士與《死靈之書》」。夏時雨說，那是一份連特甲級機密層級人員都無法探知的機密文件，頻繁地被調查報告書引用，卻絲毫不見蹤影，對她們這類外部學者而言，是個有如良性腫瘤般非致命卻極度不適的疙瘩。坦白說，文件內容為何，我完全沒有興趣，此刻滿心想瞭解的是那名始終立於真相前方，彷若知曉一切，卻又嚴加隱藏的崇博士。

夏時雨提出的假說建立在監牢牆上的刻字，暫且不提天央研究院的年份檢驗結論，語無倫次的內容即使採取最寬容的觀點，也很難作為可靠的非供述證據。

「妳要我協助調查的究竟是圓塔水牢擄殺事件，」我微瞇雙眼，緊盯她的眼眸。「還是清嶽宗教團信仰的神明——克希塔利？」

「當然是『前者』囉！」夏時雨朝我吐出一截舌頭，泛起小惡魔般的俏皮笑容。「再怎麼說，我只是隸屬於劉靜琝所長的團隊成員，非但得服從雷霆特勤隊、蒼溟容留司和天央研究院的指揮，還得維護輔仁大學和校院系所的名聲，沒有能夠胡來的空間——至少表面上如此。」

她拿起桌上兩個液體均未減少的咖啡杯，步伐輕盈地走向擺放全自動咖啡機的廚房矮桌，一一打開不透明的真空塑膠罐，確認豆子種類，不時湊到鼻尖輕嗅，不時搖晃塑膠罐，運用各種沒見過的小動作挑選想要的咖啡豆。罐子裡的高級咖啡豆全是穹宇強塞的禮物，據說是崇家大姊失心瘋地購入高級豆種後，硬要眾兄弟姊妹帶回家的遺毒，算是輾轉而來，不該稱作禮物的甜蜜負擔。話雖如此，崇家大姊的品味倒是不錯，就算是咖啡外行，隨手抓一把泡出來的都是極品，省去研究和揀選的時間。

動作熟練的夏時雨用折疊式餐桌旁的量杯撈取咖啡豆，加入兩人份水量，摁下兩倍濃度的啟動鍵，在自動磨豆機發出吵雜的聲響時，環顧四周，打開透明櫥櫃，取出同樣是穹宇贈送的「Lotus」比利時蓮花脆餅（Lotus bakeries），倒進淺碟子中，作為搭配咖啡的點心。

幾分鐘後，她以主人之姿端來兩杯香氣撲鼻的咖啡，放下細心擺盤的脆餅，回到四杈角北美黑尾鹿下方的座位，清了清喉嚨，重新接續話題。

「雖然劉所長不打算麻煩官先生和崇醫師，作為調查人員的我，憑藉自豪的警覺性和女性神奇的第六感，認為監牢命案的關鍵不在於監禁者或行兇者，而是全面支配犯罪者，實施思想綁架的恐怖邪教。信仰之力非常強大，毫無道理的行為僅需以『神』的幻想妥善包裝，任何信徒都將爭先恐後地實行，只為比別人更接近未知、難覓、不切實際的邪神，既不在乎行為後果，更不關心道德倫常，只要能夠侍奉偉大至高之神，一切代價都很值得。劉所長當然明白這點，問題是雷霆、蒼溟和天央三個機關相互競爭的可悲現況，導致各路調查團隊勾心鬥角，誰也不讓誰，涉及百具遺體的命案就這麼成為勢力板圖，沒人在乎問題核心，也沒人打算追查邪教團體這類容易得罪人、影響選情的燙手山芋，各機關只想抓到營運這座監牢的管理者，將他送上刑場，獲取破案名譽，提升所屬單位的發言權。」

「三大超常事例應變機關的內鬥不關我的事。如果追尋未知邪神和清獄宗的本質，全是為了滿足妳的虛榮心，我可敬謝不敏。」

「我可不是為了追求知識不惜犧牲一切的『瘋狂科學家』，」夏時雨鼓起腮幫子，雙手抱胸，以逗趣的姿勢傳達不滿之情。「你才是真正見過那尊神明的人，面對不屬於地球的詭譎事物和信奉邪神的恐怖教團，挖掘真相的意義遠不及解除迫在眉睫的威脅來得重要。」

「清嶽宗是迫在眉睫的威脅？」

「這是基於現有事實的合理推論。首先，負責處理『超越凡常之特異事件案例』的各個機關面對神經病殺人魔般的監禁擄殺命案，非但沒有提供媒體相關資訊，甚至極力封鎖，可以合理判斷是個『偵查中且『必須機密調查』的危險案件；其次，第一時間取得管轄權的雷霆特勤隊，不只沒有拒絕幾乎同時接受請求的蒼溟容留司，甚至很快便將調查資訊轉交天央研究所，是臺中車站封城事件後罕見的三大機關合作；第三，圓塔監牢中某則年份不明的刻字，提及『轅歧嶼拓碑卷』、『御儀姬九降詩櫻』、『正體中文版死靈之書』和三冊『御儀姬手書本』等關鍵字，計畫藍圖顯然已有明確目標，只待一步一步完成；最後……」

夏時雨探出身子，晶瑩明亮的眸子直勾勾地望著我。

「官先生和崇醫師的海上冒險，不僅為我確定了克希塔利・阿撒納的存在，更直接證明了清嶽宗儀式的急迫威脅。」

一步之遙的神明，絕非伸手可及的救贖，而是近在咫尺的危險。

專門研究跨文化領域的夏時雨，特別擅長資訊整合，擷取各機關調查進度的要點，摒除不必要的臆測，以最直觀的思考方式理出顯而易見卻難以察覺的答案——清嶽宗教團並非單純的邪教團體，是竭盡全力嘗試召喚異域邪神克希塔利的狂信組織。中央政府各機關當然知道清嶽宗教團的潛在危險，但「圓塔水牢擄殺事件」這種足以動搖人心的聳動新聞，在揪出勉強能當作「犯人」的目標前，實在無法分神追查邪教團體。

我在她眼中察覺好奇的神色，那是過去頻繁出現於我瞳孔，危險且致命的可怕因子。渴望真相的躁進終將招來毀滅，但她追尋事實的好奇心，同時也是世界的防護網，倘若知曉機密資訊的夏時雨沒有繞過命案調查，莽撞地直搗黃龍，挖掘清嶽宗的祕密和邪神克希塔利的實情，恐怕再也沒人願意挺身阻止邪教團體的駭人儀式。源於姑息的疏忽，最壞的狀況將使我們賴以生存的宇宙，遭受無法回復的滅世級破壞。

若是為了守護既存的世界，涉險調查清嶽宗教團，阻止克希塔利的降臨，確實是頗具意義的行動。

端起她沖泡的咖啡，輕啜一口，難以言喻的美妙口感讓人無法想像出自同一款豆子和同一台機器，乍看之下只是隨手抓取、隨意調配的結果，實則不知得花多少時間才能駕輕就熟。

或許我的表情露了餡，夏時雨突然泛起得意的笑容。

「即使是以咖啡機沖泡，根據豆子種類和投入的豆子量進行排列組合，就有超過數百種潛在的口味。」她將手中的杯子湊近鼻尖，闔上雙眼仔細嗅聞。「很多時候，看起來簡單得彷彿毫無技巧之事，其實隱藏著難以想像的無窮變化，也伴隨著無法預測的無形危險——做研究就是這麼回事。官先生一定以為，『跨文化研究』是個埋首於文獻比對的領域吧？若將跨文化一詞擴大為『比較文化』和『文化混同』，就能輕易感覺到這項研究蘊含的潛力了。文化間的接觸、比較和混同，根據不同的切入觀點、對照組選擇和假定結果評估，實施研究計畫的規模和手段將會天差地別。與我的老師——劉靜琝所長不同，比起對照文獻與歷史，我更傾向實地探訪和鄉野調查，即使勞神傷財，甚至無法獲得更新、更有意義的資訊，獲得的成果卻更加豐富，成就感也特別高。」

「可惜這次的調查任務無法滿足妳的成就感。」我啟動腕環機，點開有關圓塔水牢命案的檔案。「能夠探訪的地點全在蒼溟容留司的管制之下，根本別想接近，遑論入內調查。目前看來，追查清嶽宗教團和克希塔利的手段，限縮在文件資料，新的訊息只能坐等雷霆特勤隊提供，沒有主動出擊的機會。就算真能實地探訪，神靈魔怪之事根本沒有可靠的調查方式，我能提供的協助比妳想像中少。」

「是這樣嗎？」夏時雨漾起小惡魔般的笑容。

「姑且不論妳腦裡萌生什麼念頭，這張笑臉讓我覺得有點不妙。」

「官先生，假設今天面對的是通姦案件，針對某方配偶的外遇事實，你會怎麼展開調查？」

「如果情況允許，我會想辦法請當事人提供時間表，由我方設局，引出目標；要是無法設下陷阱，則會佈局跟蹤，一面收集可靠的影像證據，一面等待親密行為出現，再主動接近，取得第一手證據。」

「不愧是一流的徵信調查員，真詳細！」夏時雨朝我豎起大拇指，「官先生的答案，同時也是剛才那番疑慮的解答。」

「抱歉，邪神不是人類，我不認為同樣的手段能派上用場。」

「你得把具體行為化作抽象概念，才能看出端倪。若將官先生的調查流程拉高至抽象位階，接近目標的調查方式有兩種，第一，情況允許時設下陷阱，將目標引向我方；第二，在第一種方法行不通時，由我方主動接近目標。」

「可惜我們既不可能事先佈局，也找不到接近克希塔利的方法。」

夏時雨喝完杯中咖啡，輕輕撥動瀏海，瞇起那雙貓一般神祕的眼眸。

這女孩腦中絕對想著什麼莽撞無謀的計畫。

突然有種不好的預感。

## 第二節：水牢世界

凌晨兩點一過，設定靜音的腕環機輕輕震動。我按下側邊鈕，以指尖敲出摩斯密碼，向數百公尺外的同伴傳達訊號。

新北市新莊區丹鳳里的主要幹道，或說唯一的幹道是壽山路，接近午夜還看得見零星幾輛貨車。由於深山裡發生無法公佈媒體的大型命案，身穿漆黑制服的雷霆特勤隊員以八小時一輪的班表站崗，貿然把車停在太醒目的路邊，可能會引起不必要的注意，最後決定停放在某化工公司的廠房旁，雖是違停，卻能避人耳目，是很理想的停駐地點。坐在副駕駛座的夏時雨顯然不明白這層顧慮，一下吵著要我停得更近，一下覺得這裡又暗又髒，缺乏偵查應有的緊張感。

即使各項行止彰顯出外行人的生澀，她的計畫卻十分嚴謹，絲毫不像初次行動的實驗室研究者。面對我的疑惑，她說，劉靜琝教授不認為跨文化研究非得聚焦於文獻資料，田野調查、實地訪談和外語交流亦為重要手段，為此，她們時常拜訪偏鄉與海外，為的就是做到真正意義的「跨文化研究」。雖說是個很有力的回覆，我的心裡卻留著疙瘩，暗自認為她熟練的探險規劃能力，源頭恐怕沒這麼簡單。

十八份坑溪上游除了牡丹心福德宮、廣濟寺、北巡奉威宮之外，還有水源地公園，凌晨時分，仍要留意半夜運動的長者和夜遊聚集的年輕人。也許是心中的不安驅動了神祕的吸引力法則，今天很意外地沒遇到任何行人，除了偶而經過的機車和小貨車，幾乎沒遇到必須藏身的場合。

依據蒼溟容留司明文登記的封鎖座標25°02'12.6"N 121°24'09.1"E可知，圓塔水牢的確切位置，就在牡丹心福德宮正北方的深山裡。沿著牡丹心福德宮附近的小道往上走，抵達一個足以俯瞰整個下新莊地區的高點，或許是某種巧合，立於這個能夠拍攝美景的位置，向後轉一百八十度，就是圓塔的坐落地點；但即便找到正確的方向，也不可能發現目標，因為高塔本體全被樹木遮住了。今天以前，夏時雨並未來過此地，儘管有完整的地形圖和特勤配置圖，整套計畫猶如瞎子摸象，令人不安。

分頭行動前，她輕輕拉住我的袖口。「你看起來有點迷惘。」

「無論這座圓塔出於何種目的而造，其使用者至少已擄殺了一百一十多名被害者。」我瞇起雙眼，盯著樹幹狹縫間隱約可見的混凝土高塔。「那不是監牢，而是墳墓。」

依據夏時雨的計畫，我必須在凌晨兩點前抵達圓塔水牢的南南東方位，那是派駐塔外的雷霆特勤隊防護最薄弱之處。說是薄弱，卻非毫無看管，但巡視頻率較低，駐守人員也相對貧淺，是眼下最理想的藏身地點。邊沁圓塔的偵查分工非常詳盡，命案現場的周邊管制由雷霆特勤隊負責，高塔本身和命案事件則由蒼溟容留司執行資訊控管，命案遺體與不明文字的研究則屬天央研究院的管轄範圍。依我的經驗，合作協調的單位越多，時程表就越制式，灰色地帶也就越少，對於外部入侵者而言是特別有利、便於摸索的情況。在我找出各單位的管制空檔後，夏時雨很快地安排一個「差強人意」的計畫，她很滿意，也很有信心，卻始終不告訴我最核心的問題。

——我們到底要怎麼進去那座嚴密管制的高塔？

特勤人員的巡視比想像中密集，高塔南南東附近只派駐三名隊員，卻始終以一人一方位的廣視角站點注視樹林，讓我絲毫不敢鬆懈。凌晨一點半前，與夏時雨分頭行動已十分鐘，為了適應樹叢和泥地，我特別穿上防水工作鞋，不只防範穿刺，也具備優秀的吸汗與保暖效果，更重要的是，沉重又堅硬的鞋底能夠有效降低步行產生的噪音，是絕好的偵查用鞋。

今夜的雲特別稀薄，月光比往常明亮，在樹林間移動必須留心不必要的形影動向。我以半分鐘一步的極緩速率，謹慎跨出每個步伐，落腳前無不仔細確認地上的枝葉、蝸牛或其他生物。任何潛在聲響，都得避免。

凌晨一點四十五分，我在近得可以看見南南東駐點每位特勤隊員五官的距離，找一棵樹，趴伏身子待命。接近兩點時，駐守的隊員開始重整隊型，看來是準備交班，確實有點鬆懈，但尚未達到能夠突破或潛入的程度，我真懷疑夏時雨打算怎麼處理這層關卡。其中兩名特勤人員將外觀奇特的長槍掛到身後，開始談天，唯一持槍保持警戒的隊員，視線仍未移開樹林，始終沒有空檔。距離凌晨兩點還剩十幾秒，藏身處左方出現四道人影，除了三名像是前來換班的黑衣特勤之外，還跟著一名身穿白袍、戴著厚重眼鏡、略微駝背的年輕男子。原先的三名駐守人員見到來者，紛紛露出親切的微笑，不只是見到同袍的欣喜，更是得以換班的喜悅。我的視線在七名男子身上逡巡，深怕一不注意，就被逮個正著。

剎那間，身穿白袍的青年冷不防地看向此處。

糟糕！我倒抽一口氣，卻不敢挪動身子，深怕在皎潔的月光下映出可疑的形影。我靜止不動，屏住氣息，想將周圍的一切化作虛無，將存在感降到最低。

下崗的駐守人員一邊低聲嘻笑，一邊朝左方前進，看來南南東崗哨的通行路線就在那附近。

「除了站崗守衛，你們有定期巡視樹林嗎？」白袍青年望向取出槍械、準備換班站崗的隊員，皺著眉頭問：「凌晨兩點是人車更為稀少的分界時點，或許站崗前應該巡視一下。」他努了努下巴，示意我右方的樹叢，「比方說，那裡恰好是兩個駐點的中心點，說不定存在某種視線範圍的空隙，讓人有機可乘。」

「我不認為會有這種事，但……」黑衣特勤搔搔頭部，「我們去巡一會兒。——我會留一個隊員在這裡。」

「真是把我看扁了。」白袍青年露出微笑，「好歹我也是雷霆特募專校畢業的，基本訓練可不馬虎。」

特勤人員笑了笑，似乎頗為認同這番說詞。

三名理應駐守崗哨的雷霆特勤隊員，帶著重裝武器，保持箭形突襲陣式，朝我右方前進。白袍青年的腰間掛著一把手槍，全身武裝比特勤隊員薄弱得多，但我仍不認為能在不驚動任何人的前提下，將其制服。三名特勤步入樹叢，白袍青年的視線再次移往此處，這一回，我很確定他已注意到我——非但注意，甚至直接以眼神示意，要我舉步上前。

儘管略感遲疑，此刻卻沒有安全迴避的方法，只能遵照對方指令。

白袍青年瞇起雙眼打量著我，一邊確認踏進樹叢的特勤隊員沒有回頭，一邊招手要我加快腳步。我踮起腳尖跑，青年則推開圓塔堅實的鐵門，儘管看不清門內事物，別無選擇的我只能硬著頭皮衝進去。穿越大門的瞬間，三名特勤隊員恰好完成搜索，轉身返回崗位。

「一切安好，毫無異狀。」對方如此回報。

準備關門的青年點點頭，「不愧是雷霆的包圍網，果然滴水不露。」

面不改色地說完讚許之語，他緊闔鐵門，彷彿例行公事一般安上門栓。

我緊盯著慢條斯理的白袍青年，正想開口，背後突然出現腳步聲。

「你看起來有點驚訝呢，官先生。」

「我只是花了點時間思考而已。」回過頭，笑臉吟吟的夏時雨，手背身後，悠哉悠哉地走來。「妳是怎麼進來的？」

她指向另一個方向的門，「這座圓塔共有三個入口，你走的這扇是南南東方位的門，我則是走北北東那扇最大的門。」

「我不能直接跟著妳進來？」

「雖然你的確是偵查機密團隊的潛在外部顧問……」夏時雨吐了吐舌頭，「但我是瞞著老師找你來的。」

好吧，看來我真的是入侵者。

「連外部顧問都得潛入現場，也難怪調查進度會陷入膠著。」

「才不是這樣咧。」

夏時雨雙手叉腰，微皺眉頭，朝我扮鬼臉。

帶我進門的白袍青年眉頭皺得比夏時雨深，目光在我倆身上逡巡，彷彿準備狩獵的貓科生物。猜不透他為何對我抱有如此強烈的敵意，只能盡量不以正臉面對，逃避似地以眼角餘光窺探青年的表情。

「時雨，這傢伙就是劉所長說的徵信社調查員？」白袍青年由上而下掃視著我，隨即大失所望般地直搖頭。「憑良心講，我看不出他有推進案情的能耐。無論如何，這是我最後一次幫妳偷渡人了，要是他拿不出成果，或是害我惹上麻煩……不用我多說了吧？」

夏時雨抿起下唇，怯生生地點點頭。

青年來到我面前，說：「我叫宋旭允，是時雨——夏時雨博士的高中同學，也是未知防制與特殊容留察核司的管制人員，更是『圓塔水牢擄殺事件』的夜間封鎖負責人。一般來說，任何人在日落後都不能待在這裡，換句話說，除了我之外，夜晚不容其他人出入。」

「聽起來真偉大。」我微微挑起左眉。

「我只要按一個鈕，你就會被雷霆特勤隊押進以光學雷射作為房門的拘留室，過著與怪物一樣的管制生活——」

「不要亂講話啦！」夏時雨使勁拍了他的右肩，「要是官先生因此離開，拒絕協助調查，我可饒不了你。」

宋旭允吃了悶虧，眼中閃過一絲埋怨，咕噥幾句才轉過身去，逕自走向位於圓塔中心的鐵門。夏時雨朝我拋了媚眼，繞開地面的幾灘水漬，準確地踩著乾燥之處，跟在青年身後。

圓塔裡幾乎沒有光源，僅有位於極遠的頭頂處灑下微弱的光線，既然不可能是月光，必定是某種照明裝置。內部空氣混濁，瀰漫著公園池塘或農村水圳的特殊氣味，像是長滿某種藻類植物或苔蘚植物，無處不是潮濕且濃稠的味道，每次吸氣，都像吸進無數霉菌，鼻腔很快便癢了起來。

封閉包覆的空間，加上斑駁龜裂的牆壁，予人一種隨時可能崩塌，將我們全數掩埋的詭譎氛圍。

圓塔中央有座寬大的柱體，高度幾乎抵達最上層，呈現塔中有塔的大包小結構。除了突兀的柱體建物外，各層樓的牆上均有數個小型透氣孔，不確定是用來監控，抑或用以換氣。塔內地面看似普通的水泥地，穿著短靴的夏時雨卻沒踩出腳步聲，讓人格外在意建築所用的材質為何，儘管雷霆、蒼溟和天央的調查報告記載著「混凝土」，我卻不這麼認為。

宋旭允掏出一把電子鑰匙，光看也知道不是原本建築的產物，而是蒼溟容留司為了封鎖和管制另行安裝的保安設施。他推開中央柱狀內塔的鐵門，頭也不回地入內，我趕緊小跑上前，為夏時雨撐住那扇看起來分外沉重的門。

內塔與外部有些不同，牆壁較為乾淨，門內更有醒目的電燈開關，右手邊的環狀樓梯上方亦有連綿不絕的燈座。宋旭允順手開了燈，令人意外的是，看似完全荒廢的建築，燈泡卻一顆不少地亮了起來，將塔中塔的高聳環形樓梯照得一清二楚。

「依據雷霆的第一份調查報告和蒼溟、天央的後續研究，邊沁圓塔的主要功能應是拘禁特定之人，進行真偽不明的邪教儀式。」由於不確定宋旭允對「真相」的理解程度，我刻意壓低聲量，說：「人的要素、儀式內容和實際效果均屬不明，光有那些形同出自精神病患的刻字和少部分涉及清嶽宗咒語的字句，實在無法確定後續的調查方向。」

「所以我才會硬拉你來囉。」夏時雨俏皮地笑了，「既然你曾通過警察特考，又是可靠的徵信社調查員，親自搜索現場，說不定能發現什麼新線索。」

「聽起來妳是把我當成某種賭注，憑藉不可靠的變因，試圖推進陷入膠著的調查。」

「不可靠的變因……這點對於利用圓塔進行神祕儀式的犯人來說，也是一樣的呢。我認為始作俑者是清嶽宗的信徒，卻不認為他們對於儀式有百分之百的確信，他們大概和我們一樣，擁有的事證不多，或者說不夠多，同樣依賴著不可靠的變因，逐步摸索呼喚克希塔利的正確方式。」

「在妳心裡，『清嶽宗教團想找克希塔利』的假說，真是堅若磐石。」

沿著內塔樓梯往上走，大約每數十階就會抵達一座平台，看似用來強化結構和緩和爬梯，平台牆面的灰黑色監視窗卻很讓人在意。越過六個平台後，宋旭允停下腳步，走向其中一個監視窗。

「這是專門監視『RT-01PC001監牢』的單向玻璃。」宋旭允抬起右臂，示意我們上前。「RT-01PC001監牢與其他牢房最大的不同是刻在牆上的混亂字句。雖然天央研究院並沒有深入探究，但RT-01PC001監牢左右兩側的牢房，十五年來可能不曾有過其他被害者，而RT-01PC001監牢近幾年內仍有人類組織反應，讓人無法輕易相信牆壁刻字的真實性。」

我湊上前，透過人臉大小的單向玻璃，查看骯髒陰暗的監牢。

RT-01PC001監牢牆上，大約兩公尺高的位置有一道明顯的黑色污漬，應該是實施水刑時留下的痕跡。

牆壁分佈著大小不一的文字，似乎是以破裂的石頭所刻成，有深有淺。自天央研究院的鑑定報告可知，某些刻字的年代似乎天差地遠，偏誤得讓人難以置信。監牢中央有個直徑一公尺以上的大圓洞，由於光線過於微弱，乍看彷彿深不見底，散發出黑洞般強烈的存在感。

盯著監視窗正對面的生鏽鐵門，我問：「有辦法進去勘察嗎？」

「如果你指的是那扇大門，答案是NO。」宋旭允湊向監視窗，與我一同查看內部。「那扇門應該好幾年沒開過了，雖然沒有證據，但最後一次開啟應該是把刻字之人關進去的時候。雷霆原本想嘗試破門，卻因為建築結構太過老舊，加上地面有個大洞，弄個不好可能導致樓層完全崩塌，只能作罷。」

「那麼……」我抬頭望向監牢頂部的圓洞。「你們是從那裡進去的？」

他點點頭，說：「不只RT-01PC001監牢，由於每間牢房的結構都很脆弱，雷霆最後一扇門也沒打破，全以垂降的方式入內調查。」

「但我必須進去調查，」我瞥向夏時雨，「對吧？」

「是的。」

「妳的笑臉讓我覺得，包含潛入和垂降在內的流程，都是惡作劇的一環。」

「才不是呢。」夏時雨露齒而笑，「我只是技術性地幫你消除不必要的顧慮，加強你的決心。」

「此刻我的顧慮突然飆升了。」

「別怕，我會跟你一起進去的。」

「這才是我最擔心的狀況。」

她用力捶打我的肩膀，留下我和宋旭允，獨自下樓「借用」雷霆特勤隊的垂降設備。我們交談時，白袍青年總是緊皺眉頭，明目張膽地打量我，像是擔心我突然攻擊纖瘦的夏時雨般，不時散發高度警戒的氣場。

夏時雨離開後，宋旭允壓低聲音，以充滿敵意的語調問：「官毓燁，你真的是劉所長認定的外部顧問人選嗎？」

「據夏時雨所稱，是這樣子沒錯。」

「你和時雨的互動，讓我感覺像很要好的朋友，說是剛認識不到二十四小時，我實在不相信。」

「客觀事實沒有什麼相不相信。」

「這麼說來，」他的敵意稍微削弱了。「你和時雨之間什麼都沒有？」

「雖然不確定你指的是什麼，但我和她之間確實什麼也沒有，而我本人也希望這種『毫無關係』的狀態，在未來每一天保持下去。」

他眨了眨眼，點點頭，欣然接受我斬釘截鐵的回答。

選擇幫忙，純粹是不想讓穹宇繼續遭受清嶽宗的陰影糾纏，夏時雨的需求對我而言一點也不重要。邊沁圓塔的擄殺事件，必須在穹宇不知情的前提下落幕，夢遊囈語事件、清嶽宗教團和克希塔利，種種不該存在於世上的詭譎異常，不能成為他人生的絆腳石。

「另一個問題，」宋旭允吞下口水，「你真的親眼見過克希塔利嗎？」

「如果藏在汪洋之下，擁有巨大蛇身、數對手臂的雙頭異形就是克希塔利的話，那麼我的確見過。」

「但你看起來沒有很……異常。」

「那是因為我的皮特別厚，把該遮掩的異狀通通藏住了。」

克希塔利並未直接對我造成傷害，甚至沒有追上穹宇駕駛的小艇，僅用莫可名狀的存在便摧毀我對世界的認知，不再憧憬夢境，也不再對正面思維抱有期待，更對任何可能發生的未來深感絕望。無論正體中文版《死靈之書》究竟如何記載，這名來自異域的神靈，絕不容於我們脆弱的世界，正如巨龍不容於蛇竄、猛馬不容於蟻巢，是簡單明瞭的客觀事實。

唯有這點，我萬分贊同夏時雨莽撞但正確的想法與行動。

耳中傳來緩慢的腳步聲，夏時雨頂著滿頭大汗，拖著兩袋沉重的包裹，一階一階地爬。她聰明伶俐卻直線條的天然呆腦筋恐怕未曾想過，雙臂毫無健壯肌肉的自己，為何要不自量力地自告奮勇，搬運重物攀上階梯。她咚地一聲放下大黑袋，蹲下身子，解開包裹，取出嵌入雷霆特勤隊專屬之閃電徽章的垂降設備，輕手輕腳地放上地面。這套垂降設備有相當醒目的手柄上升器，能因應使用者需求快速切換方向，自由升降。雷霆使用的制式繩索，不是常見的強化鋼索，而是漆了黑色的特殊金屬，據說能夠抵禦和承受二十噸的作用力。

望向兩袋包裹，我不禁挑起眉頭。「稍微提醒妳一下，在場共有三個人。」

「我知道。」夏時雨抹去頰邊的汗，笑著說：「只有兩個人要進去。」

看來就是我和宋旭允了。我嘆一口氣，說：「既然如此，在我出來之前，妳可千萬不要被人撞見。」

她眨眨眼，「這是什麼意思？」

「就是要妳別顧著看我們調查，乖乖把風。」

「我才不把風，我也會一起進去。」她噘起嘴，蹲下身子，取走一副垂降設備。「你是至為重要的外部顧問，對清嶽宗和克希塔利的理解甚至超出了『理解』的範圍，要是沒能第一時間在旁收集資訊，我還算什麼學者。」

「咦？」宋旭允輕拉夏時雨的衣袖，「那、那我呢？」

「小允就幫我們把風囉。」

「咦——」

夏時雨朝我努了努下巴，指向地板上的大黑袋。我搖搖頭，偷偷瞥了宋旭允一眼，才半蹲身子，乖乖提起垂降設備——這東西還真不是普通的重。宋旭允垂頭喪氣地走在前頭，帶領搬運重物的我們往上爬，他嘆出的氣，累加成明顯的無奈，全宇宙恐怕只有夏時雨一個人聽不出來。

邊沁圓塔共有九層，每層挑高至少三公尺，不消幾分鐘，我們來到佈滿水管和蛛網的最高樓層。第九層比其他樓層寬敞，沒有監牢，只有十二個比大榕樹粗的鐵水管和位於中央的巨型水塔，水塔頂端與混凝土天花板相連，或許塔外存在某種輸水設備也說不定。圓塔監牢以水刑為主，十二個水管對應著每層樓的十二間牢房，水塔則是實施懲罰的關鍵要角，稍微計算，光是要把大量的水抽上九樓便已相當耗能，還得控制各層監牢的圓孔隔板才能對特定人施加水刑，所需設備與能量不容小覷，難以想像邪教團體為了實施宗教儀式能夠做到這種地步。

宋旭允指向其中一個大水管的方形開口，隨後仁至義盡般地盤腿而坐，哼出一聲鼻息。我和夏時雨著手組裝垂降設備，雖然外型和細節略有不同，整體上仍與臺北市警局刑事警察大隊特勤中隊使用的垂降繩無異，使用上並無困難。比起曾通過警察特考、受過特種警察訓練的我，僅為一介研究員的夏時雨為何能夠如此熟練，才真正令人匪夷所思。

水管的方形開口比我肩寬還大，初始設計可能就是專為維修之用，恰好能供我們垂降。我將中央水塔的爬梯當成繩索固定點，扣上兩副垂降繩，將其中一條扔給夏時雨；她接住後，一邊跺腳埋怨我的粗魯之舉，一邊安裝垂降制動器。雷霆特勤隊的垂降設備除了基本的繩索和制動器外，還有一條特殊細繩，如果推測無誤，應該是用來同步垂降行動所需的武裝和槍械，加速突擊。夏時雨將裝滿研究配備的大黑袋掛上細繩，俐落地將垂降繩環套在身上，有條不紊，毫無初次使用之人應有的手忙腳亂。

似乎察覺我的視線，她微瞇雙眼，笑著說：「我應該說過，跨文化研究也包含跨『未知文化』和『異常文化』。」

「我不認為有需要垂降才能調查的場域。——至少臺灣沒有。」

「官先生對臺灣的了解不夠深入呢。」夏時雨完成大腿的繩索著裝，開始整頓腰部配備。「雲林沈氏古厝地洞、臺中聚奎居大地窖、九降南院中庭別房和馬祖珠螺村廢墟，全都需要垂降設備才能調查。不過都算是違法入侵啦。」

「喂。」

把她當成普通的學者，實在大錯特錯。

從第九層垂降到刻字監牢所在的第六層並非難事，麻煩的是通水管道伸手不見五指的環境，雖然不太可能隱藏什麼危險，心中對於「水」和「黑暗」的組合仍莫名地感到排斥。據夏時雨所言，圓塔底端的情報並未流通，雷霆特勤隊雖有入內調查，針對塔底資訊卻申請了最高機密等級，連蒼溟、天央與學者組成的調查團隊都無法自由查閱。最糟糕的情況是，塔底存在某種接納污水的設施，若是以螺旋或其他淨水設備構成，意外摔落的生還率將大幅降低——雖說從六層高的位置往下掉本就難以生還，未知的狀況仍然使我深感不安。

我們雙雙完成組裝，交換眼神，一同走向漆黑的水管開口。雷霆的垂降繩索使用坊間未見的材質，摸起來特別光滑，觸感相當舒適。確認爬梯上的固定點安全扣穩，我踏出一步，踩上開口邊緣，瞇起雙眼直視那片無垠的黑暗。

黑暗並不可怕，可怕的是隱藏其中的事物。

夏時雨朝我拋了媚眼，飛快向前，早我一步進入漆黑的管道。

真是好強的傢伙。我扭扭脖子，抓住垂降制動器，收起踏在水管開口的右腳，跟隨逐漸消失的纖瘦身影躍入黑暗。管道只容一人通過，夏時雨的垂降繩近在眼前，稍不注意就會磨到我。緩慢垂降的過程，雙眼逐漸適應烏暗，勉強能看見管壁上的細微裂痕，細縫間蔓延的苔蘚帶有黏膩光澤的墨綠色，偶而摩擦肩頭時發出的沙沙聲，像極了砂紙磨木板的聲響。一想到衣服沾黏著數年未予清理的地錢或角蘚，喉頭不禁隱隱作嘔。

持續垂降，穿越兩個監牢孔洞後，夏時雨白皙的手靈活地伸了過來，拉住我的左腳和繩索。她折斷一根化學螢光棒，明亮的青綠色光芒照耀著狹窄的扇形空間，確如調查資料所稱，牢中的混凝土牆刻有為數眾多、深淺不一的字句，憑藉不專業的目測也能輕易發現，筆跡必定出自不同人之手，遑論看起來比竹簡還古老的磨損刻字。夏時雨接連折斷六根螢光棒，擲向四個角落和兩道弧形邊牆，隨即啟動腕環機確認網路訊號，不出所料，本已與世隔絕的高塔，內部監牢同樣連不上線，無法接收外部訊息。她自豪地說，之所以選擇化學螢光棒，為的正是克服電能稀缺的環境，延長調查的時間。我沒有坦白告訴她，望見牆上那串祕文咒語的剎那，有關清嶽宗試圖呼喚克希塔利的證據，便已昭然若顯。「Ot ah’lloigshogg gn’thor. Ot ah’lloigshogg gn’thor. R’luhh ot epgn’thor ah r’luhi ph’nglui ph’trub’ta isuloca’si.」的刻字，不只內容相同，連雕刻筆觸的提點和勾勒也別無二致，乍看之下簡直是原封不動、直接轉印記載在正體中文版《死靈之書》的囈語文字。

原先各自獨立的抽象元素，諸如寰星祕語的刻字、逼迫禱念的咒語和延長夢境的水刑，在我親眼見到雕刻字跡後，已無法否定顯著的關聯性，必須承認圓塔監牢即是邪教團體清嶽宗為實施有關克希塔利的儀式，祕密建造而成。瞇起雙眼檢視相對新近的刻字，倘若內容提及的夢境狹縫（Dream Slit）確有其事，監牢和水刑就不只是儀式，而是某種任務。

問題是，她們想去哪裡？又是為了什麼？

「如何？」夏時雨湊到我身邊問。

「雖然不知道妳指的是什麼，但牆上刻字確實與我見過的清嶽宗咒文相同，均屬正體中文版《死靈之書》記載的寰星祕文。」我取出雷射筆，紅點落於刻著Ot ah'lloigshogg gn'thor.的位置，說：「這段文字的意思是『畏懼水。畏懼水。水下的祕密藏於覆沒的島嶼。』後半段雖沒見過，Cthytali Azanah指的就是克希塔利・阿撒納，作為命案結果的殺人行為恐怕只是整個儀式的一部分，他們要的確實不是人命，而是克希塔利。——別露出這麼自豪的表情，找不出清嶽宗真正的儀式手段，就無法阻止他們呼喚這尊毀天滅地的神明。」

「你得承認，我的假說並非無稽之談。」

「光憑我的推論，不足以論證妳的說法。」我望著咒文的後半段，皺起眉頭。「妳們無法調閱天央研究院的正體中文版《死靈之書》嗎？」

夏時雨搖搖頭，「別說調閱，能夠申請片段頁面的只有特甲級機密人員而已。雖然調查報告頻繁引用該書資訊，附錄卻是一片漆黑，全被遮蓋。」

「我確定這串咒語和《死靈之書》記載的文字一模一樣，背後隱含的意義，應是藉由儀式影響被害者大腦，讓她們得以穿越夢境狹縫，卻意外產生道出囈語的副作用。」正如我每晚夢遊時脫口而出的詭譎言詞，表面上毫無意義的語句，或許是特定行為的必備要素。「監牢刻字提及逐漸模糊的五官和覆蓋臉上的薄膜，結合雷霆特勤隊的調查報告書有關遺體『面部受到擠壓而不完整，彷彿包覆動物外皮而無法辨識人別』的記載，很像我和穹宇在海豐島外海看見的覆面怪物。」

「怎樣的怪物？」

「頭部扭曲，彷彿以近似橡膠的材質塗抹臉部，看不見五官的人形生物……簡直像是把人類扔進混凝土打造而成的物種。」

聽見我的描述，夏時雨以指腹摩擦鼻頭，微蹙眉宇，若有所思。自海豐島目擊事件生還之後，我曾詢問穹宇關於人形怪物的細節，他說，崇紗夜博士留下的《死靈之書》殘頁對此並無記述，沒有任何其為克希塔利眷族的證據；然而，從無臉怪物伴隨於邪神身旁的生態判斷，即使非屬眷族，也必定是與克希塔利友好的異形物種，自然與清嶽宗的邪惡信仰存在某種緊密關聯性。

「如果你的描述正確無誤，」夏時雨嚥下一口唾沫，「我想，當時出現的應該是凝面——」

一隻粗壯的手臂從監牢中央的圓形孔洞竄出來，細長的指爪揪住夏時雨的小腿，猛力一拉，使她雙膝重重地撞上地面，纖弱的軀體被強大力量拖向孔洞。我抓住她不斷揮舞的手，按壓腰間的垂降制動器，嘗試以垂降設備的滾輪力道抵抗那隻比我強壯數倍的臂膀，可惜事與願違，垂降繩不僅沒將我們拉回上層，反而成為拘束身軀的陷阱。夏時雨的尖叫讓人頭昏，我咬著牙撐住雙腿，卻怎麼也站不穩，一點一滴地被拖往宛如深淵的漆黑圓孔。

我反其道而行，向前奔跑兩步，用力抱住夏時雨的頭，伸手擰捏那隻猶如死屍的冰冷大手，無論怎麼扳、怎麼折，對方就是不為所動，執拗地扯住臉色發白的女博士。我抽出隨身攜帶的小型工兵鏟，以尖銳的前端刺擊，卻無法劃傷那隻手臂，咬牙使勁，只勉強在堅硬的皮膚製造少許細痕，絲毫未見血跡——或許，這頭不明生物根本沒有血液。

夏時雨胸部以下的軀幹完全沒入黑暗，望著她流下兩行淚水的臉龐，我將額頭靠上她的前額，傳達一道無聲的訊息：放心，我不會拋下妳的。

這隻毫無生氣的強壯大手，讓我想到當時逃離海豐島時，抓住克希塔利邪陶像的怪物臂膀，只不過大了一圈，力道也強上數倍罷了。夏時雨已然沒入圓形孔洞，我的雙眼面對著僅有六層卻彷彿深不見底的深邃幽暗，內心被即將到來的死亡，抑或更為神祕的下場佔據，然而，足以吞噬心靈的好奇心，卻驅動著體內的腎上腺素，使我悄悄地感到興奮，異常至極。

置身於無邊闇境，隱約能聽見夏時雨的心跳聲。怦通，怦通，富有節奏的聲響反倒讓我更加冷靜，瞳孔逐漸適應底層的黑暗時，漫無邊際的黑色深水已近在眼前。

Ot ah’lloigshogg gn’thor. Ot ah’lloigshogg gn’thor. R’luhh ot epgn’thor ah r’luhi ph’nglui ph’trub’ta isuloca’si. La’zfign. La’zfign ephaii. Fad’sy. Fad’sy ephaii. Iä! Cthytali Azanah, throdog r’luhhor ot gn’th kolr’om’si, dof’lani klog’äl ot gn’th, ng zeklit uh’eog ah’ehye’drnn gn’th.

Iä! Cthytali Azanah, ng zeklit uh’eog ah’ehye’drnn gn’th.

奇異的咒文直接在腦海顯現。

怦通，怦通。夏時雨的心跳聲持續傳來。

噗通。我和夏時雨雙雙落入神祕詭譎的幽祕黑水。

# 第三節：夢尋祕境轅岐嶼

取回意識的第一時間，率先察覺濃稠得難以呼吸的空氣，大量水份讓進入鼻腔的氣體變得稀薄，黏膩的氣息使我很快甦醒過來。從唇邊殘留的鹹味判斷，我所墜入的深淵，恐怕佈滿海水。

眼前昏暗的畫面和暗紅色天光彷彿一幅十八世紀的宗教油畫，背部陷於柔軟的泥濘，指間滿是濕潤的烏黑泥土，鬆軟但不沾黏的觸感很像西部沿海的沙灘，沙土顏色卻更接近東北角較為暗沉的土質。周遭寂靜無聲，猶如晚霞的暗紅天際懸浮著類似烏雲的煙霧，像是朝遠方飛行的鳥群，又像隨時將化為雨水的厚重沉積雲。

耳邊傳來細微的呼吸聲，夏時雨躺在我左手邊，臉頰沾了些黑土，毛衣與長裙也略有破損，凌亂不整，除了小腿上猶如鞭打般清晰可見的瘀青，乍看並無嚴重外傷。望著她穩定起伏的胸部，頓覺安心不少，再怎麼說，歷經未知攻擊還能保住性命，已是最好的結果。眼睛終於適應昏暗的環境，原先看似一片黑土的荒野，實則生滿地毯般的苔蘚，幾株神似仙人掌的高聳植物呈現詭異的墨綠色，枝幹間無處不是棒球大小的純白孢子。手掌上的黑色泥巴比想像中更細一些，指腹輕輕摩娑，便如墨粉化作一抹黑暈。暗紅的天空並非全無光線，某種足以遮蓋蒼穹的烏暗物質，像層薄紗似地掩住天空，只容微弱的紅光灑落地表，映照於失去色彩的詭異原野。

我吁了一口氣，全身上下除了背部些許的痠麻之外，沒有其他異狀。撐起身子，打了個呵欠。黑土踩起來的觸感比沙灘更堅硬，難以想像躺於其上時，竟會產生逐漸下沉，甚或淹沒的錯覺。身上的服裝維持著墮入深淵時的狀態，唯獨那把用來反擊的工兵鏟不翼而飛，或許是落水時鬆了手也說不定。起身後，朝更遠的彼端眺望，黑土覆蓋的範圍無窮無盡，即便轉了三百六十度，依然看不見其他景致，可說是片真正意義上「一望無際」的烏黑荒野。外觀彷彿巨大蒲公英種子的純白孢子，一陣收縮之後釋放出細小的黑煙，雖不知是生殖抑或呼吸行為，我下意識地摀住口鼻，盡可能避免接觸任何不屬於地球的物體。

「唔……」夏時雨皺緊眉頭，慢慢睜開雙眼。

「妳可終於醒來了，睡美人小姐。」

「這裡是……？」她掙扎著撐起上身，眨了眨眼，低頭確認自己的裝束。「咦，我的衣服怎麼——」

「在妳出現不必要的質疑前，我先鄭重聲明，打從清醒至今，我都沒有碰妳一根汗毛。」

「你的意思是我毫無魅力？」

「如此跳躍的推論，我還是頭一次聽見。」

與我相同，夏時雨首先確認黑土的觸感，接著四下張望，最後抬頭望向那抹令人不安的暗紅天光；與我不同的是，她銳利的雙眼沒有一絲疑惑，彷彿對此處瞭若指掌，唯獨不解自己為何身於此地。

我取出口袋中的手帕，擦拭臉上黏膩的汗水和手臂的髒汙。

夏時雨望著我，冷冷地說：「官先生一定很不受女生歡迎。」

「這臆測來得真突然。」

「我人就站在這裡，你居然沒想過要借我手帕。」夏時雨噘起嘴，悶哼一聲。「難怪你會一個人住在狹小的公寓。」

「慢著，這一連串推論未免太仇男了。首先，我根本不曉得妳需不需要擦拭，遑論提問；其次，出借手帕的行為代表我曾觀察過妳的軀體，這更不妥當；最後，我自己一個人住，跟受不受女生歡迎無關。」

「哼。」

真是無法溝通的傢伙。

無可奈何，只得乖乖遞出手帕，想不到她卻嫌惡地說「都弄髒了才借我」，拒絕使用。不同於留有腰包的我，夏時雨的隨身物品全遺失了，連最不可能落下的外套都不在身上，只剩因破損而顯得單薄的毛衣。她不時瑟縮肩頭，似乎有點受寒，我將西裝外套披在她身上，儘管瞬間閃過一絲訝異神情，她很快便低下頭，欣然接受這份好意。

「這裡肯定不是臺灣，也不像是地表上任何一個位置。」我半瞇雙眼，凝視被迷霧籠罩的遠方。「然後，我沒來由地認為妳知道這是什麼地方。」

「想不到官先生這麼抬舉我。」

「任何生物面對未知時，均會率先產生最表象的反應，諸如表情、氣息和心跳，揭露自己感到迷惘的心理狀態，這是無法隱藏，也難以訓練的條件反射。一般人發現自己身在如此荒誕詭異的場所，巡視周圍、確認環境時不可能像妳一樣那麼冷靜，比起掌握狀況，妳的反應更像亟欲尋找佐證，確認心中既定的推想。」

「我只是個研究員，表情控管之類的高超技巧，根本辦不到。」

夏時雨的毛衣下襬破損得太過嚴重，幾乎變成一件短版露肚上衣，讓她相當不自在，頻頻以手遮掩袒露的肚臍。並肩走了幾步，她在墨綠色棍狀多肉植物旁蹲下，以毛衣袖子摀住口鼻，撿起地上的碎石敲破一枚孢子，四散的白煙像是塵埃，又像霧霾，快速消失在空氣之中。

「這裡是名為『轅岐嶼』（Yuán Cí Yǔ）的古大陸，根據崇紗夜博士生前留下的筆記和正體中文版《死靈之書》，最早的記述出現於荷蘭統治時期的古老文獻，亦即駐福爾摩沙隨行商人阿夫雷・梅傑（Alfred Meijer）所收藏、相傳來自轅歧嶼未知古大陸的莎草紙古卷之中。」

「轅歧嶼拓碑卷……」我立刻想起邊沁圓塔的監牢刻字。

「沒錯，記載關於『海流之神』、『海之巡行者』克希塔利・阿撒納的神祕力量與供奉方式，被清嶽宗奉為至上圭臬的聖典，正是來自這片佈滿黑土、長滿墨綠苔蘚與純白孢子、籠罩在酒紅色天光之下的古大陸。無論是《轅歧嶼拓碑卷》，抑或正體中文版《死靈之書》，都沒有確實提及這片古大陸的真實位置，就連在哪個星球、哪個星系，甚至哪一個宇宙，都無法確定。雖然得名為『古』大陸，相對於此的『新』大陸究竟為何，卻無從知曉。」

換句話說，一切均屬未知。我努了努下巴，「這些孢子有毒嗎？」

「放心，沒有毒。」夏時雨站起身子，露齒一笑。「不過受到刺激而破裂四散的白粉，似乎是某種能侵略腦神經的寄生蟲。」

「這比中毒還糟糕啊！」我連忙向後跳，逃離飛快消散的白煙。

如果夏時雨的推論屬實，那隻不明手臂並未置我們於死地，反而以某種手段，讓我們透過監牢刻字未曾提及的方式，抵達清嶽宗信徒們朝思暮想的轅歧嶼古大陸。依據年代較古老的刻字所示，監禁於邊沁圓塔的被害者，至少有一人曾經抵達這片未知古大陸，肩負起默記石碑文字的重責大任。目前可以導出兩項事實：第一，清嶽宗的中樞傳教者雖然明白如何前往轅岐嶼，卻無法百分之百確定抵達目的地；第二，作為清嶽宗信仰聖典的《轅岐嶼拓碑卷》，直到今天仍未完整轉錄，這也是為什麼他們得冒險擄走外人，利用邊沁圓塔和水牢酷刑，亂槍打鳥地尋找能夠成功前往轅岐嶼的人，為他們帶回碑文內容。

夏時雨輕點我的臂膀，努努下巴，示意前方。我定睛細瞧，忍不住倒抽一口氣，不自覺將她攬入懷中，壓下身姿，以墨綠色的棍狀植物為掩體，隱藏其後。夏時雨皺著眉頭，看似想要出言抗議，我的指尖趕緊抵上她的唇瓣，搖搖頭，轉而直盯眼前朦朧不清的形影。

三個雙足站立、身軀佝僂、動作遲緩的生物，列隊朝著左方前進，他們的身形彷若人類，頭部卻有犬類生物的長嘴巴，雙手亦長著尖銳的利爪，外皮則更特殊，覆蓋某種狀似橡膠的物質，平滑得足以反射天上的暗紅光暈。

「是食屍鬼。」夏時雨的嘴巴湊到我耳邊，伴隨話語的微弱氣息讓我癢得輕微打顫。「他們是遊走於夢境與現實的人型生物，雖然目擊報告存在諸多可議之處，但食屍鬼應該曾在『我們的世界』生活過……當然，那個世界到底是不是屬於我們人類，也是頗為可議。」

「哲學問題就免了。」我的目光始終沒有離開緩步前行的食屍鬼。「他們的認知中，人類是什麼樣的存在？是敵，還是友？」

「依據宇宙的自然律，敵友之分沒有任何意義。如果單純討論食屍鬼的攻擊性和潛在威脅，個人認為不用太過擔心，立於跨文化交流與異文化研究的立場，能夠溝通和互動的生命體，都有積極化解威脅的可能性。」

「這種生物能和我們溝通？」

「當然不是直接講中文囉。」夏時雨嘆一口氣，似乎有點傻眼。「如同一般成熟的文明，食屍鬼擁有專屬語言，根據居住地不同，亦有少許地區差異。但即使是能夠溝通的族群，也不代表應該主動接觸，承擔伴隨而來的額外風險。」

「妳不是說『不用太過擔心』嗎？」

「前提是我們乖乖按捺自己足以搞砸一切的好奇心。」夏時雨白了我一眼，掄起拳頭捶打我的肩頭。

「雖沒看過整本正體中文版《死靈之書》，但崇博士對食屍鬼的記述聚焦於生活在幻夢境的族群，並非轆岐嶼的支脈，因此，我不確定他們是否屬於同一種族，無法釐清事實之前應該靜靜地繞開，是跨文化交流最重要的一環。」

多一事不如少一事的想法，我也不是沒有，但身處於並非夢境、亦非現實的未知空間，何種行為真的正確，實在令人費解。或許，這裡並非一時一地，而是如同監牢刻字所稱，是宇宙時空的化外之地。

無論如何，貿然行動的確百害無一利。

還在盤算這群食屍鬼離開後該往何處去，突然發現他們前進的方向，大約四百公尺遠的位置，有座與周圍環境格格不入，漆黑烏亮的巨大岩塊。夏時雨大概也注意到突兀的石塊，瞥了我一眼，隨即匍匐前進，完全忘記自己說的「乖乖按捺好奇心」。

食屍鬼的步行速度很慢，似乎有意放慢腳步，整齊劃一地踏著同樣的頻率；又或者，他們手上提的木桶和腳下黏膩的苔蘚，才是拖慢腳步的元兇。如果夏時雨引述的文獻屬實，這群怪物此刻的行為也存在特定目的，無論是為了生活，抑或信仰，懷抱特殊動機的行為，均為高智慧生物的客觀象徵。

一座比司令台還大的黑色岩石上，刻著認知中不屬於人類文字的圖像，推測應是崇紗夜博士整理編纂的寰星祕文，僅憑我的知識量無法下此定論。夏時雨屏住呼吸，雙手擺出望遠鏡狀，置於眼前，比誰都想看清石塊的字跡；即使沒有發問，我也知道烏黑岩塊上密密麻麻的文字，就是清嶽宗教團念茲在茲的轆岐嶼碑文，亦即他們實行各項恐怖儀式所欲獲取的關鍵資訊。問題在於，碑文內容倘若缺少崇博士這類智能超群、天賦異稟的翻譯者，根本形同具文，縱然不提發音，就連何處應該使用何種語句都將無法辨識，儘管如此，他們依然能夠標註正確發音，逼迫邊沁圓塔的被害者誦念，讓人不禁懷疑教團是否持有正體中文版《死靈之書》副本，或擁有不亞於崇博士的語言天才。

食屍鬼來到轅岐嶼石碑前，紛紛放下手中木桶，抬起臂膀，低著頭，張嘴默唸奇妙的話語。他們的語言聽起來像更為快速、細碎的印尼語，語速快，單詞連綿長，無法確定是數個短單詞組成的一個長句子，還是少許長單詞組成的短語。夏時雨雙眼發亮，不斷嘗試靠近，逼得我必須抱住她的肩膀，宛如壓制一般，防止懷中這隻快被好奇心佔據的小貓衝上前去。

夾在陌生語言之間，不同於食屍鬼的腳步聲隨風而來，我直覺地豎起耳朵，屏氣凝神傾聽。聲音源頭在看不見的另一端，濃厚的水霧完美遮掩了步伐的主人，必須貼近地面，接近傳導聲音頻率的固體介質才聽得清楚，專心誦念的食屍鬼們顯然沒發現這道腳步聲。

走出濃霧的是比食屍鬼高大的人形生物，光滑的灰黑色皮膚彷彿抹了層油，上半身明顯的隆起狀似女性乳房，比例怪異的頭顱沒有五官，整張臉像凝固的黏土製品，浮腫的肉塊高調地佔據皮膚表面，眼熟至極的外型絕對錯不了，就是徘徊在克希塔利身邊的猙獰人形怪物。

「是凝面者。」或許見我一臉不解，夏時雨悄聲補充：「凝面者是克希塔利・阿撒納的眷族，我認為，他們就是官先生在海豐島附近遭遇的生物。立於研究者觀點，克希塔利與克蘇魯之間、凝面者與深潛者之間的關係並不明朗，被尊為海流之神的克希塔利不同於潛藏在拉萊耶（R'lyeh）的克蘇魯，據傳迴游於黑潮等洋流深處，對外在一切鮮少展露惡意。或許，對這些異域神靈來說，住在地球的我們只是微小的螻蟻，無須關注，也無須在意。要不是官先生與祟醫師為我們確認了凝面者的存在，『克希塔利的眷族』恐怕永遠是文獻中的假說，無從證實。最關鍵的問題是，伴在克希塔利身邊的眷族——凝面者到底是怎樣的存在？」

「我只知道，對人類而言絕不是什麼友善的存在。」

其中一名食屍鬼注意到接近中的凝面者，拋下手中的木桶，揮舞手爪示威，兩個物種間似乎並非善意共存，先天互有敵意。凝面者的身高比食屍鬼高一倍，遠看幾乎是巨人俯視小矮人、暴龍俯視猛爪龍的懸殊局面。凝面者持續前進，三名食屍鬼不再示威，分散排開，一邊鼓譟，一邊列陣，以正中間的成員為核心，準備施展攻勢。食屍鬼的陣形剛剛完成，凝面者突然大跨三步，揮出右爪，將站在中間的食屍鬼劃得肚破腸流。突如其來的猛攻讓另外兩名食屍鬼嚇一大跳，其中一位抓起尖銳的石塊高高躍起，卻被凝面者一爪拍開，強大的力道使其飛得老遠，險些撞上漆黑的石碑。

我取出腰包內的柯特警探特裝型左輪手槍（Colt Detective Special Revolver），推出彈巢，確認裝有六發子彈，再飛快甩回。

「為什麼你有這種東西？」夏時雨說完，立刻皺眉搖頭。「不對，重點是為什麼現在要拿出來？」

「妳覺得食屍鬼打得贏凝面者嗎？」

夏時雨眨眨眼，望向遠方。第三名食屍鬼被凝面者一爪揪住頸部，即將窒息一般瘋狂舞動四肢。

「妳覺得殺光食屍鬼的凝面者，轉而攻擊我們的機率有多高？」

不待她回答，我便舉起左輪槍朝凝面者射擊。子彈確實擊中目標，凝面者停下動作，卻未受震懾，彷彿遭到石子攻擊一般，毫不動搖。我再開兩槍，特別瞄準凝面者抓住食屍鬼的右爪，成功使其鬆手，即時救了可憐的食屍鬼一命，但凝面者隨即踢出一腳，將剛落地的可憐蟲踹得血肉橫飛。

三名食屍鬼死的死，傷的傷，若沒找到制止凝面者的方法，我和身旁的女孩恐怕會死在這個莫可名狀的地方。高大的凝面者環顧四周，幾秒後才將無臉的頭顱定在我們身上，想必已確定下一個攻擊目標了。依據擠皺成團的臉部方向，他似乎正在打量手無寸鐵的夏時雨，不管怎麼看，掌中握有柯特警探左輪的我都是較具威脅的敵人。

凝面者突然朝我們投擲物品，我壓低夏時雨的頭，輕鬆閃過單調的攻擊。凝面者扭動頸部，無臉的頭顱冒泡般地鼓起小小的圓形息肉，明明沒有發出任何聲音，腦中卻浮現「Ot ah'lloigshogg gn'thor. Ot ah'lloigshogg gn'thor. R'luhh ot epgn'thor ah r'luhi ph'nglui ph'trub'ta isuloca'si.」的語句。

「夏時雨博士，在妳漫長的跨文化研究旅程中，面對具攻擊性，且已準備發動攻勢的生物，會怎麼做？」

「如果這是地球，如果他是動物，我會選擇裝死。」

「那可以繼續開槍囉？」

「麻煩您了。」

舉起手槍，將彈巢中的三發子彈通通送到凝面者臉上，對方毫不退縮，持續走來。我取出快速填裝器，推開彈巢，將全新的六枚子彈裝進輪轉中，甩手扣回，快速舉槍發射。頸部、胸部、腹部和大腿，花了四發子彈仍找不到弱點。

我的經驗是，再怎麼堅韌的生命都有弱點，左輪手槍的精準度和填裝速度是極佳的試錯手段，問題在「試哪裡」。我用剩下的兩發子彈重新嘗試臉部，打在頭顱正面偏下的位置，意外使其步伐踉蹌。

凝面者的嘴部是弱點——我連忙換上新的六發子彈，扣下擊錘，食指接連施力，朝什麼也沒有、對應人類嘴部位置的肉團射擊。凝面者發出刺耳的嚎叫，抬起雙臂摀住臉部，腳步雖在向前，卻搖晃得很厲害。取出最後一組快速填裝器，將最後的六發子彈塞入彈巢，決心以接下來的幾秒時間，擊殺眼前難纏的目標。才剛甩回彈巢，凝面者突然舉起手臂作勢攻擊，迫使我後退幾步，卻意外絆到看似柔軟、實則堅硬的純白孢子，重重跌坐在地，劇烈的痛楚中斷我的思考，只能持續踢動雙腳，向後退去。

因疼痛而暈眩的大腦無法正常運轉，我舉起槍，稍加確認位置便扣下扳機，射擊不斷前進的凝面者。持續後退時，左掌碰到略顯堅硬的物體，由於觸感太過突兀，我側過頭，瞄了不明之物一眼。

那是剛才凝面者丟過來的漆黑神祕石造物，上頭雕刻著擁有兩顆頭顱的長頸怪物，圓形底座呼應雕像背後的大花，異於現實的造型和衝擊大腦的熟悉感，使這副比例對襯的完美藝術品散發出悖於常理的不祥之感。

一道巨大黑影自後方出現，遮蓋視野內的天空。抬起頭，只見六隻比死屍乾癟、比圓柱粗壯的手，迅速落下。

我瞪大雙眼，還來不及叫喊，旋即墮入無盡的黑暗。

# 第四節：決心與決行

那是個特別漫長的夢，圍繞身邊的氣場相當輕盈，如同懸浮水中，又似飄浮半空，無垠的黑暗彷彿有條純白的線，直通前方，連結著遙遠彼端的微小光芒。針一般的光點向外暈開，散射出無數的六角形透明光片，讓人分不清楚究竟是視覺上的光學原理，還是更玄妙的異樣波動。

Ot ah’lloigshogg gn’thor. Ot ah’lloigshogg gn’thor. R’luhh ot epgn’thor ah r’luhi ph’nglui ph’trub’ta isuloca’si.

熟悉的咒語流水似地注入腦海，大腦神經元好似自動萌生對應的語句，浮現出「La’zfign. La’zfign ephaii. Fad’sy. Fad’sy ephaii. Iä! Cthytali Azanah, throdog r’luhhor ot gn’th kolr’om’si, dof’lani klog’äl ot gn’th, ng zeklit uh’eog ah’ehye’drnn gn’th.」的回覆，幾秒後又出現「Iä! Cthytali Azanah, ng zeklit uh’eog ah’ehye’drnn gn’th.」。自海豐島浩劫生還後，腦袋遭受不明力量竊佔的情況分外明顯，除了最初數日的昏迷，清醒時的迷濛狀態幾乎讓我像智能不足般遲鈍，更糟糕的是頻繁發生的惡夢與囈語，不斷消耗僅存的理智。

撥開空洞的黑霧，抓住那條亦真亦假的白線，一吋一吋地朝光點攀爬。無論怎麼傲視一切，人類終究是如同飛蛾的趨光性生物，只要情況允許且能力所及，背朝黑暗，面向光明，總是好的選擇。即使身在虛實難辨的環境，我也遵循本能，緊抓猶如蠶絲的細線，拖動身軀向前邁進。

我甚至不曾懷疑，光點的那一端會不會是暴虐的地獄。

「毓燁。」

朦朧間，隱約聽見熟悉的聲音。

「聽得見嗎，毓燁？」

雖說熟悉，大腦卻將聲音辨識為母親，轉化為極為親近的虛幻意象。

「你的現狀並不正常。」

那道聲音在腦海中重新整合，理出一個較為正確的判定：年輕男性、平穩聲調與輕緩語氣。藉由評判外在聲音，意識逐漸復甦，破碎的意志一片一片拼回來，漸漸感覺到外界溫度，認知關節與肌肉的存在，察覺眼皮後方難耐的亮光。

凌駕全身的倦意讓我完全不想睜開雙眼。

「毓燁，你的意識正在復甦，大腦恢復運作的過程需要很多能量，而這幾天你完全仰賴俗稱點滴的靜脈注射營養補充液，裡面多半是生理食鹽水和葡萄糖，以及氯化鉀與氯化鈣等電解質成分，為了顧及你的身體與大腦，我額外添加胺基酸和維生素B群，補充數日來缺乏的營養。對於正常人體，這些東西只是水、糖、蛋白質、電解質和維生素，比常態進食獲取的營養少很多，長期下來對你並非好事，所以你得打起精神，乖乖清醒。另外，我不知道你前幾天到底過著什麼樣的生活，基本的飲食和水分補充……好吧，看來你是鐵了心不想醒來，那我只好請夏小姐給你一個法式深吻，嘗試最傳統的驚嚇療法。」

「醒了！我醒了！」我緊皺眉頭，揉起眼睛，咬牙說道：「先不管什麼亂七八糟的驚嚇療法，你該不會打算一直碎碎念，直到我真的甦醒吧？」

費盡九牛二虎之力睜開雙眼，視線逐漸聚焦，眼前身穿純白長袍、面無表情的男子規律旋轉指間的手術刀，以相當危險的方式打發時間。

全宇宙能這麼耍弄手術刀的人，恐怕只有天才外科蒙古大夫崇穹宇醫師了。

「人類的大腦看似複雜，實則非常單純，光靠一張嘴，就有無數種控制它的方式。」穹宇停止轉動手術刀，瞥向右側，定睛幾秒，飛快擲出刀子，咚地一聲刺在軟木公告欄上。原以為是毫無意義的行為，刀子尖端卻扎著一隻大約三厘米的菸甲蟲。「剛才我的話語全是不經思考的直線論述，推敲要素很低，多半不具形式邏輯，也不符合語意邏輯，簡單來說，就是一番看似有道理的廢話。支離破碎的話語聽在人類耳中，就像規律的鑽孔聲響，明明單純得宛如風聲，卻因為聲音頻率和聲波類型等性質惹人不悅，甚至容易激起潛在的暴戾之氣——你聽過俗稱『喇叭過敏症候群』的有條件暴躁傾向嗎？那就是此原理的實際展現，明明毫無出奇之處，卻能激起生理反應，如同雄性人類觀賞——」

「別再說了，我的腦袋要爆炸啦。」

我擰著太陽穴，嘆了一口大氣，發現自己的口腔傳出非常難聞的異味，應是數日未曾妥善清潔的結果。眼角餘光瞥見擺在角落，漆黑的克希塔利神像。

或許是察覺我的視線，穹宇說：「那是你從轅岐嶼帶回來的。」

「帶？」仔細回想，這座神像應該是巨大手臂將我揪住前，凝面者扔過來的東西。我居然有辦法帶東西回來，箇中原理均屬未知，實在令人匪夷所思。

環顧四周，所在位置是間陰暗狹窄的病房，亂中有序的熟悉擺設和使人心生恐懼的福馬林收藏品，是我先前頻繁出入的，位於臺北市萬華區華江橋口陰暗巷子的崇穹宇醫師診所。一時無法確定自己如何來到此地，最合邏輯的推想，應是神通廣大的他，利用某種管道得知圓塔地點，將我順利救出不屬於此的詭譎世界。

聽見這番推想，穹宇皮笑肉不笑地喀喀兩聲，說：「我不是徵信社的調查員，哪來什麼管道得知你的去向？話是這麼說，但我確實在你家裝了一些……被動式防護系統？」

為什麼用疑問語氣？我微皺眉頭，問：「你到底裝了什麼？」

「幾個收聲器、觀測器和定位器而已。」

「是竊聽器、針孔攝影器和GPS追蹤器吧！」我摀著前額，簡直不敢相信自己聽到什麼。「該不會是那些禮物……？」

穹宇默不作聲，僅以眉尾些微的挑動和幾乎難以察覺的嘴角上揚幅度，肯認了問題的答案。

數個月前的海豐島浩劫之後，他除了協助我恢復日常生活，也贈送數量可觀的禮物，用他的口吻說，就是「增添我人生的色彩」。按摩椅、咖啡機、數位相框和空氣清淨機，過去不曾考慮的電器一一進駐，果然背後動機不單只是好意，而是挾帶難以察覺的「私貨」。更讓人惱火的是，他明知我是徵信調查專家，極可能隨時檢查家中有無盜攝系統，卻明目張膽地安插這些物品，根本視我為無物。

「無論是人類，抑或其他動物，在最熟悉的環境中，生心理各層面往往最為疏忽。有道是『藏木於林，人皆視而不見』，最危險的地方就是最安全的所在，你不這麼認為嗎？」

「竊聽器和針孔攝影器我還能夠理解，GPS追蹤器到底裝在哪裡？」

穹宇抬起左臂，努努下巴，我微皺眉頭，仿效他的動作舉起左手，整條手臂除了俗稱腕環機的智慧型手錶外，沒有其他東西。——慢著，腕環機？穹宇雖然送我各式各樣的家電，卻沒送過腕環機。唯一的可能性是透過不正當的黑客手段，但他姑且是學醫的高知識份子，應該不會採用如此冒險，又如此缺德的方法。

「抱歉，我確實是請認識的駭客朋友，在你的腕環機植入追蹤程式。」

真是該死的傢伙。我白了他一眼，卻只能無聲譴責，畢竟這些違法設備可能是救我一命的關鍵。

穹宇粗暴地將耳溫槍塞進我的耳朵，聽見嗶的一聲，他隨即將橡膠束帶纏上我的左臂，輕拍兩下，快速刺入一枚針頭。

「好痛！」正準備推開他，他已取出裝載我鮮血的針筒，置入右手邊的冷藏箱。我揉著手臂說：「居然需要強行驗血……我的狀況有這麼差？」

「我只是想一次檢查所有問題而已。」

「什麼問題？」

他面無表情地盯著我，「夢遊和囈語的問題。」

這傢伙果然什麼都知道。一想到自己口出囈語的可笑畫面，全被他的針孔攝影機錄下，就覺得非常不悅。穹宇曾研究過發生在新莊蕭厝地區的夢遊囈語事件，見到我的症狀，一定會聯想到清嶽宗教團與克希塔利，夢遊與囈語本身雖無致命的風險，我卻不自覺想起「帶著微笑死去」的詭譎下場。

穹宇翻開時常帶在身邊的黑色小冊子，手握短小的鉛筆快速書寫。

「為什麼要做這麼愚蠢的事？」

提問時，他啟動桌上寫著英文的方形儀器，將小冊子輕輕置於旁側。

「抱歉，」我聳聳肩，「原以為是單純的調查，想不到變得這麼誇張。」

「我指的是，」穹宇的眼皮稍稍收合。「對我隱瞞囈語的事。」

我眨眨眼，有點措手不及。源自內心的懊悔讓我無法持續保持對視，打算自然地移開視線，但又覺得避開他的目光本身就很奇怪，眼珠子一下挪向右邊，一下挪回穹宇臉上，游移不定。他的表情與其說毫無變化，不如說即使有變，人類的視覺也無從辨別，是個足以挑戰生理學和人體科學的奇異物種。我不認為自己刻意向他隱瞞，但也同意未曾主動說明的作為，形同消極隱藏事實。一旦有所意識，便覺得沒有主動向他求助，根本就是有意隱瞞惡夢與囈語的狀況。

對此，我無言以對。即使開口也是違心之論，不如閉嘴。

穹宇似乎非常習慣靜默，就這麼像個石頭人般與我對視，持續三分鐘之久。有時，我覺得他是果決獨斷的人，有時，又覺得他躊躇不進、優柔寡斷。他一定想正面譴責我隱匿症狀的心態，以及暗中調查邊沁圓塔的莽撞之舉，卻礙於某些不可言明的顧忌，選擇緊闔雙唇，保持靜默。

「說起隱瞞，崇醫師也不遑多讓呢。」推門進入的夏時雨，撥順額前瀏海，抱著籃球大小的黑絨布袋，一蹦一跳地坐上我的病床。

見我不解其意，她瞇起眼笑，說：「其實，『外部顧問』的這套說詞，是崇醫師的主意。」

「穹宇的主意？」我皺起眉頭，視線在他們之間逡巡。「妳的意思是，他早就知道我們會去邊沁圓塔了？」

「正確來說是『敬獻塔』，至少清嶽宗的信徒是這麼稱呼的。」

穹宇埋首於精密的機械，似乎正在檢驗我的血液。

「慢著，」我用拇指按壓眉間，「你該不會……」

「毓燁，你都不曾懷疑『外部顧問』的可信度？」

「可能我的演技太好了。」夏時雨露齒一笑，輕拍我的肩頭。「事實上，調查單位找上崇醫師時，他毫不猶豫地答應會從旁協助，率先介入這起不可思議的命案。」

我嘆了口氣，望向穹宇。「想不到你這麼放不下清嶽宗。」

「官先生，你似乎搞錯了呢。」夏時雨一邊咋舌，一邊搖晃食指，說：「崇醫師對清嶽宗的所作所為沒什麼興趣，他在乎的是——」

喀唧一聲，穹宇以不正常的力道放下鋼筆。他沉吟三秒，起身走向角落的透明保溫櫃，從中取出兩個試管，放上桌邊的木架。儘管面無表情，我仍能清楚察覺他心中泛起的漣漪，夏時雨的多嘴，讓我難得看見穹宇坐立難安的姿態。

夏時雨湊到我耳邊，「他只在乎官先生會不會踏出家門而已。」

真狡猾，居然出這種陰險的計謀。無視穹宇四處走動的不安反應，夏時雨補充說道，雷霆、蒼溟和天央起初不打算將我列上名冊，但穹宇以「沒有他就沒有我」相脅，迫使調查總部退讓，完成他「邪惡」的計畫。

但這無法解釋他如何穿越界域，成功救回我們。

面對我的提問，穹宇置若罔聞，插上某個儀器的電源，自顧自地操作起來。望向夏時雨，她聳聳肩，似乎也不明白穹宇救人的手段。

我按住眉間，忍住太陽穴時不時泛起，拔絲一般的抽痛，問：「除了新莊，其他縣市有找到敬獻塔嗎？」

夏時雨搖搖頭，「雷霆特勤隊目前的調查方針聚焦在命案現場，畢竟目前的線索多得無法追蹤，根本顧不上其他。」

「或許並不都是高塔的形式。」穹宇拿著一支狀似測溫器的物體，靠上我的前額。「依據目前的線索推測，海水和咒語是連結夢境狹縫的關鍵，監禁對象看似隨機，實則應該存在某種規律，只是還沒找到罷了。既然關鍵不在建築本身，實施擄人、監禁和水刑的場所就不限定任何形式，只要關得住人、放得了水就行，之所以選擇邊沁式的圓塔監牢，或許純粹是管理層面的節約與便利罷了。」

邊沁的圓形監獄（panopticon）是由圓形的大廳組成，中央設置一間百葉窗管理室，使管理方配置一名警衛便能監視樓內所有囚犯，但囚犯不會知道自己究竟是否受到監視；儘管一名警衛不可能同時觀察全部囚犯，囚犯卻不知何時將受檢視，只能假設每分每秒都被監視，在有效的外力下強迫囚犯遵守監牢的規範。不確定清嶽宗對這種設計有多少概念，但完全密閉的厚重混凝土牆搭配可供監視的窗口，甚至頻繁實施水刑，已將邊沁預想的圓形監獄改良到高壓的極致。由於無須考量受刑人權利，小小的單一對外窗口，非但讓被害者無法得知管理員的動向，更打造出「即使根本沒有管理員，也不敢輕舉妄動」的強力心理制約，不只節約人力資源，更能毫無後顧之憂地實施泯滅人性的邪教儀式。

穹宇的想法與我相同，他認為清嶽宗尚未找到夢境狹縫的「完美通行方式」，亦尚未收集完整的《轅岐嶼拓碑卷》，他們暗中實施的計畫被半路殺出的兩個程咬金，即介入夢遊囈語事件的崇穹宇醫師與意外曝光的圓塔水牢擄殺事件徹底打亂，專責調查異常事件的雷霆特勤隊和管制訊息的蒼溟容留司均已接手承辦，相關資料亦已送往持有正體中文版《死靈之書》的天央研究院，恐怕不消多少時間，擄殺命案的真相、清嶽宗教團的底細和克希塔利的祕密都將水落石出。

然而，沒來由的第六感告訴我，一切不會如此順利。

穹宇坐上皮製辦公椅，翹起二郎腿，取出一塊明治巧克力，咬一小口，面無表情地以四十五度仰角注視著什麼也沒有的天花板。

「毓燁，你還記得清嶽宗的終極目標是什麼嗎？」

「『神之大敵乃御儀姬九降詩櫻』。我認為，對教團來說，新莊御儀宮的九降小姐是擴大勢力最大的阻礙。」由於這條刻字內容太過重要，我一字不差地記了起來。「此外，『長遠之計是迴避衝突』、『尋出完整之拓碑刻文』、『取得正體中文版《死靈之書》』和『摧毀《首楞嚴經》、《時輪圭旨》和《清玄御儀經》的御儀姬手書本』也在他們的計畫之中。」

「我不認為他們敢直接傷害詩櫻姊，至少清嶽宗還沒蠢到這種程度。」

穹宇抽出一張病歷板，將手邊的白紙夾進去，用鋼筆寫上「克希塔利」和「詩櫻」兩個詞語，再以雙箭頭的直線連起來。接著，他在直線下方寫上「迴避衝突」、「轅岐嶼拓碑卷」、「死靈之書」和「三冊御儀姬手書本」，並在迴避衝突的上方打勾，轅岐嶼拓碑卷的上方則打上半勾（Crosstick）。

他的鋼筆在紙上規律敲打，面無表情地說：「『神之大敵』背後的意思或許是，只要詩櫻姊活著，就能有效威脅他們心目中的神。我很在意刻字提及的『聖域再臨』，看起來即便詩櫻姊平安無事，他們只需完成其他目標，也能有效地迎來海流之神克希塔利。」

「『迎海於陸』感覺不是個很友善的狀態。」

「『深淵汪洋』也不是。」他的筆頭挪到打了半勾的詞語上，說：「轅岐嶼拓碑卷是清嶽宗的信仰源頭，也記載著他們『接近』克希塔利的方式，寰星祕文構成的咒語更是進入夢境狹縫、前往轅岐嶼的關鍵之一。清嶽宗信徒腦中的聖域，說不定是充滿海水和怪物的地獄，只可惜，這類事件涉及憲法宗教自由，也還沒產生具直接關聯性的實害，很難成為雷霆特勤隊的偵查目標。」

「敬獻塔的擄人監禁和凌遲致死不算實害？」

「你覺得中央政府和雷霆能直接把牆上的刻字當作證據？倘若可以，我們只要乖乖報警，把當天在海豐島的所見所聞講出來就沒事了。哪有這麼簡單。」

我突然回想起海豐島和轅岐嶼的凝面者，不自覺地皺起眉頭。

如果對人類充滿惡意的凝面者伴隨被召喚的克希塔利而來，不管怎麼想都是一場災難。如果我的神智與記憶依舊正常，我與夏時雨確實在敬獻塔遭遇某種攻擊，雖無證據，亦未目睹，但那隻大手恐怕來自凝面者，抑或克希塔利的其他眷族；想當然爾，這種生物不會平白無故現身，必是響應清嶽宗的呼喚，暗伏、潛藏在塔底的黑水深處。擁有部分拓碑卷尚且如此，若是教團收齊全部刻文，後果將不堪設想。

各種令人恐懼的可能性，導出一個至為明顯的答案。

「我們得澈底破壞清嶽宗的計畫。」

「同意。」穹宇點點頭，「你有什麼想法？」

「清嶽宗教團追尋轅岐嶼和克希塔利的進度恐怕領先我們數十年……不，若從荷蘭統治時期算起，早已超過三百年，就算他們並未取得全部的拓碑卷，也不代表其他目標都沒進展，單憑數人之力，絕不可能消滅清嶽宗，只能階段性地將他們手中所有得以接近邪神的管道，澈底杜絕。」

對方有絕對的自信，能在不被任何國家機關干擾的前提下，執行常人難以想像的龐大計畫。對此，我們必須獲取更全面的資訊，掌握他們的下一步，深入摧毀未來可能發生的危險。

我和穹宇雙雙沉浸於腦內風暴，坐在一旁的夏時雨默默舉起右手，露出想發問卻有點膽怯的表情。見我點頭，她便開口：「我認為，清嶽宗並未取得正體中文版《死靈之書》，也還沒成功摧毀任何一冊御儀姬手書本。」

「為什麼？」

「首先，正體中文版《死靈之書》的唯一正本收藏在天央研究院，這是眾人皆知的事實，但卻沒人知道究竟放在研究院管轄的哪個地點。其次，祟紗夜博士完成正本之後，僅另行製作五冊副本，除了由博士本人持有的一冊外，其餘分別藏於輔仁大學公博樓圖書館、東明學院大學部圖書館、國立臺灣大學總圖書館和國家圖書館，這也是眾人皆知的事實，然而，消息流傳數年之久，包含中央政府在內的組織和團體找了又找，卻怎麼也找不到這些副本。」

「有沒有可能副本打一開始就不存在？」

「就我對紗夜二妹的瞭解，她應該真的有留副本。」

既然穹宇這麼說，事實應該就是如此。

夏時雨望向穹宇，說：「副本存在的可能性很高，但比這點更確定的是，放眼全宇宙恐怕根本沒人找到過。我不認為清嶽宗擁有超越常人的高明尋寶技術，也不認為如此重要的物品被人發現之後，還能這般風平浪靜。」

說完，她聳聳肩。「說到底，也只是一種推論罷了。」

「但也是個根據可靠論理和可信事證得出的判斷。」我也不認為擁有《死靈之書》的教團，到現在還找不出正確通往夢境狹縫的方式。「妳為何認為他們尚未摧毀任何一冊御儀姬手書本？」

「因為……」

夏時雨的表情有點微妙，像在忍笑，又像猶豫著該不該說。

穹宇呼出一聲近似嘲笑的鼻息，說：「因為，那三本經書之中，有一冊根本還沒完成。」

「咦，是這樣嗎？」

夏時雨點點頭，說：「光論原典，相傳唐代便已完成的大乘佛教經典《首楞嚴經》和流傳千年的玄靈道經典《時輪圭旨》自然是確實存在，但由崇博士負責草擬綱要的《清玄御儀經》，在她不幸離世後已完全停擺，至今沒能完成。」

「難道清嶽宗的信徒搞錯了？」

「不知道，但至少確定他們的邪惡計畫中，有一項絕不可能達成。」

既然如此，可行的目標就很明確了。

「要想澈底阻止清嶽宗教團，就得將他們的所作所為攤到陽光下。」我抓起手邊的原子筆，在穹宇紙上的「迴避衝突」打了星號，並將另外三個詞語打叉。「假設他們手中沒有正體中文版《死靈之書》，也還沒成功摧毀任何一冊御儀姬手書本，唯一需要阻擾的就是《轅岐嶼拓碑卷》的蒐集行動，最理想的狀況，則是全面銷毀他們手中的所有文本。」

「攤到陽光下……」夏時雨面露擔憂之情。「光憑我們三人，辦得到嗎？」

「圓塔監牢的真相為何，並非中央政府、雷霆、蒼溟和天央在乎的事，他們需要一個具體明確的『情狀』，才能對受憲法宗教自由保障的清嶽宗教團啟動偵查。最好能營造出形同現行犯般，足以立即逮捕和強制搜索的情況，讓中央政府各機關組織獲得全面出擊的正義旗幟。」

說明過程中，穹宇炯炯有神的目光從未自我臉上移開，他的大腦想必正在高速運轉，無聲地從我的言談搜尋可用素材，構築可行的計畫。如同他推測出我在雲林林厝寮需要小船一樣，隱藏在天崩地裂也不為所動的臉皮之下，是任何狀況都能充分考量、任何神祇都不畏懼的天才思維。

他的鋼筆在「迴避衝突」和「轅岐嶼拓碑卷」兩詞之間游移，最後停於拓碑卷一詞，陷入長考。我們擁有的資訊太少，無法掌握清嶽宗的一切，也無法確定他們在新莊區丹鳳里的敬獻塔曝光後，採取了哪些應變措施。《轅岐嶼拓碑卷》是他們與信奉主神克希塔利的連結，裡頭的咒語不只作為信仰禱詞，更是通過夢境狹縫的方式……慢著，咒語真的是出入夢境狹縫的必要元素嗎？儘管監牢刻字提及清嶽宗使用某種方法，搭配催眠術，使信徒進入夢境狹縫，抵達特定位置。綜合客觀情狀與現場事證判斷，進入或通過夢境狹縫的關鍵，在於海水和咒語；海水自不待言，咒語內容不只與穹宇手中那張正體中文版《死靈之書》翻拍照片的文字相符，監牢刻字更提及咒語源於《轅岐嶼拓碑卷》，用於歌頌、供奉和呼喚邪神克希塔利。

問題是，我和夏時雨抵達轅岐嶼古大陸前，有誰念了這串咒語嗎？當時，除了她的心跳聲外，沒有叫喊，也沒有對話，彷若遁入真空之域，萬籟俱寂。既然如此，我們又是如何穿越夢境狹縫，甚至成功到達轅岐嶼呢？

這項疑問沒有困擾我太久。我和受困於敬獻塔的人們之間，存在著某個共通點，使得誦念咒語的意義和通行夢境狹縫的核心關鍵，昭然若顯，呼之欲出。

「穹宇，我有個想法。」

穹宇凝視我的雙眼，以極其細微的幅度挪動眼皮，微微瞇起。「雖然不確定你腦中在想什麼，但這世界不值得任何人給予超越自身能力的付出。你的眼神告訴我，即將成形的計畫危險得近乎自戕，我絕不會助你踏上自我毀滅的道路。」

「倘若放任他們取得全部碑文，最壞的情況是克希塔利的到來與界域崩毀的末日，誰都無法坐視不管。」

「換作是我，一定坐視不管。」

「我不會。」我緊盯穹宇毫無變化的臉，「我知道你也不會。」

他既未否定，亦未認同。「我不會冒著讓你理智崩潰的風險，介入這種人類根本不該插手的荒唐事。」

「信奉克希塔利的清嶽宗教團也只是人類而已。」腦中突然浮現那串令人不安的咒語，我使勁甩頭，摒除多餘的干擾。「過去，得知蕭厝地區的夢遊囈語事件時，你為何選擇深入探討而非迴避無視？為什麼要幫我釐清邪陶像的來歷，甚至與我一同出海，面對藏於臺灣海峽的不明神祇？起初，我認為清嶽宗只是無傷大雅的邪教，即便證實克希塔利和凝面者的存在，對生活在臺灣本島的人們來說，也遙遠得彷彿神話時代；現在，敬獻塔的監禁命案攤在我們眼前，這個宗教絕非傳統中灌輸神鬼思想的團體，而是有計畫地招引危險，置人命於度外的邪惡組織。無論他們信仰的神對人類採取何種態度，清嶽宗的信徒都將仗著神的代言人之姿，肆無忌憚地執行慘絕人寰的儀式。這是你想要的未來嗎，穹宇？即使御儀姬九降詩櫻小姐真能守護臺灣，又怎麼確定島內各個角落都能安全度日，不受邪教侵擾？這些傢伙擅長迴避，始終藏在檯面之下，不只御儀宮的靈巫九降小姐與十四會的驅魔師白穎辰先生，就連直屬總統管轄的三大超常事例應變組織都無法動其汗毛，你想等教團勢力大得無法阻止才挺身而出嗎？」

穹宇的表情依然未變，連眼睛都不眨一下，直勾勾地盯著我。

我握住他冰冷的手，說：「面對清嶽宗教團的威脅，我們就是吹哨者，是唯一能搶先阻擾他們的人。你選擇查明清嶽皈錦寺的地址、決定獨自從雲林出海，不就是想弄明白清嶽宗的本質嗎？你的想法百分之百與我相同，此刻只是因為我尚不知曉的理由，採取毫無道理的消極態度罷了。」

見他依然不為所動，我探出頭，以低沉卻有力的聲音說：「穹宇，我需要你的幫忙。」

穹宇緩緩低頭，維持一貫的表情，靜靜凝視被我攫住的手。他的手掌比常人大些，指頭卻很纖細，毫無厚繭的皮膚讓人難以想像他流暢俐落的執刀技術；彷若失溫的冰冷觸感，像是某種剛出冷藏庫、亟待退冰的肉品，無法長時間與之接觸，只能憑藉意志力不斷撐下去。

他抬起頭，張開嘴，猶豫了幾秒才說：「假設敬獻塔的監牢刻字有一半正確，我們或許能找到最了解這一切的人。」

他的眼神，隱藏著某種近似瘋狂的確信。

「你指的是……」

「沒錯，」穹宇輕輕撥開我的手。「就是那個人。」

# 第五節：潛伏暗夜之影

和平紀念日連假後的週一上午，我買了板橋到嘉義的高鐵車票，出發南下。

單趟車程大約一小時又二十分鐘，比臺灣鐵路自強號列車的三個半小時快多了，車票的價差就是時間效率的代價，非常值得。春節後近一個月內，我頻繁搭車南下，高鐵、莒光號、自強號、公路客運，甚至包計程車，各種交通方式都試了個遍，最終還是高鐵的性價比最高，也最舒適。高鐵行駛時規律的聲響，搭配近乎無感的微幅搖晃，彷彿渾然天成的搖搖椅，總能讓我入眠；可惜的是，此刻的我特別害怕睡眠，自己一人便擔憂不已，遑論置身公眾場域，更是膽戰心驚。

一般人若有睡眠問題，會先就醫，嘗試輔助藥劑，但我的睡眠問題無藥可解，想睡卻不能睡，不能睡卻又必須睡的狀況宛如酷刑，只能仰賴穹宇心理上的支持、對清嶽宗教團的憎恨以及對克希塔利的畏懼，維繫瀕臨瓦解的精神與理智。有時我會在沉睡中喚起海豐島外海的可怕記憶，再次遭受外型駭人、力量強大的凝面者襲擊；夢裡，找不到駕船的穹宇，生鏽的船舵自行搖擺，朝無邊無際的黑暗前進。我不是失眠，而是憑藉意志，放棄長時間的睡眠，降低可能伴隨的危險。我不知道自己夢遊時會做些什麼，也不知道無意識道出的囈語，會不會強化特定的意念並招引不必要的注意，闔上雙眼籠罩的黑暗與無法預測身體變化的未知，使我無法入睡。即便累得難以行動，也不願閉上眼睛。

長時間清醒的好處是擁有充足的調查時間，能夠釐清至今未曾弄懂的細節。夏時雨告訴我，清嶽宗教團的行動在近幾年變得特別高調，與過去一貫的作風不同，非但在玄靈道大本營御儀宮所在的新莊區設置敬獻塔，更以不明之法，使蕭厝地區的女性罹患無法解釋的夢遊囈語病症。一般學者不會特別注意這種擺明是邪教的異常組織，但劉靜琭教授和夏時雨卻反其道而行，將扭曲的信仰視為異文化研究標的，與道教、佛教和傳統禮俗交叉比較。

我對這個教團的理解，多半來自夏時雨的研究資料。

清嶽宗是崇拜海流之神克希塔利・阿撒納的未登記新興宗教，並非合法之宗教財團法人，亦未曾公開募資，僅仰賴信眾的捐獻維繫組織。由於流傳著各種違反憲法基本權利的強制傳教手段和踩在違法邊緣的供奉儀式，清嶽宗早已被中央政府及三大超常事例應變組織定性為邪教團體，卻因尚無急迫危險而未遭解散。

荷蘭統治時期，荷蘭東印度公司（Vereenigde Oost-Indische Compagnie）於雲林笨港地區設立海防港口，駐福爾摩沙之隨行商人阿夫雷・梅傑收藏著一份相傳源於「轅歧嶼」（Yuán Cí Yǔ）未知古大陸的莎草紙古卷，以拓碑的圖騰與文字描述關於「海流之神」、「海之巡行者」克希塔利・阿撒納的神祕力量與供奉方式，此即惡名昭彰的《轅歧嶼拓碑卷》。阿夫雷認為拓碑卷的價值在於太平洋各洋流的詳細記載，為提供東印度公司有關迴避浪潮的航道資訊而妥善保留，並未重視有關供奉未知神祇的不明描述。

明朝天啟年間，大約公元一六二五年移入今雲林縣四湖鄉的漳州仕紳林旭清，自阿夫雷手中購入《轅歧嶼拓碑卷》，深深著迷於克希塔利傳說中的汪洋支配力、眷族控制力和精神影響力，邀請至交陳永華及其夫人洪淑貞協助解讀，並由洪淑貞以優美詞藻完成譯文。明鄭時期，公元一六六二年，陳永華向鄭經推薦能夠精確判別海象的林旭清，後者於同年六月的黃昭內亂協助海軍渡海與伏擊，深受鄭經重視。

清治時期，公元一七〇〇年，九降宗聖在臺灣北部設立御儀宮，不只將玄靈道發揚光大，更協助清政府抑制崇拜異域神祇的邪教組織。林旭清之孫林淨嶽認知業已無法獲得清政府重用，公元一七二五年起向地方仕紳籌募資金，於雲林縣臺西鄉舊虎尾溪右岸，溪頂和丘厝地區之間的「崙頂寮」設立清嶽皈錦寺，以佛道釋之混合信仰包裝拜水信仰，創立「清嶽宗」，自封首任宗主，供奉主神克希塔利．阿撒納，以雲林縣為中心積極向山區住民和南方沿海傳布。

清康熙年間，清嶽宗教團將克希塔利描述為「阻擾渡海的巨大海蛇」，創造出「魔尾蛇傳說」。有關魔尾蛇的記述，在公元一六八四年時由季麒光收錄於《臺灣雜記》，公元一六九八年時則由郁永河收錄於《裨海記遊》。

劉銘傳治臺時期，清嶽宗信仰因潛在的反政府思想，遭清政府強力壓制，信眾大幅減少，供奉儀式卻變本加厲，從建材的放射性碳定年法結果估算，新莊十八份坑溪上游的高塔式圓形監獄「敬獻塔」似乎也在這段期間完工。日治時期，清嶽宗教團暗中提供日本軍政府太平洋地區的海象預測，在檯面上受到一定程度的保障，信眾人數穩定成長，並緩慢地向北發展，朝臺中與彰化地區傳布。解嚴後，因清嶽宗並未登記為寺廟財團法人，無法明目張膽地舉行儀式，便利用全球暖化、人口老化、物價飛漲、經濟動盪和病毒肆虐等天災人禍，積極拉攏徬徨無助的年輕人和深受病痛之苦的老年人，更大幅拓展傳教範圍，在新北市新莊區蕭厝地方設立第二座傳播據點，與新莊御儀宮的玄靈道遙相對抗。

二〇一九年末至二〇二〇年初，嚴重特殊傳染性肺炎COVID-19疫情肆虐，清嶽宗教團提供信徒及其親友各式偏方與密法，信眾總數來到前所未有的高峰，更存在著不可計量的黑數。此外，清嶽宗也在疫情期間高死亡人數及隔離封鎖的掩護下，大量劫持落單或獨居女性，雖不確定是否均監禁於各地的敬獻塔，但必定是為了進行呼喚克希塔利的邪惡儀式。

夏時雨對清嶽宗的調查僅止於歷史發展，教團實際的組織和儀式一概皆無。接手這些資料後，透過徵信公司的前同事和法律事務所的律師學長設法深入，卻碰了一鼻子灰，除了知道教團宗主採世襲制，目前傳到第十一代首任女性宗主林月妤之外，怎麼也挖不出更多訊息。雖然都很片面，但歷史發展本身亦為重要資料，能夠從旁推敲，也能從中衍生新的調查路線，非但如此，教團的過去也是我方擬定計畫的重要基礎。

高鐵列車不疾不徐地停靠在嘉義站，我拎著沉重的體育提袋，頭不轉眼轉地環顧四周，保持高度警戒。連假後的週一果然人潮眾多，一邊注意提袋，一邊避免撞到他人，微縮雙肩，電流急急棒一般戰戰兢兢地前進。比起外國，臺灣人的個人領域觀念較弱，即便是異性，前胸貼人後背也是常見之事，讓我必須用百分之兩百的心力，才能確保手中提袋不被他人碰撞。果斷放棄電扶梯，跟著樓梯的人群向下走，儘管只有三層高度，走完數十階卻花了兩分鐘。我買下兩個臺鐵專賣的滷排骨便當，確認腕環機的時間，抬頭尋找方向，朝著能通往三號停車場的四號出口前進。

剛踏進停車場，便看見身穿標誌性白長袍，倚靠牆壁，手拿文庫本日文小說的穹宇。他的視線短暫挪向我，隨後又移回頁面，想把最後一段讀完。嘉義高鐵站的停車場比想像中還空，或許多數人選擇搭乘客運公車或計程車，使得人潮集中在轉運站和乘車區。腦中突然閃過一個念頭：說不定這種狀況也在穹宇的計算之中——隨即卻覺得是自己想太多，不禁揚起嘴角苦笑。

穹宇開了不同型號的黑色國產車，他說，這是為了避免追查，也為了防止不必要的注意，才向弟弟借來這輛外觀低調的汽車。

這是我們暌違一週的再會，期間各自忙碌，連電話都不曾打過。

「我得說，決定在嘉義高鐵站集合，真的很高明。」穹宇扣上安全帶，啟動汽車，踩下油門。「我原先還以為這裡有什麼值得調查的事物，想不到是如此單純的理由。」

「再怎麼說，用距離製造盲點是最簡單、最便宜的。」

目的地雖是雲林，考量清嶽宗可能在當地布設眼線，任何防範都是有必要的。畢竟數個月前從林厝寮出海前往海豐島的旅程，說不定已被他們掌握，不得不防。

計畫成形後，穹宇便驅車南下，以協助九降醫藥公司的名目在斗南市郊的汽車旅館訂了長達一個月的住宿套房。他花了些時間找到當時載我們出海的老漁夫和青年的家屬，不附理由地贈與大筆現金，以慰二人此刻不知去向的七魂六魄。老漁夫雖在漁船靠岸後送往臺大醫院雲林分院，但穹宇說，老人在上岸前便已失去呼吸心跳，送醫只是一道應走的程序罷了。失蹤的青年被雲林縣政府認定遭遇民法第八條第三項所稱的特殊災難，事發一年後即得向法院聲請為宣告死亡——儘管我和穹宇親眼看見青年真正的遭遇，卻無法坦承以告。有時，事實比謊言更傷人；換作是我，寧願自己的孩子漂浮在臺灣海峽，也不願知道有關清嶽宗、凝面者和克希塔利的可怕真相。

穹宇南下雲林的主要目的，是調查清嶽宗教團儀式所用的水質來源。為此，他花了不少時間，以診所內各式各樣的儀器，澈底檢查殘留在我和夏時雨衣物上的水漬，試圖解析敬獻塔用於水刑的究竟是什麼水。

「敬獻塔的水漬在乾掉之後留下相當可觀的鹽分。我從結晶殘留較為完整的衣物，諸如內衣褲和襪子中取出定量鹽分，以接觸面積作為比例計算基礎，將等比例的鹽分浸泡於一公升清水內，測出敬獻塔底部的水質鹽度比，大約落在47%至49%之間。相對於大西洋和太平洋3.5%左右的鹽度高出十多倍，更超過世界上鹽度最高的南極洲唐胡安池，讓人難以置信。

「透過水漬，可知敬獻塔的水質含有氯、鈉、鎂、硫、鈣、鉀、溴、鍶、硼、碳和氟等數十種元素，與海水相近，氫、氧和鈉的含量特別高，除此之外並無異狀。一般而言，要改變鈉含量與鹽度，必須預先加入大量的結晶鹽，但從你們的陳述可知，敬獻塔底有個深不見底的廣大水槽，若以塔體圓周計算，即使深度僅有三公尺，至少也有將近一萬噸的水；粗略地以一萬噸計算，要維持特定鹽度，圓塔管理者勢必得頻繁批發結晶鹽，並找到得以儲存的巨大倉庫。縱使清嶽宗真有管道能持續供應，運送過程也很難不被發現，況且，敬獻塔還得設置足夠馬力的溶解推進器，才能長時間維持這樣的鹽度。

儀式用水的高鹽度，不只能解釋監牢被害者與你們身上的脫水現象，諸如口乾舌燥、排尿量減少、頭暈和疲勞，也能連結到數個月前我們成功逃離海豐島後，口乾與頭暈的症狀。或許，雲林縣近海鄉鎮的地層下陷、海水倒灌和土壤鹽化，與清嶽宗教團逐步擴張、漸趨大膽的行徑有所關聯，假使雲林縣近海區域——尤其林厝寮出入海管制站與海豐島附近確實存在這種高鹽度海水，便可確定教團用於儀式的水質，是何種性質、何種比例了。」

「為什麼判斷那裡會出現這種水質？」

穹宇的鼻子呼出氣息，輕聲竊笑。「你明明知道答案，還要問我？」

儘管深知正解，仍然希望得到認可，人類就是如此矛盾。雲林縣近海區域的林厝寮出入海管制站與海豐島一帶，是黑潮（くろしお／Kuroshio Current）支流，亦即俗名臺灣暖流的洋流與中國沿岸流交會之處，也是夏季南海表層流必經之地，是西部外海暖流最密集的位置——同時也是「海流之神」克希塔利先前出沒的地點。換言之，清嶽宗教團並非抽取雲林外海的水，而是汲取曾接觸過神祇克希塔利的洋流之水。

敬獻塔水，或許就是沾有克希塔利體液、氣味甚或細胞的海水。

我曾問穹宇，為什麼不直接透過夏時雨或宋旭允，取得新莊敬獻塔的底部黑水。他說，先前為了拯救受困於轅岐嶼的我們，已有違反法律之虞，實在不便繼續提出請求。我順著話題問下去，想弄明白他當時到底怎麼把我們救出來的，他卻置若罔聞，不願說明。但即使受限於客觀狀況，寧願拿我和夏時雨的貼身衣物做實驗，也不願厚著臉皮要一盆敬獻塔水，實在很像穹宇的作風，一意孤行，固執得近乎不明事理。

穹宇飛快駛出停車場，走臺三十七線高鐵橋下嘉義段道路，應該是想轉上臺八十二線東西向快速公路，接往俗稱「西濱快」的臺六十一線西部濱海快速公路。過去我曾行駛西濱快速公路南下，夾在聯結車與大貨車間，驚悚萬分，那條路幾乎每週都有駭人聽聞的死亡車禍，彷彿必須仰賴運氣才能平安走完。原以為他開上高架就會安分一些，不再超速和變換車道，沒想到竟變本加厲，不斷甩開保持最高限速的車輛，以閃電般的Z字超車法持續向前，絲毫不把測速照相機放在眼裡，我全身緊貼椅背，雙手緊抓安全帶，一刻不得鬆懈。若說這種驅車法有何用意，或許除了飆風快感，還能在數台測速器留下身影，在中央政府系統留下蹤跡，以備不時之需——真是胡謅，誰會採行這種手段！

我將這段期間調查得來的清嶽宗資料口述予他。他維持著超高速行駛，面無表情專注聆聽，時而點頭，時而蹙眉。

「有關清嶽宗的起源與發展，包含魔尾蛇傳說源於克希塔利・阿撒納之習性這點，與新莊敬獻塔的監牢刻字內容相符，或者說，與被害者提及的『隔壁之人』所述相符。」

穹宇沉默半晌，以極其微小的幅度噘起下唇，問：「你是怎麼查的？」

「預計刊載於中央研究院語言研究所《異文化語言研究》第四卷第二期，卻因故沒能刊行的〈清嶽宗教團與轅岐嶼拓碑卷之儀式語言〉。」我望著他的側臉，說：「作者是語言學研究所兼任研究員崇紗夜博士。」

「居然以兼任的身分寫這種亂七八糟的東西，那傢伙真的沒把研究倫理放在眼裡。」

穹宇唯有討論崇家親人時，才會使用如此尖銳的言詞，或者說，才會出現較人性化的發言。他不可能沒注意到這篇論文所代表的意義，以及與現實交互理解之後，將是何等可怕又耐人尋味的情狀。

敬獻塔編號RT-01PC001監牢牆上的刻字，分成附有日期與未附日期兩種，後者的年份鑑定太過詭譎，暫且不論，前者依據天央研究院的檢測結果，應是十年內留下的字跡。換言之，受困其中的被害人「聽見」隔壁之人的描述，也是十年內的事，但崇紗夜博士生前並無長期失蹤的記錄，有關清嶽宗信仰與《轅岐嶼拓碑卷》的研究成果更是她生命中最後一年留下的作品，內容僅及於歷史資訊與些許寰星祕文分析，沒有刻字內容所提的幻夢境或夢境狹縫，更不用說RT-01PC001監牢兩側的牢房，經鑑定已有三十年無人進出，「崇紗夜博士即為隔壁之人」或「隔壁房有人述說」等事實根本無法成立。

〈清嶽宗教團與轅岐嶼拓碑卷之儀式語言〉的官方原始檔只有一份，據說存放於天央研究院，我手中的檔案是崇博士生前轉寄給劉靜琚教授的附件，這份文件埋藏在夏時雨供我使用的雲端硬碟中。夏時雨說，崇博士寄送某些專案研究的文件都會一併轉寄給劉教授，既非要求評論，亦未要求過目，純粹是形同備份的習慣動作。既然「崇博士不可能在敬獻塔」與「清嶽宗信仰和《轅岐嶼拓碑卷》的關聯性未曾公開」兩項條件同時成立，監牢刻字內容幾近百分之百的正確性，反而讓人匪夷所思，即使字跡所稱的隔壁之人透過某種管道得知此些事項，也絕不可能與RT-01PC001監牢的被害者同時身在敬獻塔，無論何種推論，面對年代鑑定結果的巨大差距都無法成立。

除非有人找到正確的手段，玩弄時間與空間所構成，難以撼動的客觀事實。

「到頭來，魔尾蛇傳說居然是用來隱藏克希塔利的虛構故事。」穹宇面無表情地盯著前方，我看不出是略顯不悅的表情，還是真的毫無反應。「詩櫻姊第一時間的直覺，準確得讓人害怕。」

「可惜的是，即便九降小姐如此神算，某人還是固執地浪費時間繞遠路。」

「……囉唆。」

他微皺眉頭，垂下兩側嘴角的模樣，真是百看不膩。

汽車行過北港溪，離開嘉義縣，進入雲林縣口湖鄉。穹宇望向河口，告訴我那個方向有一座名為「開南島」的濱海沙洲，由於同樣是漁船方便停靠的淺灘，不少漁夫選擇在該處歇息。對臺灣本島的住民來說，開南島是個可以出海的「非港口地」，有些旅行社甚至安排在此登船，前往雲林外海的地理美景——「消失的國土」外傘頂洲。

「這個月來，我從雲林縣麥寮鄉開始，沿著海岸向南查驗水質，將麥寮、臺西、西湖、湖口四個鄉的海水全部檢驗一遍。」穹宇打起右轉方向燈，將內側車道的慢車甩到身後，才切回原車道。「雲林的海水與尋常海水並無不同，鹽度接近3.5%，化學物質與元素約有九十多種，其中氯、鈉、鎂、硫、鈣、鉀、溴、鍶、硼、碳、氟等十一種便占溶解物質總量的99.8%，符合常規性質，與其他海域別無二致。確定這點之後，我便開始研究內陸用水。雲林縣的水源主要取自濁水溪、清水溪和北港溪，由於農地範圍極大，數十年來大量開鑿地下水井，導致嚴重的地層下陷和土壤鹽化，形成海水倒灌和海岸倒退等惡性地理現象。

「既然清嶽宗教團數百年前便紮根於雲林，不可能沒發現日漸嚴重的海水倒灌問題與海岸倒退現象，與他們『迎海於陸』的信仰相符。我不認為《轅岐嶼拓碑卷》或正體中文版《死靈之書》真有記載供奉克希塔利所需的儀式用水，也不認為存在有關高鹽度海水的記述；就算有，地表上也不存在如此鹽度的水質，無法直接取用。因此，清嶽宗信徒應是將某處的水視為供奉克希塔利的儀式用水，有系統地引入敬獻塔，搭配一定的催眠術或心理制約，讓受困監牢的被害者為他們帶回轅岐嶼古大陸的碑文。

「看來你也想到了，沒錯，清嶽宗教團找到了『覆沒的島嶼』，亦即座標位置23°43’50.0”N 120°08’00.0”E的海豐島，並將附近的海水撈回本島，作為敬獻儀式用水。然而，不管是海豐島，還是臺西鄉海岸，都沒有鹽度高達47%至49%的水質，周圍雖然偶有對海朝拜的可疑人士，卻不曾見過定期出海之人，僅有幾位頗具資歷的漁夫罷了，但他們不僅沒有靠近海豐島，也沒帶著疑似宗教法器的物體出航。我不認為推論有誤，為了得到第二物證，我透過大姊的人脈，向海巡署第五巡防區指揮部申請調查數月前因海豐島事件歷劫報廢的老漁船，從甲板與船艙殘留的水分和結晶鹽判斷，當時追在後方的大浪，即是鹽度47％以上的異常海水。這項發現說明一項事實：用於敬獻塔水刑、能使被害者『接近』克希塔利的水質，就是曾經接觸過克希塔利的海水。你我都曾沾染這種高鹽度海水，卻只有你遭受心理、精神與理智層面的三重破壞，並輕易地穿越夢境狹縫，抵達位於不明時空的轅岐嶼古大陸。單憑你我之間的差別可知，光是正確的水質尚不足以『接近』克希塔利，也無法進出夢境狹縫；輔以監牢刻字的記述，比起作用不明的寰星祕文咒語，浸泡高鹽度水的『量』和『次數』或許才是真正的判準——問題在於，清嶽宗教團無人駐紮海豐島，也未頻繁出海搜尋隱藏於洋流之中的克希塔利，究竟該如何取得儀式用水？

「地上沒有，想當然爾，就在地下。誠如先前所言，雲林縣四個鄉的地下水都沒有這種濃度，雖說確實混有海水，存在值得憂心的農業危機，卻不是我需要的答案。不過，地下水沒問題，不代表地底下沒有玄機。為了避開教團潛在的耳目，我造訪了臺西鄉和四湖鄉的幾間廟宇，如崙豐南清宮、崙豐萬安宮、臺西保安宮、臺西安海宮、四湖參天宮、內湖慈聖宮、三條崙海清宮和三條崙聖安宮，在不同人口中，不約而同聽到一項訊息：清嶽宗教團以『靖海建設顧問公司』的名義，數次得標雲林縣政府的水利建設標案，在三條崙、林厝寮和崙豐開發地下引水和排水工程。

「所幸標案均為公開資料，任何人都能查閱企劃案、設計圖和補助明細，雖然涉及商業隱私的部分會稍作遮蔽，卻不影響調查。靖海公司的引水與排水建設大多使用地下管線，表面上是引進牛挑灣溪、舊虎尾溪和新虎尾溪的河水作為農田用水，實際上則增建數條海底水管，直通近海淺灘外的沙洲，以數座大型抽水泵浦為動力，將海水抽往內陸。」

穹宇要我拿取放在後座的提包，裡頭裝著靖海公司二十年來大大小小的標案文件，其中水利建設佔了八成，其餘則是住宅興建、維護與改建。水利工程確實分布於三條崙、林厝寮和崙豐地區，沒有往南發展至口湖鄉和水林鄉的養殖漁業，此種過度集中的現象讓人很難不在意管線位置，而穹宇也真的準備了雲林縣政府水利處的水利工程全圖。他以黃色蠟筆標示出圖上由靖海公司負責的水利管道，我的指尖抵住圖紙，沿著林厝寮地區的某條水管滑動，發現大約有十條通過舊虎尾溪的引水管道，在溪頂與丘厝地區的中心處交會。

穹宇瞥向我停在圖上的食指，說：「調查清嶽宗教團的歷史資訊與內部組織時，你有沒有注意到一件事：清嶽皈錦寺的所在位置——崙頂寮，根本不存在。」

確實如此。雲林縣有三條崙、溪子崙、崙豐、溪頂、丘厝和林厝，就是沒有崙頂寮。原以為是清治時期或明鄭時期的舊地名，但怎麼也找不到。

穹宇努努下巴，說：「你食指停留的位置，就是崙頂寮。」

「這裡？」我啟動腕環機，確認該處的座標略為23°40’35.7”N 120°11’38.6”E。「既然崙頂寮並非傳統地域名稱，亦非過去存在的舊名，為何崇紗夜博士會在學術論文中如此標示？」

「那可能是個『消失的地名』。」

穹宇兩度造訪清嶽皈錦寺，第一次是為了查證女性病患的不明死因，第二次則是為了掌握清嶽宗的一切，以便摧毀他們的計畫。所謂的一切，包含了引水的終點，及其目的。他的調查行動很難不被發現，隨處拜訪居民也不是很適切的方式，只好電訪頂溪和丘厝地區的大地主，在不驚動任何人的狀況下，打探已然消逝的「崙頂寮」來歷。他打了數十通電話，每次都在深入追問時遭強硬打斷，沒能得到任何成果；然而，彷彿印證天無絕人之路的俗諺，在他決定放棄前撥打的最後一通，聯繫到臺西鄉光華地區的吳家。接電話的是年近九十，頭腦依然清楚、口條仍舊流暢的老婦人。她告訴穹宇，自己年輕時曾住在崙頂寮，那裡並不是鄉鎮市，亦未設里，是日治時期留下的歷史地名，距今七十年前起便不再使用，原因不明。婦人私自認為，是當地的清嶽宗教團透過利益團體影響過半數的雲林縣議員，買通主管機關承辦人員，於法律和事實兩個層面澈底抹除這個地名。她說，教團廣募資金，在崙頂寮購入大片農地，甚至以強暴脅迫等方式逼迫地主與佃農遷離，使崙頂寮的原居民降至三成以下，近乎人口清洗。爾後，教團先是完成一座高牆環繞的大廟，後又焚燒田地、廣設平房，免費提供信徒居住，更關閉區域內的民生用品店鋪，獨佔銷售，排擠依然居住該地的剩餘農民，逼迫他們離開故鄉。吳姓婦人的丈夫原是臺西鄉丁姓望族，她自雲林縣光華地區嫁到崙頂寮的一年後，林姓教團領袖前來拜訪，最初與她的丈夫把酒言歡，數日後卻惡言相向，甚至大打出手。她不清楚原委，卻注意到街坊鄰居逐漸遷離，似乎對教團霸道強硬的作風感到恐懼，寧可放棄祖產，也不願與之對抗。可惜婦人的丈夫吃軟不吃硬，教團行徑越惡劣，他就越固執，說什麼也不願賣出家產，更不願搬離廣大的丁家四合院。但清嶽宗教團本就不是正派組織，同年五月十六日，彷彿精心策劃一般選在農曆四月四日夜裡放火燒屋，殘忍的祝融帶走丁家半數人口，包含她的丈夫。僥倖生還的成員紛紛竄逃，各自求生，她也北返娘家，以眾人笑罵的寡婦身分度過煎熬的七十年。

儘管沒有證據，誰都知道那把火，必定出自教團信徒之手。之後，每年農曆四月四日，她會冒著風險南下崙頂寮，在相隔數百公尺的田邊遙向丈夫上香。崙頂寮的變化又快又大，每年都能看見新的房舍，和新開闢的道路；但讓她感到恐懼的，是皈錦寺逐年增建的白牆，猶如監牢，又似堡壘，彷彿關著莫可名狀的邪靈魔物，令人膽戰心驚。

「為什麼要消滅崙頂寮的地名？」我盯著水利管道圖的螢光筆線條交集區，「地名和信仰之間有什麼關係嗎？即使塗銷舊地名，中央政府依然能查到他們，雷霆、蒼溟和天央等超常事例應變組織仍有辦法介入管制。」

「雖然無法弄懂行為背後的意義，透過追查地名，可以掌握清嶽宗教團急速紮根的手段，以及臺西鄉沿海居民不願談論教團，也不願受雇出海，前往海豐島的理由。」

穹宇從四湖交流道接上俗稱「西濱」的臺十七線西部濱海公路，持續向北行駛。考量崙頂寮的特殊地域性，他打算停在臺十七線和雲一二六鄉道路口，剩下的路程則徒步前進，保留事態惡化後的退路。橫越舊虎尾溪時，我望出副駕駛座車窗，看見大片低矮的長方體建築，沒有漢人傳統的硬山式屋頂，只有平坦的混凝土天臺，完全不是雲林縣應有的民房樣式。無數長方體建築中央，有一座彷彿精心計算的正方形廟宇，外頭圍著一圈遠遠超過土城看守所規模的高聳外牆，牆垣雖為純白，頂上的防護尖刺卻是一排漆黑，高牆內的正方體廟樓為歇山式十字脊頂，與周圍房舍樸素的樣貌截然不同，高調地散發華麗、尊貴甚而狂傲，又突兀得令人畏懼的不祥氣場。

那座廟宇，即是清嶽宗教團的大本營：清嶽皈錦寺。

望著充滿狂氣的宗教建築，著實佩服穹宇膽敢獨自一人，深入雲林縣打探教團的消息，換作是我，沒請個保鏢恐怕不敢涉足此地。

穹宇在鄉道路口停車，盡可能地靠向邊線，避免因影響通行而慘遭拖吊。我和穹宇雙雙套上夏時雨先前寄來的深灰色棉製長袍，這套服飾的材質特別細緻，很厚重，也很溫暖。他將文獻資料塞入提包，取出藏於後座的鐵製筆盒，才滿意地踏出房車。

「筆盒裡裝了什麼？」

他搖晃鐵盒，發出喀啦喀啦的聲響。「一些防身工具罷了。」

我接過手，打開確認。裡頭裝滿銳利的手術刀。

「要不是知道目的地為何，還以為你要南下偏鄉為民行醫。」

「邪教團體就像一塊隨時會增生或移轉的惡性腫瘤，不及早割除，必會害及百姓。基於這層理解，手術刀不只是象徵性物品，還能強化我的意志力，以面對眼前的困難。」

「然後順便能『解決』眼前的困難。」

「能否解決困難倒不一定，」他的嘴角揚起約莫三度，「但我確定能輕而易舉地解決造成困難的人。」

雲一二六鄉道沿途留有些許水田，稍能感受雲林縣特有的農業大縣景致，但一轉進雲一二六之一鄉道，氣氛便大幅轉變，猶如自溫暖和煦的陽光鄉間，墮入冰冷晦暗的混沌荒土。我戴起長袍兜帽，低著頭，迴避漫布於空無一物的環境中，足以讓人窒息的壓迫感。我們的步伐很輕，卻仍引起不少注意，長方體建物中不時有人探出頭來。他們同樣戴著深灰色兜帽，雖然對我們感到好奇，卻總在我試圖抬眼確認時迅速躲回屋內。

鼻腔裡的空氣有些黏膩，明明行於內陸，卻彷若置身海岸，臉頰皮膚被高濕度的微風拂得發癢，不敢伸手去抓，只能抿起下唇，將頭壓得更低，緊緊跟在穹宇身後，以穩定規律的步伐踏向未知境地。

穿越第二個路口，房舍的住民變得稍微大膽一些，不再只是探頭，而是慢慢上前，相隔數公尺距離，靜悄悄地觀察我們。我保持低頭之姿，偷偷瞄向兩側，雖未直接與之四目相接，卻能透過長袍下的身形與兜帽下的視線，分辨住民的性別、身高和眼神。沿路所見，全是女性，女多男少的現象的確符合清嶽宗教團的發展，雖說宗主鮮少為女性，組織要員與儀式要角卻由女性出任，甚至連供奉神祇的敬獻祭品也只能挑選女性，是個乍看重男輕女，實則女權至上的團體。

我拉著帽緣，稍微抬頭，瞥向前方那堵高聳的白牆。

穹宇的步伐如同一貫的表情，幾乎不曾改變。他雖持續低頭，想必也已望見那道隔絕一切的高牆，也勢必明白，高牆後方便是信仰著異端神祇，不惜犯下慘絕人寰的連續命案仍想完成供奉儀式、獲取碑文教典的邪教中樞：清嶽皈錦寺。

我們在高聳巨大的純白正門前停下腳步，保持低頭，動也不動地佇立等待。我不曉得後續安排為何，只能乖乖立定，不敢輕舉妄動。身後不斷傳來細細碎碎的衣物摩擦聲，看來已有無數身穿深灰長袍的住民，踏著緩慢的腳步，接近文風不動的我們。

準備開口詢問穹宇下一步時，白牆內側發出老舊引擎般低沉的隆隆聲，偌大的門扉緩慢開啟，牆內佈滿彩繪浮雕的豪華廟宇逐漸映入眼簾。正狐疑著皈錦寺為何會開門相迎，一位身穿淺灰長袍、腳踩布製平底鞋的女性，踏著優雅地步伐，來到我們眼前。

「嗨。」對方的小嘴發出輕如呢喃的悅耳聲音。

我半張開嘴，緊皺眉宇，瞪直雙眼。

揚起嘴角偷笑的夏時雨，牽起我的手，領著我們進入皈錦寺。

## 第六節：清嶽皈錦寺

清嶽皈錦寺難以言喻的莊嚴程度，搭配隱約透露的異樣氛圍，讓人深感畏懼，卻又嘆為觀止。

我「眼轉頭不轉」地環顧四周，純白高牆的塔樓形式和超乎想像的信眾人數，令我嘆為觀止。皈錦寺的白牆取代傳統廟宇的三川殿、後殿、東護室與西護室，雖然沒有山門、鼓樓與龍虎門，但傳統廟宇該有的既定外觀，諸如台階、柱珠、龍柱和抱鼓石等，並未缺失，設計得非常到位。三川殿的中門兩側沒有常見的石獅子，反而放置兩尊比人還高的怪物塑像，擁有兩顆圓形頭顱與數對手腳，面部僅有露齒咧開的嘴，軀幹的節肢頗似甲蟲，卻有一條尖銳細長的尾巴，醒目且粗壯的左掌，讓我冷不防聯想到敬獻塔中將夏時雨拉進深淵的那隻大手。

通過三川殿的龍門，右側廂廊走出幾名身穿淺灰長袍的女信徒，低語交談的聲音彷彿惡魔的呢喃，曲折的重音和短促的唇齒音聽起來不像中文，也很難辨識為特定外語，綿延不絕的長句讓人懷疑她們是否不用換氣，禱誦一般的話語徘徊耳畔，久久不能消散。雖能從身形和語調分辨性別，卻看不清她們的面孔，清嶽宗信徒行走、佇立甚或跪地時，無一例外地低著頭，彷彿抬頭便會觸怒神祇或侵犯教條，絲毫不願仰起下巴直視前方。儘管如此，她們一個個卻挺直腰身，垂著頭卻不駝背的模樣，形成某種不協調又不搭調的怪異姿勢。

我一面跟著夏時雨的腳步，一面覷眼觀察信徒的反應。經過悄聲低喃的信徒身旁，我瞥了穹宇一眼，他仍是紋絲不動的冷靜表情，雖低著頭，卻抬起雙眼直視前方，毫不掩飾對周遭環境的高度警戒，亦不畏懼來自信徒的狐疑目光。他兵來將擋、水來土掩的態度，讓我安心不少。

一穿越拜殿，夏時雨輕輕拉住我的袖口，帶我們繞開正殿，橫越中庭，跨過右側樓閣，朝宮廟後方前進。我以為清嶽皈錦寺會以主神克希塔利・阿撒納的特徵進行裝潢，但行走至今，要不是屋頂的牌頭、中脊和燕尾等處有著狀似雙頭蛇的雕刻，根本看不出這裡是反於常理的邪教信仰中樞。屋頂的設計應是邪神克希塔利的微型塑像，撇除兩顆突兀的人類頭顱，蜿蜒的蛇形軀體的確符合臺灣民俗傳說的魔尾蛇外觀，銳利的長牙與扭曲的蛇身無不散發惹人不適的怪異氣場；然而，我不認為清嶽宗信徒會將主神裝飾於屋頂，此些雙頭外型的不明生物，恐怕與中門兩側的怪物一樣，是凝面者以外的克希塔利眷族。

夏時雨走向後殿的檜木櫃臺，朝身穿深灰長袍的信徒點頭致意，便推開三米高的紅木門，踏過光滑的大理石階梯，直朝地下前進。每三十階轉一次平台，每六十階為一層樓，繞過廂廊下方的狹長窄道，抵達正殿地下。皈錦寺正殿一樓到底擺放何種神像，不得而知，但地下一樓的廣大殿堂則有一尊人形的女性神像，石造五官極為生動，看上去是未滿二十歲的年輕少女，手裡托著卷軸，卷軸中央落下一條鮮紅色緞帶，隨著窗外微風左右搖晃。儘管滿腹疑問，我仍跟隨夏時雨熟練的步伐，繞到正殿西側，穿越米白的木門，走下途經七座平台、共計兩百一十階的長階，抵達地下二樓的殿堂。打開四層樓高的象牙白蛇首浮雕木門，挑高二十公尺的超寬敞空間映入眼簾，裡頭沒有信眾，也沒有神像，只有數以百計的酒紅色跪拜墊。跪拜墊前方有一堵光亮的純白高牆，怎麼也不像是供人膜拜的目標。

「這裡就是皈錦寺的敬獻正殿。」夏時雨轉過頭來，露出微笑。「接下來就交給你了，官毓燁先生。」

我點點頭，拉起長袍袖口，以腕環機開啟六個監視器畫面，分別顯示敬獻正殿的六個角度，其中兩個以二十五度角面向白大理石牆，其餘四個則以斜下三十度角，映著中央為數眾多的跪拜墊。這座殿堂是入侵計畫的核心，穹宇曠日廢時埋首調查的水利管道，最終交集處即為此地。夏時雨早一步以信徒身分潛入皈錦寺，歷經數週確認，身穿純白長袍的高階祭祀人員會在午時和子時進入敬獻正殿，開啟深處那扇宛如光亮鏡面的四層樓高牆，沐浴於濃厚的水霧中，俯首祝禱。讓人在意的是白牆開啟之後，即使白霧完全消散，鏡頭也常受到不明訊號干擾，斷斷續續，甚至出現難以解釋的條狀雜訊與白點閃爍。正殿深處那面眾多信徒虔誠跪拜的亮白高牆後方，究竟藏著什麼東西，始終沒能錄下。

清嶽宗教團之宗主採世襲制，至今傳至第十一代，首任女性宗主林月妤；除宗主外，各地宮寺設一「寺司」，宮寺之外的集住所則成立分寺，分寺不設寺司，由信眾推舉一名「寺守」總管雜項事宜。作為信仰中樞，清嶽皈錦寺未設寺守，宗主之下只有十六名「司祭」，全由女性出任，掌理主神的祭禮與儀式，並輪流率領數百名信徒，在午、子兩個時辰進入敬獻正殿，開始長達三小時的祝禱。其餘時段，敬獻正殿不允許出入，唯一的例外是未時之後的清潔輪值人員——今天，正好輪到身穿淺灰長袍的夏時雨負責。

皈錦寺正殿和位於地下的敬獻正殿，基於某些宗教性理由，未設任何監視裝置，雖然有利於我們的潛入計畫，卻不利於情報收集。無法竊取或擷取寺廟原有的錄像檔案，要想知道教團的祭禮作息和儀式流程，進而找出規律與破綻，就得先行安裝設備，花費很長一段時間觀察。夏時雨以極具說服力的演技，跳過深灰長袍的普通信徒階級，空降成為具備最低管理權限的淺灰袍人員；即便是最低階，也已擁有進出敬獻正殿的資格，對於計畫而言便已足夠。在她利用清潔輪值的空檔，成功安裝六座監視攝影機後，我便透過信徒和司祭的例行性作息展開精密的行為模式推敲，花了數週時間整理出幾套合適的「情境」，用以搭配夏時雨負責清潔的時辰。

即使事前確認並無監視裝置，保險起見，我仍將隱藏鏡頭偵測器置於空曠的地面，掃描廣大空間中可能存在的異常頻段電波訊號。確認沒有監視器，我便熟練地從腕環機投影畫面找出最近一次祝禱儀式的監視影像，以一點五倍速播放，同時取出隨身包內的隔牆監聽器，遞給穹宇。他戴起監聽器耳機，走向敬獻正殿的象牙白大門，將高靈敏探測器貼上二十公分厚的門板，仔細傾聽外面的動靜。

我盯著監視影像中主持祝禱的司祭，目光隨著她的腳步，穿過數百張跪拜墊，抵達那堵看似什麼也沒有的白牆。司祭伸手按壓牆面中心點，白牆隨即以中線為軸向兩旁開啟，奇異的白霧穿越細縫驟然逸出，浪潮一般飛快掩蓋攝影機畫面，籠罩著廣大殿堂內雙膝跪地的信眾。我按下停止鍵，跨過兩個跪拜墊，來到白牆中間，試探性地以食指輕點影像中相應的位置。冰冷的牆面毫無動靜，我稍微加強力道，手掌施力推著空無一物的牆面。喀唧一聲，掌心觸動某種具備回彈觸感的裝置，長寬大約二十公分的大理石片向內移動，整面高牆登時化為高聳的大門，朝內側緩慢開啟。冰冷的寒氣流淌而出，濃厚的白色煙霧急速猛竄，順著氣流撞上我的臉，黏膩的觸感像極了海風，乾燥的凍寒卻堪比高山的嚴酷。

霧氣逐漸消散，一尊二十公尺高的黑曜石克希塔利巨神像，凜然聳立。

我的腦中猛然浮現那串邪惡的供奉咒語，絕不存在的呢喃轉為清晰的話語，旋風似地擾亂思緒。我使勁甩頭，將多餘的意念拋出大腦，吁一口氣，握緊雙拳跨越巨大的白門。

克希塔利神像坐落於半徑十公尺的圓池中央，池中之水低於常溫，卻如沸騰一般不斷冒出白霧，黏稠的霧氣讓我立刻明白，這潭池水與敬獻塔底的黑水幾近相同，但更為濃厚，也更令人不適。夏時雨蹲下身子，用試管撈了一小瓶池水，湊到鼻前一聞，隨即皺緊眉頭，輕輕咳嗽。

「如何？」站在數公尺外的穹宇問道：「和預想的一樣嗎？」

「一模一樣。」

入侵清嶽皈錦寺的計畫立基於符合邏輯，但毫無根據的「想法」之上。清嶽宗教團以敬獻儀式供奉克希塔利，一來用於洗腦並轉化普通民眾，二來也能誘騙無知的人們或信徒進入轅岐嶼古大陸，尋找尚未齊全的碑文。教團信仰的原典《轅岐嶼拓碑卷》是必須隱藏與保密的文獻，那不只是「接近」克希塔利的手段，更是達成終極目標的重要關鍵，數百年來出入轅岐嶼搜索碑文的漫長歷史，絕不可能建立在各地的敬獻塔和不虔誠的臨時信徒身上，作為大本營的皈錦寺，勢必存在某種「確保出入」的管道，讓高階宗教人員能夠監督《轅岐嶼拓碑卷》的穩定收集，達到定期與定量的發展，甚或透過組織階層，直接主宰儀式與祭禮。

換句話說，要想確保穿越夢境狹縫，不只需要我，還需要一潭正確的水。

雖是毫無根據的推論，理性至上的穹宇和飽富知性的夏時雨卻未反駁，雙雙陷入長考，從各自的角度發想，試圖理出可行的計畫。

「我們需要資訊。清嶽宗教團的歷史、文化、組織、分布、祭禮和敬獻塔的儀式用水，甚至宗主和神職人員的個人習慣等一切資訊。」穹宇闔上手中的黑色小冊子，面無表情地來回望著我和夏時雨。「儀式用水的性質與成分必須先行確定，才能保證你的『想法』真能夠開啟或穿越夢境狹縫。當然，了解儀式用水的性質，同時也能保障『回程』的機率與手段。」

對啊，我還真沒想到回程這件事。穹宇彷彿料中我心中所想，以極其細微的幅度眯起雙眼，揚起嘴角，哼出一聲鼻息。

「你沒想過怎麼回來，對吧？」

可惡，這傢伙居然落井下石。我雙手抱胸，撇撇嘴，默不作聲。

穹宇接著說：「此外，最好能有一個了解內部狀況的線人。不過，基於宗教團體具備內在連結的特殊性，或許很難收買或脅迫——」

「慢著，姑且不管收買，脅迫是怎麼回事？」

他努努下巴，示意我的腰間，說：「使用你隨身攜帶的危險器械，稍微給點壓力，應該會有不錯的效果。」

虧他還是醫生，居然把如此危險的手段擺在第二順位。

如他所說，以內在信仰作為連結的宗教團體一向是最難滲透的組織，即便是受過訓練的偵探或間諜，都無法輕易取得信任，獲取有效的內線。

我倆雙雙陷入苦惱時，始終沉默的夏時雨慢慢舉起右手，說：「滲透清嶽皈錦寺的任務，或許可以讓我試試。」

我和穹宇對看一眼，同時望向她。夏時雨似乎被兩道視線弄得不太自在，縮起雙肩，拇指相互交疊，玩起手指疊疊樂。她先瞥了穹宇一眼，才將視線挪到我身上，說：「單論宗教信仰與文化知識——尤其超越界域的異種族文化，我應該擁有足夠可信的說服力，能夠取得教團的信賴，入內擔任神職人員。就算是邪教團體，也不可能輕易放棄吸收高知識分子的機會，尤其我這類對特殊信仰研究甚深的人，更是不可多得。」

「姑且不管妳算不算高知識分子，」我抬起左臂，擋住她接連揮來的拳頭。「萬一他們不想招募高知識分子呢？萬一必須接受長達數年的修行，才能成為皈錦寺的神職人員呢？」

夏時雨鼓起腮幫子，用力踩我的腳，說：「這些問題讓我來煩惱啦！你們把儀式需要的環境和素材準備好就行了！」

我向穹宇投注求助的目光，他卻不可置否，或許一時也找不到合適的應對方法，只能默許夏時雨的計畫。撇開內線人員不管，調查教團組織與儀式用水，同樣擁有不小的風險和難以想像的龐大阻礙。何況，清嶽宗教團的歷史、文化和組織，以及儀式用水的性質，非但是必要的背景知識，也攸關潛入時的安全性，更關乎進入夢境狹縫後是否能正確地掌握分歧路途。

這次不能光憑運氣，必須順利通過那道看不見的「門」，抵達我們想去的地方。籠罩著未知的幽暗壓得我喘不過氣，面對眼前巨大莊嚴的克希塔利神像與平靜無波的敬獻之水，再多的準備，都不足以放慢急促的呼吸，遑論平息鼓噪不止的心跳。

「毓燁，差不多該開始了。」穹宇保持傾聽門外聲音的姿勢，側眼瞥向我，說：「記住，只有『那個時間』和『那個地點』，才找得到『那個人』。」

我點點頭，按下腕環機的附加系統鈕，啟動早已裝設完畢的病毒程式，將非法資訊攻擊傳遞出去。事實上，夏時雨潛入皈錦寺的另一個任務，便是在特定位置，安裝用以散佈病毒程式的干擾發信器。

簡單粗暴的病毒程式，輕易擊潰清嶽皈錦寺的資訊系統。

敬獻正殿仍然靜謐無聲，想必外頭已是一片混亂。

病毒程式的設計者是穹宇，系統設計圖來自他的三弟，干擾器製造者則是他的么弟；我不確定個別分工有多細緻，只知道成品非常精巧，也特別實用。系統干擾的目標是皈錦寺的消防警報，並非遮斷，而是啟動。一旦開啟干擾，宮廟各處依法設置的消防設備便會發出刺耳的警報，並即刻向距離最近的雲林縣消防局第三大隊台西消防分隊發送通知。驟然大作的警鈴與馬上會到的消防人員，必定會讓長期保持低調，暗中進行不法勾當的教團陷入混亂——當然，這只是我們的預想反應，當然也存在著教團絲毫不怕消防警報、臨危不亂的可能性，但機率過低，不該成為擬定計畫的阻礙。

我走向裝滿敬獻之水的圓池，踏上大約二十公分厚的混凝土邊緣，低著頭，凝望平靜無波但無法見底的深水。倘若穹宇的調查成果無誤，供奉克希塔利．阿撒納的水，與敬獻塔執行儀式的水並無二致，均為高鹽度鹹水。浸泡其中應不至於有何危險，我的口腔仍分泌許多唾液，自顧自地為極鹹的環境預作準備。

比起生理，心理準備更為重要，我們對夢境狹縫一無所知，連究竟能否進入都不確定，遑論在狹縫中找到正確的時間，甚至平安歸來。唯一的成功經歷，是敬獻塔的那隻大手，將我們拉進恐怖深淵時。

我皺起眉頭，凝視那潭毫無動靜的池水，嚥下唾沫，深吸一口氣，闔上雙眼禱念那段用途不明的咒語。

Ot ah'lloigshogg gn'thor. Ot ah'lloigshogg gn'thor. R'luhh ot epgn'thor ah r'luhi ph'nglui ph'trub'ta isuloca'si. La'zfign. La'zfign ephaii. Fad'sy. Fad'sy ephaii. Iä! Cthytali Azanah, throdog r'luhhor ot gn'th kolr'om'si, dof'lani klog'àl ot gn'th, ng zeklit uh'eog ah'ehye'drnn gn'th.

屏住氣息，伸出右腳，緩緩踏入池水。

看似深不見底的水池比想像中淺，溫度卻比預想中低，水中鹽度太高，必須以腿部肌肉向下施力，才能順利踏到底部。水位大約落在腰間，冰涼的觸感包覆雙腿，不斷向上的浮力動搖著我的步伐，要想抵抗自然力學，就得付出更大的代價。為此，只能任憑雙腳打顫，繃緊肌肉立定原地。

預想中的發展並未降臨。克希塔利神像周圍的敬獻之水彷彿普通鹽水，在我踏入之時泛起一絲漣漪，變化也僅止於此，沒有符合自然現象的反應，也沒有任何超自然景象，一切靜如止水，無聲的寂靜正在嘲諷我們莽撞的計畫。

「官先生？」站在身後的夏時雨低聲詢問：「儀式開始了嗎？」

不知道。我不知道現在是什麼狀況。

雙腳已經踩入等同於海豐島事件與敬獻塔底部的高鹽度儀式用水，心中也已禱念那句邪惡的咒語，周遭環境卻毫無動靜，別說夢境狹縫，就連現實都沒產生任何變化。此刻狀況與敬獻塔突如其來的發展有何不同？當時，落入水中的我，並未默唸咒語，亦無特定舉動，雖然沒有進出夢境狹縫的記憶，就這麼自然而然地抵達轅岐嶼古大陸，但此時與彼時究竟有何不同？

「毓燁，發生什麼事了？」

穹宇的聲音相當平穩，卻能透過偏快的餘音收尾，聽出他內心的動搖。

「我進不去。」我咬著下唇，皺緊眉頭。「目前狀況與先前並無不同，各項要素都很齊全：正確的人、正確的水、正確的行為……」

難道我們弄錯什麼了？

「毓燁，我聽見門外雜亂的腳步聲。她們來了。」

穹宇放開緊貼門板的監聽器，扣起大門內鎖，跑向右側，將長達兩公尺的圓木門檔安上到門架。幾乎在他完成防堵的同時，傳來急躁的拍打聲，起初只是叩叩叩叩的試探性聲響，隨後便是啪啪啪、咚咚咚使勁全力的猛擊。紛亂的撞擊聲中，依稀夾雜銳利指甲搔刮光滑表面的刺耳噪音，以及不似地球語言的怪異呢喃。混亂的聲音形同死刑的警鐘，高調地預告著大門開啟之後，隨之而來的無盡煉獄。

穹宇來到水池邊，面無表情地仰望克希塔利神像，輕抿唇瓣，握緊雙拳。我的耳中不斷傳來門外的激烈噪響，緊張、焦急與不安的情緒攪動大腦，翻出所有可能、可行的念頭，嘗試找出突破困境的方法。

當時，身於敬獻塔的我是如何跌入底部池水，進而抵達巇岐嶼的？

剎那間，伴隨高度風險卻頗值一試的想法，乍然而現。

我取出藏在袍子下的柯特警探特裝型左輪手槍，確認彈巢填裝六發子彈，屏住呼吸，舉槍瞄準龐大的神像。耳中依稀聽見夏時雨喊著什麼，我的食指卻已扣下扳機，伴隨巨大的槍響，子彈準確擊中神像最下方的尖銳趾爪。

或許以為我神智失常，穹宇連忙跑上前來。我在他踏進水潭前伸出右掌，大喊：「不要靠近水池！」吶喊的同時接連射出五發子彈，全打在同一個地方。克希塔利神像正面共有六隻手爪，左右對稱，其中一對特別巨大，另外兩對相形較小。我射擊的目標是右半邊較大的趾爪，利爪的第一關節已略微龜裂，距離完全分斷仍相當遙遠。神像的材質應是混合不明雜質的黑曜石，光滑表面倒映池水與掛燈，除了已裂開的位置，可說一塵不染，乾淨得不可思議。門外的撞擊聲變得更為激烈，非屬地表的怪異語言也越加高亢，尖銳的發音形同嘶吼和嚎叫，實難想像出自人類之口。

穹宇微蹙眉宇，緊盯站在池裡的我。夏時雨拉下兜帽，捲起袖子，吃力地搬起跪拜墊，擋在不斷承受衝擊的正殿門板後方，化作螳臂擋車般薄弱的阻礙。

我用快速填彈器重新填滿彈巢，一面觀察神像趾爪的龜裂程度，一面挪開步伐，在浮力驚人的水中移動。再次射擊神像右爪的裂痕處，響亮的槍聲迴盪在寬敞的正殿，有如警笛，又如喪鐘，震盪著耳膜，也衝擊著焦躁不安的心。六發子彈全部射空，龜裂處變得非常明顯，幾枚黑曜石碎片落入池水，漾起一波波漣漪。小得彷若鹽塊的碎片讓我安心不少，一方面確定自己的行為具有物理性意義，另一方面也確定神像並未受到異域之力保護，不至於連槍械都無法造成傷害，實是不幸中的大幸。

無暇重新填彈，我將左輪手槍塞到腰後，半蹲身子，使勁跳躍，同時伸長雙臂，牢牢抓住龜裂的神像趾爪。堅硬的黑曜石像發出喀的一聲輕響，裂痕卻沒加劇，僅是落下更多碎片、漾起更多漣漪。我咬著牙，運用臂膀與腰部肌肉奮力搖晃身軀，輔以臀部與腿部的力量，將自己盪到更高的位置，換取更大的重力和離心力。

然而，無論如何擺盪，克希塔利神像受損的趾爪就是沒有斷裂。

我聽見皮鞋木跟的聲音。穹宇面無表情地踏上敬獻水池的混凝土外圍，我正想發難，他的左腳卻已踏入水池。

「你之前問我，到底是怎麼把受困於轅岐嶼的你們救回這個世界的，對吧？」

「現在不是討論這件事的時候。」我一邊撐住臂膀，一邊施加力氣。「你趕快離開水池，要是弄個不好，連你也一起進入夢境狹縫，甚至抵達蘺岐嶼的話，就再也逃不過克希塔利的影響，躲不掉夢遊囈語的症狀了！」

他搖搖頭，右腳跟著踏進水池，緩慢且吃力地朝我走來。

「毓燁，有件事我一直沒告訴你。」

他脫下深灰長袍，任憑底下的純白醫師袍浸入敬獻之水，漂浮其上。白袍向外散開的模樣彷彿一片荷葉，載浮載沉，好似擁有了短暫的生命。

「在我知道你身陷邪惡力量侵擾，無法正常入眠並出現夢遊和囈語等症狀後，便明白了清嶽宗教團數百年來維繫信仰的方式。你有沒有想過，蕭厝地區的夢遊囈語症狀的患者明明只有女性，為什麼你也會有？」

坦白說，我的確想過這件事。雖說是個令人費解的「例外」，卻也不該在情況急迫的此刻討論。

「最合理的推測是，直接面見或太過接近克希塔利的人類，不分男女，都會逐步出現夢遊囈語症狀。清嶽宗教團採行的手段，諸如誦念咒語、浸泡敬獻之水或長期監禁洗腦，都沒有直接觸及克希塔利，基於某些我們無從知曉的理由，間接形成『只有女性受影響並出現夢遊囈語病症』的現狀。然而，無論是太過接近神祇或透過教團效用有限的儀式，患者都能透過敬獻之水進入夢境狹縫，成功抵達蘺岐嶼古大陸。」

「穹宇，莫非你……」

「雖然是透過影像，」穹宇的雙眼眨也不眨。「我也曾親眼見過克希塔利那尊異端邪神。」

我不認為自己能充分隱藏內心難以壓抑的驚詫，只能任憑五官做出最自然的反應；瞪直雙眼，半張開嘴，啞口無言。我未曾想過穹宇罹患夢遊囈語症狀的可能性，他的表情即是無窮未知，即便內心深感恐慌，也絕不動一根汗毛。

他之所以能在敬獻塔找到穿越夢境狹縫的我們，並非運用靈術或魔法，而是躍入水中，沐浴於莫可名狀的黑暗，前往未知的轅岐嶼古大陸。理解部分事實之後，衍生而出的疑點卻更加複雜：穹宇要怎麼回到原來的世界？但這項疑惑遠比不上某個事實帶來的衝擊性：穹宇的夢遊囈語症狀來得雖慢，卻已深深影響他的理智和心靈。

穹宇走向嘗試扳斷神像趾爪的我，仰首顧盼，尋找可以抓取的位置。

夏時雨站在池邊，瞥著不斷發出斷裂聲響的大門，惶恐不安地望向我們，說：「有過海豐島事件的經驗，你們應該知道克希塔利神像落入敬獻之水，會發生什麼事情吧？」

儘管已因過度運動而喘不過氣，我仍硬著頭皮說：「妳想想，如果進出夢境狹縫的條件是曾經接觸克希塔利或承受清嶽宗教團的儀式洗禮，為何妳能順利抵達轅岐嶼？」

「我非但沒有『順利』抵達，也不打算前往該處，要不是那隻奇怪的大手……啊！」

看來聰明的她也想通了。克希塔利邪陶像讓我和穹宇在海豐島外海吃盡苦頭，不只引來成群的凝面者，更招來疑似克希塔利真身的形體，倘若面前這尊巨神像落入敬獻之水，恐怕將招致數倍於海豐島事件的嚴重後果。

能夠開啟夢境狹縫的敬獻池水就像一扇大門，我方能夠過去，對方當然也能過來，但如此龐大的神像與如此體積的池水將會招引多大的危險，我們所處的世界是否真能承受，均屬未定之數。

「毓煒，你是對的。」

或許也在思考同一件事，穹宇的表情雖仍不變，炯炯目光卻始終沒離開我的雙眼。

「要想成為救世主，就得先讓世界生病。」

穹宇輕輕一躍，攀住已然龜裂的克希塔利神像趾爪，與我並肩施力。他的體重應該與我差不多，兩倍成人的重量，讓神像趾爪的龜裂處發出清脆的剝離聲，落下更多碎片，泛起更大的漣漪。即使裂痕變得更深了，卻仍堅實穩固，並未直接斷裂。穹宇學著我的動作收起腰部，搖晃身軀，與我一前一後相互擺盪，形成活塞引擎的往復式運動，以離心力與重力增加體重帶來的破壞力。

「你們兩個笨蛋！」

夏時雨脫下長袍，輕輕一拋，袍子不偏不倚掛上神像的趾爪前端。她「嘿」地一聲跳了起來，雙手分別拉住袍子兩端，以類似跳傘或吊繩的姿勢懸在半空中。

「光靠體重和擺盪是不夠的，重點在於加速度大小！官先生想不到這點就算了，居然連崇醫師也跳起來硬扳，實在讓人無言。」夏時雨收起纖細的腰部，咬牙使勁，卻只能晃動四十度角左右的幅度。「不、不要一直看我啦……我平時就缺乏運動，沒辦法和你們一樣盪得像隻猴子。」

「誰跟妳猴子啦。」我白了她一眼，卻不得不敬佩她臨危不亂的反應。

門外的聲響越來越大，堅固的門柱逐漸出現裂痕。每次撞擊時，門板間的縫隙變得越發明顯，外頭非屬人類語言的詭異呢喃也清晰入耳。不知是否僅屬錯覺，門外的語言和留存在我腦海中的怪異咒語，泛起某種莫可名狀的共鳴，自主意識一點一滴地受影響，身軀仍在擺盪，心神卻漸趨渙散。

夏時雨運用力學原理，在神像趾爪最前端的位置輕輕搖晃，幅度不大，搭配我和穹宇漸趨無力但連綿不絕的往複式運動，原有的龜裂不斷擴大，發出一次又一次響亮的碎裂聲。大門的衝撞、門外的呢喃、門柱的崩折、神像的龜裂與我們三人短促的喘息，交織成敬獻正殿中混沌、紛亂卻充滿奇異和諧感的噪音協奏曲。我的手臂早已發麻，各處肌肉均向大腦抗議，亟欲罷工，卻被堅毅、頑固且強硬的意志澈底綁架，沒有歇息的時間，更沒有放棄的可能。穹宇始終不改神色，頸項的汗水與逐漸減弱的擺盪幅度，卻揭露了疲憊的現狀；本就不擅運動的夏時雨，儘管最慢出手，卻最早顯得無力。

正以為克希塔利神像趾爪的龜裂不會繼續擴大時，彷彿急欲映證莫非定律（Murphy's Law）的真實性，抑或向我證明玄靈天地真有神明庇佑，看似不再加深的裂痕突然發出至今最刺耳，卻也最動聽的聲響。彷若呼應這道崩裂，細小的碎片不斷自裂口處落下，起初僅有手掌大小的裂痕漸漸變大，我能清楚感覺身軀正在傾斜，夏時雨以長袍打造的吊繩隨著趾爪逐漸歪斜的角度，向旁滑動，一不小心就會摔回地面，讓人看得心驚膽跳。

我轉過頭，恰好對上穹宇的眼，透過他虹膜顏色稍淺的瞳孔，頭一次讀出隱藏在僵硬的撲克臉底下，不為人知的炙熱雀躍。

無人明說，我們卻已心知肚明——神像的趾爪就要斷了。

令人毛骨悚然、彷若嬰孩的尖銳吶喊重重擊打我的耳膜，隨即是前所未有的強力撞擊，厚實的正殿大門發出巨大的轟隆響，阻擋在前的門柱終於斷裂，敞開的門縫伸入數十隻漆黑強壯的手。不斷擴大的門縫之間，能清楚看見兩張緊鄰的白色大臉，沒有眼睛，也沒有鼻子，僅有一張利牙密接、佔據大半臉龐的大嘴，兩顆頭顱連在同一個軀幹上，龐大駭人的不祥形體讓我憶起隱藏在世界最陰暗角落的怪異事物，無窮的恐懼使我齒顎不住打顫，弄個不好怕是會直接咬斷舌頭。

我咬住舌尖，以難耐的痛楚重整意志，皺緊眉頭望向穹宇。他一成不變的面容彷彿躁動靈魂的綠洲，讓我很快取回依稀存在的平靜。我希望他永遠是世界的明燈，照耀人類孤獨徬徨的心靈；我不希望他墮入深淵，穿越未知的夢境狹縫，甚至抵達轅岐嶼。

如果可以，我寧願以自身性命，換取他的安全。

「穹宇，」乾燥的喉嚨讓我連一句簡單的話，都說得非常吃力。「如果穿越夢境狹縫的路途比文書記載的還更險峻，你還願意和我一起去嗎？」

「你這傻子。」

穹宇難得揚起嘴角，給出一道依然僵硬，卻溫暖柔和的笑容。

「無論什麼地方，我都願意陪你去。」

伴隨乾淨俐落的聲響，克希塔利神像的趾爪完全斷裂，落入水中。剎那間，奇異炫目的光芒驟然迸現，或許全是幻覺，但我隱約在一片霧白之中，看見一隻漆黑的大手，準確地抓住我。

就這麼墜落於彷彿將持續到宇宙終結的永恆黑暗。

# 第七節：神話的遺產·崇紗夜博士

Ot ah'lloigshogg gn'thor. Ot ah'lloigshogg gn'thor. R'luhh ot epgn'thor ah r'luhi ph'nglui ph'trub'ta isuloca'si.

感官回歸至初始的原生狀態，各種感覺都很稀薄，不只無法確認是否吸進空氣，就連包覆周身的究竟是有形之物體、液體，抑或氣體都難以肯定。外部感測的一切計量不再可靠，徒存彷若酩酊的大腦徬徨地糾結沒有答案的問題，萌生無窮無盡，但毫無意義的焦慮感。同樣身陷黑暗，卻與先前敬獻塔的體驗截然不同，奇異的意識懸浮狀態，將我困在無法描述的虛空之域。即使明白自己處於「某種狀態」，大腦卻無法定性該項狀態，認知與理解出現明顯鴻溝，思維彷彿籠罩一片漆黑的迷霧。

我沒有手，也沒有腳。感覺不到四肢，大腦卻能驅動不確定是否依然存在的肉身，向著虛無踏步。假使記憶尚未出錯，脫離現實的最後一秒應該身在雲林縣的清嶽皈錦寺，行為目的是驅動克希塔利神像與敬獻之水的交互作用，呼喚凝面者或其他邪神眷族，開啟夢境通道的「門」。門的概念或許並不正確，但某程度上應能適切地描述這種狀態——不得其門而入的眾人，在主賓的邀請下，越過猶如屏障的門檻。前一次穿越夢境狹縫，抵達轅岐嶼古大陸時，沒有這段漫長的幽暗；分明不見肉體，卻能察覺凍寒刺骨的環境，正侵蝕著我的靈魂。此處恐怕就是敬獻塔刻字所提及，通往幻夢境等異空間的夢境狹縫，但眼下狀況卻完全顛覆通道一詞該有的樣態，靈魂亟欲脫離肉身，思維與意識一點一滴地消散，驅使我奮力抓住最後一絲理性的，是腦中對穹宇和夏時雨無盡的愧疚，以及對現實世界終將遭到邪惡盤據、自己卻已束手無策的無限懊悔。

記住，只有『那個時間』和『那個地點』，才找得到『那個人』。

穹宇給我的座標地點為25°01'18.6"N 121°32'05.6"E，至於時間，則是十年前的八月十一日上午九點。

那一天，舉辦了對某些人而言至關重要的活動。

籠罩周身的酷寒氣息逐漸加強，腳步已然失去知覺，卻能明白身軀正以超越人體極限的速度朝某個方向「流動」。流動，是我主觀意識對於現狀的認知，或許實際上並無任何物理位移，僅是無形魂魄的盲目遊走。

然而，大腦殘存的薄弱理智卻很篤定，我將找到那位知曉一切的人。

※　※　※

「先生。」

未曾聽聞的女聲彷彿鐘響，伴隨難耐的耳鳴，重重敲擊我的大腦。

「先生，」聲音再次入耳。「你還好嗎？」

皮膚開始感覺到地面蒸起的炎熱，足底也逐漸將令人不適的悶熱感傳入大腦，鼻頭突然發癢，前一刻的酷寒宛如一場漫長的美夢。耳鳴漸趨消退，話語、清風、蟲鳴、鳥叫、車流和枝葉間的沙沙聲，各式各樣的聲音迴盪耳畔，細水一般悄悄地洗淨混沌污濁的意識，在無秩序的環境找尋能夠滿足大腦的秩序，構築一首專以噪音為題的交響樂曲。

分開眼瞼之前，先皺起眉頭，將外部潮濕的空氣吸進鼻腔，隨即重重吁出。

睜開雙眼，首先捕捉到數張全然陌生的臉，為數眾多的女孩們無一例外有著吹彈可破的肌膚，極大程度地展露出年輕的美好，那些終會伴隨青春歲月一同逝去的元素，在她們臉上漾起絢麗的光輝。她們手中不約而同拿了動漫畫人物的鮮豔提袋，光憑這點，便讓我緊繃的情緒瞬間舒緩。豔陽下喧鬧紛亂的環境，揭示一項極為重要，且令人安心的事實——我成功抵達「那個時間」的「那個地點」了。不遠處的圓餅式建築正門，其右側牆上寫著「臺灣大學綜合體育館」。

十年前的八月十一日，理應靜謐的週六校園一反常態地遍布人潮。臺灣大學雖是臺北市大安區的重要景點，本週末現身的遊客卻比平常多出數倍，甚或數十倍，原因正是今、明兩日限期舉辦的ＣＷＴ台灣同人誌販售會。

台灣同人誌販售會，其別名ＣＷＴ取自英文名Comic World Taiwan的各詞首字，是舉辦於臺北、臺中、高雄的大型綜合同人誌即售會活動。臺北場的位置一向都是臺大綜合體育館，撇除氣候或疫情之因素，ＣＷＴ始終擁有臺灣首屈一指的可觀規模。根據穹宇之言，隨著ＡＣＧＮ次文化影響範圍的擴張與成長，ＣＷＴ的參與受眾不如以往那般偏狹，有逐年拓展、拉攏和增加非核心愛好者的趨勢，即便是十年前的「此刻」，人數也已多得讓人難以想像ＡＣＧＮ次文化曾是不被接受的新興領域；過去的處境險惡萬分，甚至曾在二〇〇七年九月一日的《我猜我猜我猜猜猜》節目，遭到吳宗憲、吳祐如（祐祐）等藝人嘲笑、歧視與攻擊，引發令臺、港、日眾多次文化愛好者憤怒的「涼宮春日事件」。

此刻，我得在堪比浩瀚汪洋的ＡＣＧＮ人潮之中，大海撈針般地尋找素未謀面的「那個人」。

穹宇說，ＣＷＴ的同人誌販售活動位於體育館內，館外則是愛好者們的角色扮演（Cosplay）聚集區；目標人物雖然也對角色扮演頗有興趣，關注焦點卻在每年新推出的同人誌上。換句話說，我不只得想辦法穿越人潮，還得進入擠得水洩不通的體育館。

根本是天方夜譚。

無計可施的我，就這麼呆呆地站在臺大體育館前，任憑人群左推右撞。

「喂，你到底要不要進去？」

來自背後的尖銳提問，彰顯出開口之人內心的不滿。

對方是個身高不及一百六十公分的纖瘦女性，身穿漆黑哥德式洋裝和厚底高跟鞋，綁成雙馬尾的白銀髮絲，耀眼得彷彿兩道阿里山竹坑溪的龍宮瀑布，五官端正的臉上有對近乎純白的淺灰眼眸，宛如蘊含整個宇宙，散發充滿知性卻又桀驁不馴的獨特光芒。

儘管毫無證據，我仍明白眼前的她，就是我要找的「那個人」。

「請問，您是祟紗夜博士嗎？」

「咦？」女子圓睜那對銀白雙眼，半張開嘴，先是左右顧盼，隨即皺起眉頭狠瞪著我。欲言又止、形色倉皇、手足無措的模樣像極了突然被人告白的女孩。「你怎麼……慢著，給我等等！你叫我『博士』，但既非我的學生，亦非學術界同行，難不成是他國派來的間諜？」我正想反駁，她便搖頭低喃：「不對，間諜不會明目張膽地跑來臺大找我，也不會用這麼容易讓人留下印象的臉，更不可能直接跑來攤牌——喂喂，別搞錯了，我可不是拐彎抹角說你帥，只是以客觀邏輯排除不合理的推論！慢著，莫非是我的同學？不可能，我從小到大根本沒有交情好的同學。朋友？傻了嗎，更不可能！我根本沒什麼朋友。難道是臺中老家的遠親？還是九降家的人……」

為了避免她持續思考導致情況失控，我決定道出真相，但她卻在我喊完「祟博士」的剎那豎起食指，要我靜默。祟博士闔上雙眼，嘴裡念念有詞，恐怕正以無人理解的腦內運算尋找與我有關的訊息——她根本不可能想得出來。

不知過了多久，她才甘願停止沉吟，抬起頭來望著我。

「在我想出來前，陪我逛逛CWT吧。」

來不及拒絕，崇博士已攫起我的左腕，擠過兩位穿著暴露的角色扮演者，推開兩名體重可觀的男性，來到臺大體育館前的排隊行列。預設作為排隊區域的分隔線其實在更前面的位置，要不是人潮過多導致動線複雜，她偷吃步的行為絕對也算插隊，但放眼四周，分隔線外毫無秩序的人流恐怕只能強推猛擠，才有辦法進入場內。

而我根本沒有進場所需的門票。

「沒有門票也無妨，我手上有很多。」崇博士從寬大蓬鬆的蕾絲裙口袋掏出兩張寫著「活動入場證明」的門票。「身為超一流御宅族，手中握有數十張門票是很正常的。我先聲明，這可不是為了賺黃牛票錢，多出來的票全是用來『送』的。送誰？當然是同個圈子、同個喜好的朋友囉！你說我沒有朋友？你才沒朋友呢，你全家都沒朋友！我所謂的朋友並非凡俗之人腦中狹隘的概念，而是最廣義的範圍——四海之內皆兄弟，銀河之間皆朋友！」

崇博士情緒高昂地發表宣言，說什麼也不肯鬆開我的手，如同外出郊遊的小學生，強迫我揮擺手臂，大步大步向前走。她說，CWT最優秀的地方在於場地，又寬又大，距離臺北市核心商圈也很近。

她總是稱臺大綜合體育館為「新體」，或許臺大人都這麼喊也說不定。

排隊排了十幾分鐘，才總算抵達門口。崇博士將兩張門票遞給工作人員，笑吟吟地邁開腳步，進入會場。

她牢牢勾住我的手，興高采烈地跑向距離門口最近的攤位，抓了一把小玩具，拿起兩本薄薄的冊子，隨即掏出兩張千元鈔票結帳。

寬敞的臺大體育館佈滿以校園長桌拼成的簡易攤位，每個攤位的主題多有不同，共通點是全都擁有精心規劃的手工佈置。儘管被她拉著走而跑遍各大攤位，我對桌上擺放的任何物品毫無頭緒，只看得出哪些是書籤、哪些是鑰匙圈、哪些是漫畫、哪些是小說。崇博士一下鑽到左側，一下又繞回右側，看似毫無目的，卻幾乎不曾排隊，總能在最適切的時機迅速買到想要的物品。雖然得幫忙提沉重的書籍，陪她購物並不讓人疲憊，或許數個月來緊鑼密鼓的行程與費盡心力的計畫，使我無形間累積過多壓力，反而機械式的陪伴之旅獲得短暫的歇息。

三十分鐘後，崇博士望向兩手提著五十五公分寬同人提袋的我，露出欽佩併同讚許的微笑，朝會場角落的塑膠椅努努下巴，鬆開勾住我上臂的手，提起我的左掌，戀人般地牽著我走。她的手掌很小，從纖細的指腹能輕易捏出關節位置，柔軟的掌心傳遞著不冷不熱的獨特體溫。

坐下之後，我吁了一口長氣，像是吐出連日累積的負面情緒，略感舒坦。崇博士站在我面前，彎著腰，體貼地幫我按摩肩膀，兩條銀白馬尾柳葉般低垂著。她細長的指尖搭配恰到好處的力道，痠麻的舒適感自肩頭攀上頸部，我不自覺地闔上雙眼。

這名時而強硬，時而溫柔的美麗女性，正是此行的終極目標。

生於臺中市霧峰區曦鳶里崇家大院的崇紗夜博士，不只是崇家的次女，亦是穹宇的妹妹，更在俗稱「天央研究院」的尖端解析與異態對策研究院，擔任全域首席研究員。崇博士擁有臺灣大學生化科技系及語言學系雙博士學位，曾任中央研究院生物化學研究所專任研究員及語言學研究所兼任研究員等職，不只擁有生物化學專業，還是異文化研究的箇中翹楚，更是未知語言領域首屈一指的頂尖解析者。

崇博士的個人資料多屬封存的非公開記錄，是一位神祕至極的國家級研究員。透過至為罕見的檔案可知，她一共跳級三次，僅花三年便取得臺灣大學雙博士學位，未滿三十歲即就任天央研究院首席研究員，除此之外的資訊一概皆無。夏時雨說過，崇博士取得雙學位後，曾以九降人文社會基金會專業顧問的身分協助《首楞嚴經》各譯本校對，亦大刀闊斧地著手草擬《清玄御儀經》綱要，嘗試體系化地編譯、轉錄與建構御儀姬九降詩櫻的靈術咒語，但並未完成。她的另一項豐功偉業，即是以阿拉伯文版《死靈之書》抄本為底，完成正體中文版《死靈之書》之翻譯，另行收錄千年來的邪祟異事，成為現今邪神譜系最完整、邪靈咒語最詳盡、囊括範圍最廣的版本。她私下印製了五冊副本，然而包含正本在內，沒有人真的見過正體中文版的《死靈之書》。

從穹宇口中得知，崇博士是臺灣大學卡通漫畫研究社（National Taiwan University Cartoon & Comic Club，簡稱「臺大卡漫社」）的幽靈社員，對於ＡＣＧＮ有獨到的品味，外加無懈可擊的睿智言行與無從遮掩的熱情，深受社團前輩與學弟妹的喜愛。

即便知曉此些資訊，真正面對她時，我卻無法好好闡述來意。

「遇到瓶頸時，就該折回原點。」

「咦？」

「你不惜違反一切科學理論，回到這個時間、這個地點找我，鐵定不是為了陪我逛ＣＷＴ。」

儘管她漾起淺淺微笑，口中的爆炸性發言仍讓我大吃一驚，無法及時控管表情，忍不住瞪大雙眼。

「妳怎麼知道我是從十年後……」

「原來是十年後啊，還以為是更遠一點的時間。」崇博士拍拍我的肩，露齒一笑，說：「我不只知道你是未來人，還知道你的生日、住址和身分證字號，更曉得你前一份工作是徵信社調查員。」

這怎麼可能……

我心中的驚詫霎時轉作恐懼，雖然知道崇紗夜是放眼全球都屈指可數的天才研究者，卻沒料到她竟擁有超越凡常的觀察力，以及潛藏於笑臉之下，洞悉真實的可怕第六感。

「傻子，」崇博士噗嗤一笑，以手中物品輕敲我的額頭。「你掉了這個。」

是我的皮包。印象中，皮包應該藏在西裝外套的內口袋，不至於輕易遭人奪取才是，無奈事實勝於雄辯，只能乖乖接受。我的皮包裡不只裝了身分證，還有徵信社舊名片，更有幾張不存在於這個時代的新制紙鈔，就算是最駑鈍的人也會察覺異樣之感。然而，我認為即使是十年前的此刻，只要找到正確管道，假證件、假名片和假鈔應該都能訂製，無法果斷推論、認定並確信我來自於未來。

除非，那人對於穿越時空這等不可思議之事，早有認知。

崇博士的食指抵著下唇，說：「依據我的理解，《死靈之書》與《納克特抄本》（The Pnakotic Manuscripts）均有提及來自伊斯的偉大種族（Great Race of Yith），其擁有將特定意識轉移至其他時空之另一軀體的特殊能力。」

她說，伊斯之偉大種族來自一個極其遙遠、業已毀滅、名為伊斯（Yith）的世界，他們能與不同時空之意識生命體交換精神，換言之，能將自身意識轉移至某個時空的某一種族體內；若有必要，甚至能將種族全體的意識轉移至特定群體之中。當偉大種族轉移意識的宿主種族行將滅亡之時，他們便會找尋並轉換至新的宿主體內，逃過滅亡的命運。

崇博士瞇起眼笑，「你體內的意識，來自於伊斯的偉大種族嗎？」

見我搖頭，她又追問：「是什麼人傳授你穿越時空的知識？」

沒有道理隱瞞，只得背出新莊敬獻塔監牢中的不明刻字，充作說明。她溫暖的微笑在聽見「夢境狹縫」的瞬間消失了。當我提及幻夢境、夢行者與清嶽皈錦寺時，她的雙頰有些發白，好似憤怒，又似恐懼，各種情緒藏在姣好的面孔之下，難以捉摸。我的話語宛如狂人之言，聽在正常人耳裡興許比邪教說詞還詭譎，崇博士卻緊盯我的雙眼，聚精會神，不時點頭肯認，堪稱地表最佳聆聽者。

望著那雙美麗、冷靜又聰慧的目光，我彷彿著了魔，將至今為止所有事情全盤托出，合理的、不合理的、可信的、不可信的，無論多破碎、多無趣、多無意義，只要她不眨眼、不吭聲，也不出言打斷，我就會一直說下去。她的視線突破我內心的高牆，逼我展露最脆弱的一面，將隱藏心底的懊悔——尤其牽連穹宇和夏時雨的莽撞計畫——全都挖掘出來。

說著說著，感覺眼眶發熱，視線漸趨模糊。

我在獨腳戲般的自白過程，對初次見面的女性，落下積累萬千思緒的淚水。

崇博士的下巴倚著我頭頂，輕柔地將我攬入懷中。

「聽起來，你在未來的世界過得並不順利。」

她的聲音彷彿天鵝的白羽，又輕又柔，緩緩吹拂的氣息令人發癢。

「話說回來，你也不想讓我哥瞧見這副模樣吧？」

哥哥？我抬起頭，望著她小惡魔般的笑臉，眼角餘光瞥見立於右側的陰影，心跳漏了半拍，倒抽一大口氣。戰戰兢兢地轉頭，身穿白袍、雙手抱胸、歪著頭望向此處的崇穹宇，機器人似地眨了兩回眼睛，用他難能可貴的五官變化傳達疑惑與不解。

我連忙推開環抱著我的崇博士，彈起身子，搔抓後腦，不敢迎上穹宇那雙不透露一絲情感的視線。

「原來你喜歡紗夜二妹這種類型。」

「哎呀哎呀。」崇博士捧著臉竊笑。

「才不是！」感覺臉上被人潑了一桶滾水，瞬間脹熱。「我只是向崇博士說明來此的理由……別以為我不知道你短促的呼吸就是在笑！如果你早點出現，我就不用如此長篇大論了！」

「是、是、是，都是我的錯，害你必須掏心掏肺地說二十分鐘心裡話，還得被迫承受二妹柔軟的胸部與罕見的母愛。」

穹宇的嘴角上揚約兩度角，是我近期看見最大幅度的「笑容」。

他的目光轉向崇紗夜博士，眨了一次眼睛，隨即是持續三十秒的四目相接。

「好久不見了，紗夜二妹。」

「今年春節才一起圍爐而已。」崇博士搗著嘴巴，咯咯地笑，張開雙臂。「雖然崇家沒有擁抱的傳統，但……哥想抱抱我嗎？」

穹宇的表情紋絲不動，向前踏出一步，毫不猶豫地將纖瘦嬌小的崇博士攬入懷中。崇博士似乎有些訝異，眨了眨眼，不久便揚起嘴角，露出溫柔的微笑，環起臂膀回抱高出兩顆頭的哥哥。

我們所處的年代，崇博士已自行結束生命，永遠消失了，僅剩足以撼動世界的強烈存在感，持續影響未來的時空。穹宇對妹妹的思念想必不亞於其他情緒，儘管表情沒有多大變化，從他低垂的長睫與半掩的雙眼，均能清楚看出這回擁抱，蘊含著多深刻的情感。

我忍不住想到自己長年臥病的妹妹，心裡不禁揪了一回。

周圍的活動參與者紛紛投以好奇眼光，此處的氛圍與會場中熱鬧的氣氛格格不入，與世獨立的矛盾情境，害我忍不住搔起臉頰，掩蓋內心的尷尬和羞澀。

「看來，十年後的哥，過得也不順利呢。」

崇博士的臉頰染上一層緋紅，眼神游移，有點不敢直視穹宇。

「沒想到哥變得如此迷人，就連身為妹妹的我都忍不住忐忑不安、小鹿亂撞，想必很受女性患者的歡迎。」她乾笑兩聲，斂起笑靨。「回歸正題，從官毓燁先生描述的情況來看，兩位時空旅人不辭千里，為的是《死靈之書》、《納克特抄本》、《伊波恩之書》（*Book of Eibon*）、《蠕蟲的奧祕》（*De Vermiis Mysteriis*）、《無名教典》（*Unaussprechlichen Kulten*）、《玄君七章祕經》（*Seven Cryptical Books of Hsan*）、《食屍教典儀》（*Cultes des Goules*）、《轅岐嶼拓碑卷》還是《太虛經斷章》（*Tài Xū Book Fragments*）呢？哎呀，反正不管你們要找哪一本，我都沒存在手機裡，無論如何都得回家拿——不對，是回『研究室』才對。」

「紗夜二妹，我們不需要書。」穹宇牽起崇博士的右手，「我們需要妳。」

這番話語聽在旁人耳中，怕是要比情話還更甜膩，連我也不自覺害臊起來，他們卻直直對望，彷彿想從彼此的目光中找出答案，眼睛眨都不眨一下。

不知過了多久，崇博士緩緩闔上雙眼，點點頭，像個安撫孩子的母親輕拍穹宇，用小小的、親暱的動作，表達心領神會之意。

「書裡沒有答案的問題，雖不見得最難，卻必定最為麻煩。」崇博士環顧四周，將置於地面的紙袋分別交給我和穹宇，指著體育館觀眾席最高的位置，說：「我想，那裡是比較恰當的討論場所。我一邊走，一邊解釋目前已知的資訊，之後再幫你們尋找『或許可行』的解決方案。」

「或許可行……」我微蹙眉宇，跟在她身後。「連您都無法確定的方案，能算是解決方案嗎？」

「雖然你的嘴巴很甜，提出的疑惑卻不合邏輯。即便是我，所知範圍亦僅限於現存世界的科學、非科學或超科學知識，面對超越凡常的人事物，我恐怕還不如一介學生。」

崇博士領著我們，繞過兩個販賣女性向BL同人漫畫的熱門攤位，拎起漆黑的哥德蘿莉裙襬，走上體育館北區的階梯。

「我們所在的世界，只是整個宇宙甚或『空間概念』的一小部分，物理學與天文學已知的事實之外，存在著『時間巨流』與『空間界域』兩項概念，將我們身處的無限宇宙劃分為『多元時間觀』與『多元世界觀』的交叉狀態。換句話說，同一時間、同一空間的同一個人，將在每毫秒、微秒甚或普朗克時間內出現無數種分歧，亦即在同一個瞬間同時成立無限種可能，衍生出無以計數的『世界』。

「單論你們『不幸』得知的幾個層面，轅岐嶼、幻夢境、星界、費希緹、伊洛加於定義上都是異世界，夢境狹縫、幽幻歧途（Illusion Crossroads）與太虛闇境（Tài Xū Darkdomain）則是時間與空間完全扭曲的混沌奇異點（Chaos Singularity），那些能自由駕馭混沌奇異點，逡巡於各個世界的莫可名狀未知存在，我稱之為『異域者』（Xenosphere Ousider）。異域者中，有超越時空概念的、有亟欲吞噬時空的、有倚靠多元時空生存的，也有無視時空的限制，任憑喜惡自由伏行的；一般而言，異域者的目光通常投注於世界、星球甚至宇宙的浩瀚規模，不會在乎人類這種渺小生物的死活，更何況我們並非已知歷史中最聰明、最強悍或最偉大的種族，即便單論太陽系，甚至還排不進前一百名。對異域者而言，定居地球的人類與其他世界的生物並無不同，只是路途上的細沙罷了，雖然並存，卻不會有所牽扯。

「但不幸的是，你們在調查過程中『察覺』了宇宙的真相，憑藉凡人肉眼見識了超越凡常的事物，名為『克希塔利・阿撒納』的異域者已然破壞你們對世間萬物的理解，如同細沙終於察覺人類存在那般，猛然驚覺自己不過是白沙灣的一抹黑土，陷入無止盡的自我懷疑與理智崩潰。更糟糕的是，這項認知具有雙向性，在你們察覺超常事物的同時，異域者也察覺了你們的存在，彷彿行於沙灘的人們發現腳底的泥沙，即便無意，也將設法拂去。

「這還只是最表面、最單純也最易理解的部分，那些只能以寰星祕文描述、或者根本無法描述的事物，並非人類大腦所能接受、承受和理解的。根據官毓燁先生所言，未來的十年內，信奉克希塔利的清嶽宗教團成功找到穿越夢境狹縫、抵達轅岐嶼古大陸的手段，並逐步收集碑文，作為供奉神明的基礎根源。

總的來說，那群傢伙完全沒搞懂自己在做什麼，轄岐嶼的石碑確實刻著有關異域者、星界與空間界域的訊息，但並不是直接涉及克希塔利・阿撒納的內容，也不是供奉、祭祀或取悅神明之用，唯一的功能是『察覺』超常存在，主動獻出意識與理智，讓徘徊於混沌奇異點的異域者得以『察覺』我們的世界。

「即使是我，對克希塔利的了解也很有限。祂在人類的語言中被描述為『海流之神』，意義多半彰顯著初次發現、接觸或感知時，恰好位於某處海流罷了，或其行為模式與海流方向接近，總之無法確定是否如同道教的天上聖母、神道教的海神或希臘神話的波賽頓那般，擁有支配海洋或洋流的力量。其本身是否具備造福或庇佑人類的『神明』性質，或至少能期待有正向幫助的特徵，也不甚明瞭。克希塔利無庸質疑地是異域者之一，為何被人視為神祇實在無從查證，或許是集體潛意識的表現，又或許是時代背景所致，不得而知。另外，克希塔利並非僅徘徊於洋流行經之處，透過眷族遷徙的觀測資訊可知，其無固定居所，毫無規律地漫遊於七大洋間，有時更消失得無影無蹤，推測是利用混沌奇異點等超常移動手段，穿梭至其他時空了。祂既不曾現身接近任何教團，也不響應任何儀式，與諸如偉大的克蘇魯等遠古時代曾經支配世界的異域者一樣，對於嘗試探尋真實的人類漠不關心，也毫不在意。

「由此可知，清嶽宗信徒擅自認定的供奉、追隨與聯繫，只是渺小人類的癡心妄想，那些遙不可及、莫可名狀的事物，無論神、魔、妖、獸，全都不曾在意過人類、臺灣、地球甚至這個世界本身。」

「但他們呼喚克希塔利的事實卻已擺在眼前。」

「事實？」崇博士咯咯地笑了幾聲，「沒有正確的邏輯與適切的證據，事實也不過是種假說而已，空洞無用。」

「我們確實遭遇了凝面者和不明雙頭怪物的攻擊。」

「如果你說的不明雙頭怪物擁有兩副沒有眼睛、呲牙裂嘴的人臉，那就是名為『厄畸獸』（Calamitas

Deformitas）的邪惡生物。厄畸獸與凝面者確實是克希塔利的眷族，但眷族的現身並非基於清嶽宗的敬獻儀式或供奉咒語，而是你們在海豐島附近察覺到隱藏於浪潮的暗影，成為克希塔利關注這片土地、這個世界的『誘因』，進而導致伴於身旁的眷族開始尋找、追查和搜捕你們。」

「慢著，妳的意思是，我和穹宇才是情況惡化的罪魁禍首？」

「不要曲解我的意思。清嶽宗教團引發的夢遊囈語事件和敬獻塔擄殺事件雖是錯誤儀式下的附帶效應，卻成功地招引好奇的你們介入調查，間接使讓異域者察覺我們的存在。——然而，不管你和哥有沒有出海，或究竟有沒有撞見克希塔利，也不會改變未來某天發生同樣事情的命運。」崇博士揚起嘴角，露出無可奈何的笑容，搖搖頭說：「聽好，清嶽宗的信徒從來不曾真正聯繫上克希塔利，那些看起來近似響應敬獻儀式的『狀態』都是精心包裝的假象。此外，凝面者和厄畸獸雖是克希塔利的眷族，卻有自己的意志與社群，不是每項行為都完全遵照克希塔利的意念。」

崇博士補充說道，深受克希塔利影響，精神與理智遭到嚴重侵蝕的女性會轉變為凝面者；反之，男性則會轉變成厄畸獸。不知何種原因，人類女性較易受到克希塔利的精神壓迫，導致可見、可知與已知的凝面者總數遠大於厄畸獸。

她認為，穿越夢境狹縫的手段應該不只一種，清嶽宗所掌握的方式是透過敬獻之水——亦即克希塔利曾經接觸的海水，搭配誦念《轅岐嶼拓碑卷》咒文，直到出現夢遊和囈語的症狀，便能在某次入睡之後墮入夢境狹縫，但為何真能正確抵達轅岐嶼古大陸，實屬未知。

透過這種方式進出轅岐嶼的代價比想像中大，通行者的夢遊囈語症狀將顯著加劇，最終失去理智，肉體也會異變為凝面者和厄畸獸。或許清嶽宗的儀式不只是為了尋找碑文，更是為了增加克希塔利眷族的數量，強化教團在臺灣和各海域的控制力。

崇博士認為，從海豐島的遭遇與新莊敬獻塔的廢棄狀態可知，清嶽宗在幾個月間有了某種決定性突破，或許如我們所擔憂的，凝面者等眷族的潛伏與清嶽宗變本加厲的敬獻儀式，正把遊走於汪洋和夢境狹縫的克希塔利呼喚而來。

比起成因，崇博士更在意已成定局的「現實」。克希塔利與其眷族透過清嶽宗勢力逐步干擾我們的世界，應是不爭的事實，遭到廢棄的敬獻塔與放任中央調查的擄殺命案，直接反應出清嶽宗教團不再盲目敬獻的現狀，能夠推知他們已找到真正的供奉手段，或者該說：獲取碑文和呼喚神明的正途。

「話說回來，」崇博士張望四周，「你不是說共有三個人掉進皈錦寺的敬獻之水嗎？」

對啊，夏時雨在哪裡？

我和穹宇面面相覷。他聳聳肩，似乎和我一樣完全忘了這件事。崇博士嘆了口氣，對一臉茫然的我們深表無奈，打開背包取出一份牛皮紙袋，塞到我手中。

望著大惑不解的我，她解釋道：「這裡面裝著你們需要的一切物品，包含『那個時代』並不存在的東西。將這份牛皮紙袋帶回你們的時代，交給對的人，清嶽宗的威脅與克希塔利的『關注』都會大幅下降，甚至直接解消。切記，出入夢境狹縫本身就伴隨巨大風險，回程又必定比來時更危險，最終能否抵達正確的時間與地點，關乎通行過程能否持續保持理智。」

她的眼神瞟向左右，隨即皺下眉頭，拉住我和穹宇的袖口朝體育館出口跑。

我回頭張望，幾名身穿醒目白袍的瘦高人士粗暴地推開人群，在會場內快步前進。從纖瘦身形與隆起的胸部判斷，應該全是女性，她們的袍子和兜帽繡著曾在雲林皈錦寺見過的紋路，胸口的圓形雙頭蛇圖騰更是讓人頭皮發麻，立即明白這群不明人士的真實身分。

崇博士原想帶我們從正門離開，卻被門口的騷動嚇了一跳。幾名白袍女子撞開驗票人員，摺倒維護秩序的警衛，大剌剌地闖入會場。崇博士扯住我倆手臂，緊急側轉，朝反方向走。此時此刻，右前方、左後方與正後方都有穿著白袍的神祕女性，儘管仍未注意我們的行蹤，卻已封鎖對外通路。

會場陷入一片混亂，撇除本就擁擠的人群，越發吵雜的聲響成為潛逃時的最佳掩護。崇博士飛快穿越熱門攤位，不顧諸多年輕女性的側目與抗議，拉著兩名男性擠進女廁，衝進最後面的隔間，謹慎地扣上門鎖。

她無視我混雜狐疑與尷尬的表情，自顧自地掏出一張筆記紙和飛龍牌油性筆，在紙張空白處工整地寫下不屬於任何語言的奇妙文字：「Nad’aer La’zfgn ng nad’aer keli, throdog vulgtmoth r’luhhor, dof’lani r’luh, ep fm’latgh gn’th’bthnkor yogfm’log, comt’ryi ph’ nnn uh’e ot gn’th, ng keli’var’ryi ph’ nnn shugnah ehiekimd l’ gn’th. Nnngor ed yogfm’log naf’fhtagn, pilot ep yogfm’log zad. Iä! Cthytali Azanah, ng dof’lani klog’àl ot gn’th!」，停筆後，又在空兩行的下方則寫下另一段中文咒語：擎天霹靂驚天地，萬馬奔騰壯山河；天帝神聖降福佑，人間喜慶萬世春。天清清，地靈靈，千星雷宇千星尖，萬星毫光萬星明；手握寶劍斬妖靈，不伏凶星鬼滅亡；千星發起淨光視，萬星宗法鬼神驚；吾奉萬靈新敕賜，降落凡間救萬世；聖尊一心專崇拜，聖眷靈姬降臨來，急急如律令。

「環星語言與中文之間的關聯在於潛意識的集體共通性。不只人類，所有生物的大腦都存在著集體潛意識，單一語言可以被擅長另一語言的物種感知，能否理解暫且不論，單純的感應與認知不會有任何障礙。」崇博士舉起手，打斷正想追問的我。「偽裝成人類的凝面者已經闖入會場，很快就會找到這裡來，時間緊迫，我得先說明你們需要的資訊，至於解惑就來日再談。」

雖不認為自己還能與她再見，無奈只能頷首，讓她繼續說下去。

「假設你們在接下來的路途遭遇阻礙，就在大腦裡默唸這兩段咒語，然後張嘴順著當下的意念誦讀即可——這是很玄的反科學部分，你們就別管了。第一段咒語，是清嶽宗教團缺少的《轅岐嶼拓碑卷》後半段碑文，第二段咒語則是《清玄御儀經》的其中一節。由於後者是宇宙第一靈巫『御儀姬』九降詩櫻姊姊留下的靈咒，不具靈能之人原則上無法驅動，強硬使用的後果非常危險，甚至可能致命，但仍是危急時刻最有效也最理想的防身手段。」

「接下來的路途……」我皺起眉頭，「是指夢境狹縫嗎？」

「我說過，回程之路將比來時更艱難，何況那些傢伙已經知道你們的所在位置，絕不可能輕鬆通過。」崇博士打開保溫瓶，倒出一杯水，側過身子，將某種物體混進水中才遞給我。「你先請，官毓燁先生。」她堅定的目光不容拒絕，我只得接過杯子，喝完那杯定有問題的開水。

遞還杯子時，她滿意地點點頭，漾起耀眼的笑容。她倒出第二杯交給穹宇時，我的腦袋驀地昏沉，奇異的疲勞感快速籠罩周身，一步一步奪走意識，關節與肌肉的協調性驟然下降，幾乎站不住腳。

崇博士伸手環住我的身軀，讓我慢慢倚靠廁所隔間的牆，將體重挪至雙腳以外的物體之上。她將寫滿咒文的紙張對折，塞進我西裝外套的內口袋，輕拍兩回。

朦朧之間，依稀感覺穹宇緊握我的左手，仰起下巴果斷喝下那杯開水，隨後以極其罕見的柔和目光，凝望他始終帶著微笑的妹妹。

「紗夜二妹，」穹宇眨了幾回眼睛，似乎也已感到困倦。「妳不跟我走嗎？」

崇博士俏皮可愛的笑容不變，微微瞇起的雙眼，或許早已看透未來的一切。

她踮起腳尖，在穹宇頰邊輕輕一吻。

「再見了，哥。」

# 第八節：穿越夢境暗影

混沌的幽暗之域，永無止盡的漆黑空間壓得我喘不過氣。

這是我第一次有意識地「感知」自己成功進入夢境狹縫。倘若夏時雨所述為真，通過狹縫之後便會抵達幽幻歧途，那是夢行者前往幻夢境的必經之路，有時漫長，有時短促，端視人們「入夢」的方式而定。

我不是夢行者，不具主動探尋夢之領域甚或前往幻夢境的能力，之所以順利通過夢境狹縫，全仰賴盤據腦海的荒誕之夢，以及伴隨而來的夢遊和囈語症狀。從崇博士的話語推測，清嶽宗教團從未真正聯繫上她們信仰的神明，夢遊囈語症狀並非「接近」克希塔利後的代價，而是被祂「察覺」之後的副作用，準此以言，我能透過特定水源穿越夢境狹縫，純粹是曾經直面浪潮中的暗影所致。

依循此一脈絡往下思考，便能明白崇博士為何不斷強調清嶽宗並未成功聯繫——薄弱的巧合與顛倒的邏輯，被教團誤打誤撞的各種儀式合理化。她們以為自己均為克希塔利的信徒，也做好成為眷族的準備，殊不知自始至終，各項變化與徵兆都不是對方有意發起的，全是相互「察覺」之後，人類的精神與理智無法追及事實的副作用罷了。

克希塔利未曾利用清嶽宗擴大眷族，恐怕連教團本身的存在都不甚在乎。

儘管如此，急遽擴張的教團勢力與無法遏止的影響範圍，逐步擴大夢遊囈語病患的總數，甚至燈下黑地選在玄靈道信仰中心——新莊御儀宮附近滋事，無法無天的行徑終將招引難以防範的大禍。最壞的情況便是某個自以為聰明的愚蠢之人，將徘徊於未知境地的克希塔利・阿撒納，喚來我們居住的這片土地。

空無一物卻沉重混濁的黑暗，彷彿密佈著暗元素的無垠宇宙，隨時能讓我在虛無之中窒息。手腳已然適應幽幻歧途的漂浮狀態，意識也已接受這片不分上下、沒有高低又無視方位的無限之空。輕輕以手劃弧，雙腿向外一踢，我在形同汪洋的漆黑領域游動。

祟博士那杯水應該添加了某種安眠藥劑，但我不認為常規藥物能如此迅速地讓人昏睡，而且還直接進入快速動眼期，實在難以想像，或許是天央研究院研製的新藥也說不定。

想起自己昏迷前的畫面，我開始在烏黑浩瀚的領域張望，儘管看似徒勞，仍想早一步找到同樣穿越夢境狹縫，目前下落不明的穹宇。

無邊的幽暗之域讓我失去空間感，對於時間的認知也很薄弱，無法確定自己向前「游動」了多久。寂靜的環境，增加不可見所帶來的壓迫感，隱約恐懼著潛藏於無盡黑暗的怪物，或其他超乎想像的龐然大物。

不知過了多久，某種只能稱為第六感的知覺注意到身後的變化，迫使我轉頭，但一轉頭就後悔了。

原以為同樣漆黑空無的遠方，竟有一艘巨大的木造中式帆船朝此急馳，在毫無維度概念的空間航行，船首的「玉釵號」行書字跡、船身兩舷佈滿的密集藤壺，以及甲板上向外懸掛的無數鵝頸藤壺，正是數個月前在海豐島周圍追擊我們的恐怖怪船。

預想接下來即將發生的景況，我忍不住打起寒顫，快速舞動臂膀，改蛙式為自由式，急欲脫離此地。然而失去時空概念的夢境狹縫根本沒有盡頭，拚盡全力也無法拉開距離，四肢開始痠麻，肌肉疲勞伴隨的刺痛讓好不容易提升的速度回到原點，並且逐步下降。

身後的龐然大物恐怕隨時會追上來，即使深知毫無意義，手腳仍大幅擺動，試圖抓住漆黑領域與許並不存在的一絲奇蹟。

冷不防地，一隻手抓住我的臂膀。

確定拉緊了我，穹宇雙腿一踢，在虛無的空間前行數公尺。

「毓燁，紗夜二妹交給你的紙條在哪裡？」

我猛然想起崇博士的叮囑，以及在夢境狹縫遭遇敵人時能夠採行的應變手段。

連忙確認口袋，取出那張整齊對折的紙條。

紙條上的文字在烏暗的環境中很難辨識，但大腦的理解竟比視覺的認知還快，一反視覺先於知覺的常態，擅自解析、重整這些難以閱讀的咒文。正打算誦念，十幾名凝面者自玉釵號長滿藤壺的右船舷躍下，我反射性地抽出藏在腰後的左輪手槍，穹宇突然拉住我的手，搶走寫滿咒文的紙條。

「慢著，穹宇，由我來念——」

「你不是想開槍嗎？」穹宇的語氣充滿調侃，表情卻絲毫不變。「雖然我不認為正常世界的物理攻擊，能夠應付夢境狹縫的扭曲生物，但我不是那種煞風景的人，你想攻擊就攻擊吧。」

「崇博士說，後段的中文咒語對沒有靈能的人來說很危險，不是嗎？」

「如果誦念前段有效，就不需要後段。至於危不危險，你和我，由誰誦念不都一樣？」

是這樣沒錯，但我不想讓你受傷啊！

我咬著牙，恨恨地噘起下唇，一邊持續踢腿前進，一邊舉槍瞄準高速游來的凝面者。倘若凝面者的生理特質具備族群雷同性，火藥子彈對她們宛如橡膠的強韌肉體恐怕無法構成多大威脅，唯一不同的是頭顱中間偏下，相當於人類嘴巴的位置，儘管凝面者沒有任何五官，攻擊該處卻能使其暫時停頓。

我朝距離最近的凝面者開槍，第一槍命中額頭，果真沒什麼效果，趕緊在正確的位置補上一槍。

穹宇在兩發槍響之後開始誦念。那是無法用言語描述的咒文，正如崇博士所言，即使無法理解紙上的文字、不懂得該如何發音，穹宇的嘴卻像遭到綁架一般，自然地發出相應的聲音。

咒文的意義不明，帶來的效果卻很顯著。玉釵號的速度慢了下來，甲板上的凝面者起初面面相覷，無法確定發生什麼事，隨後紛紛抱住頭顱，發出尖銳得堪比指甲刮黑板的嘶吼。穹宇的聲音並未停止，我忍耐著耳中足以讓人昏厥的尖叫聲，拉著他持續向前游，就算只有一公尺，也想盡量拉開與巨大怪船間的距離。

崇博士說，我們只要將裝著不明物品的牛皮紙袋帶回正確的時間與地點，交給正確的人，就能降低甚或解除清嶽宗和克希塔利的威脅；問題在於，時間、地點和對象三項要素，她都沒有指明，連一點暗示都沒有，要想完成目標，簡直是天方夜譚。

然而，穹宇的態度與行止卻不像面臨絕境，儘管嘴上不說，他對妹妹的信賴強烈到無須邏輯與理由的地步。

他專注誦念咒文的俊臉被高挺的鼻子遮住一半，低垂的長睫像一道流瀑，讓底下那雙炯炯有神的眼眸，散發異於黑暗的強烈存在感。我忍不住看出了神，險些忘記開槍掩護的重責大任。

我朝靠近穹宇的凝面者開槍，雖然打在嘴部，卻沒成功阻擋她的行動。凝面者抓住穹宇的右腳，尖銳蒼白的趾爪想必造成了傷害，讓穹宇中斷誦念，發出一聲短促的低沉呻吟。我又開了兩槍，好不容易擊退拉住他的怪物，旁側的兩名凝面者竟已近在咫尺，無暇分神，只能將最後一槍打在最接近的一隻臉上，隨後趕緊填裝子彈。

即使我的換彈速度快於常人，仍趕不上距離過近的凝面者，她們飛快伸出臂膀，拉住我的左腳和左臂。另一側，三名凝面者也已揪住穹宇，再次中斷誦念。

每次咒文停止之時，玉釵號便像掙脫束縛的猛獸，以拔山倒樹之勢急速航行。

無邊無際的空間賦予凝面者無限的行動範圍，躍下大船的她們從四面八方襲來，或許更從黑暗中的不明元素獲得無窮無盡的力量，讓她們比海豐島的同伴更強、更快也更可怕。

凝面者才剛拉住我們，玉釵號的兩舷立即躍下數十名凝面者，甲板上源源不絕的異種怪物宛如嗅到鮮血的大白鯊，飛快迫近。

穹宇從白袍口袋掏出數把手術刀，俐落地切斷抓住自己的利爪，接著擲出兩把刀子，刺中纏著我的凝面者。幾名迫近的凝面者躊躇幾秒，對於突如其來的反擊有些顧忌，停止盲目的追逐，等候緊追在後的同伴集結。

「穹宇，崇博士有告訴你，我們該前往哪個時間、哪個地點，將牛皮紙袋交給什麼人嗎？」

「沒有。」他被撕出裂縫的褲管不斷淌出鮮血，讓我看得都痛了起來。他以左掌按住傷口，說：「我不認為紗夜二妹會忘掉如此重要的資訊，想必即使我們並不知曉，也能在滿足某些要素時，抵達正確的時空，找到對的人。」

「雖然我沒有證據，但總覺得你知道真正的時間、地點與對象。」

穹宇挑起左眉，面無表情地望著我。

他的表情一如往常，冷靜得近乎冷漠。

「面對超乎凡常的事物，沒有根據和佐證的推理都很致命。我的所知不比你多，唯一的不同是我對紗夜二妹幾近無限的信任，以及對你幾近無窮的信賴。眼下的狀況比我設想得更好一些，光憑前段咒文便能抑制的大船與物理傷害能稍微擊退的凝面者，姑且還能應付，若是那些能夠扳開石造大門的雙頭怪物……」

我的背脊驟然發麻，腦中浮現厄畸獸令人不安的兩張臉孔，以及巨大又強壯的詭譎軀體。穹宇輕呼鼻息，無聲地笑。說不上為什麼，不斷踢動的雙腿明明瘦得彷彿失去知覺，只要看見穹宇還在游，肌肉便會出現形同慣性擺盪的動作，讓我持續前進。

無限寬廣的空間突然冒出幾團煙霧，還沒弄清楚緣由，灰白的濃煙中鑽出無以名狀的怪異頭部，時而以流淌唾液的大嘴發出充滿威脅性的低吼，時而則咧開佈滿利牙的血盆大口，伸出一條比鞭子還長的管狀舌頭。乍看是四足生物，卻有各種異於野獸的特徵，與不知從何竄出的細長觸手，其體膚被某種藍色黏液包覆，向外發散的強烈惡臭讓人難以招架，要不是及時摀住口鼻，恐怕聞了就會昏厥。

「那是廷達羅斯獵犬（Hounds of Tindalos）。」

穹宇的表情雖無變化，遲疑的語調卻透露出潛藏的恐懼。

「紗夜二妹編譯正體中文版《死靈之書》時所留下的筆記資料中，將這種伴隨白霧出現、長著鞭舌的異形怪物描述為『追捕時空旅行者的獵犬』，牠們永無止盡地追逐穿越時空的人，無視一切客觀障礙，窮追不捨。」

倘若如此，步出煙霧的怪異獵犬將是凝面者之外最具威脅的阻礙，甚至可能追回原來的世界，成為永恆的追跡者。穹宇說，廷達羅斯獵犬會在空間的「角落」——更精確地說，是任何小於一百二十度角的場所實體化，理論上夢境狹縫這類失去空間概念的場域應該不足以供牠們化為實體，但此地莫可名狀的特殊性，恐怕賦予了不為人知、違反常規的可能性。

廷達羅斯獵犬與凝面者一樣，屬於反常識的存在，八成不受子彈等物理攻擊的影響，此刻卻也顧不了許多，有什麼就用什麼。我如是想，立即填裝子彈，準備下一波攻擊。

（官毓煒先生，崇穹宇醫師，你們聽得到我的聲音嗎？）

奇妙又熟悉的話語有如心電感應一般浮現腦海。轉頭望向穹宇，透過他變化甚微的表情，得知他也同樣大惑不解。存在於腦海的聲音似乎對廷達羅斯獵犬產生另類的影響，剎那間，牠們彷彿忘記我和穹宇的存在，紛紛停止低吼，彼此對視，焦躁地四處張望，尋找位置不明的聲音來源。

（官先生，祟醫師，你們聽得見嗎？）

即使「認知」到該等話語，也不知如何回應。我一邊譴責發語者的思慮不周，一邊思忖可能的回覆方式。穹宇的眉頭微皺十度角，眼珠子一會兒定在我身上，一會兒瞥去虛無的他處，或許也在思考如何應對。

（毓煒——！穹宇——！）

這回倒是聽出聲音的主人了。

直接傳入大腦的「聲音」，出自並未成功抵達祟博士所處時代的夏時雨。仔細一想，此前她從未直接喊我們的名，都是採用更客氣，也更疏遠的叫法。

聲音雖然清晰，卻未透過介質傳導，直接進入大腦，無法確認發語方向。儘管如此，我和穹宇有如事先說好一般，開始奮力踢腿，盡可能地加速前進。

「原來如此。」穹宇一邊低喃，一邊點頭。「連接夢境狹縫的位置不只一處，或者說，並非僅有『一側』。」

我這才恍然大悟。這與我們在皈錦寺採行的手段完全相同。

既然無法脫離此地，就想辦法讓另一端的人為我們「開門」。

面對永無止盡、不見終點的路途，穹宇並未停下雙腿，揚起下巴，定睛在前，持續朝著或許沒有出路的虛無邁進。看似莽撞的愚行，背後卻是對妹妹、對我和對夏時雨的三重信任，絕非盲目，亦非盲信。持續向前，不只是為了保全性命，更是爭取時間，讓所在時空不明、位於夢境狹縫之外的夏時雨，為我們打開一條活路。

「穹宇，差不多該告訴我了吧。」我已喘得上氣不接下氣，卻壓抑著想大口吸氣的反射動作，忍住急欲衝出嘴巴的喘息。「當時在新莊敬獻塔時，你到底怎麼救出位在轅岐嶼的我和夏時雨？」

穹宇側過臉來，目光彷彿挾帶一絲笑意——即使表情永遠是冰冷的撲克臉，我仍覺得他在偷笑。他呼出短促的鼻息，說：「事到如今還糾結這點，究竟該佩服你，還是該感到無奈。不愧是你，對於雞毛蒜皮的小事總是好奇得不得了。」

——然後不小心踏進莫可名狀的荒誕領域。他以唇語說完這麼一句，便以極其微小、約莫五度角的幅度牽動嘴角，露出難能可貴的「微笑」。

如此珍貴的笑容，居然只在嘲諷之時，簡直令人無語。

前方數百公尺處突然閃出一抹金光。

（官先生，崇醫師，這邊！）

浮現腦海的話語結束時，空洞虛無的領域驟然迸出音爆般的巨響，彷彿想呼應震撼大腦的聲音，追在身後的玉釵號喀啦喀啦地降下兩條生鏽的鐵鍊，船身前端的巨大鐵錨直往下降，將玉釵號的船首向下方拖，首尾傾斜四十度角。聚集於甲板的凝面者發出前所未有的嘶吼，有如潮水一般湧出船舷，無秩序地擺動手腳，以醜陋卻迅速的身姿朝我們衝刺。

正想舉起左輪手槍反擊，穹宇卻扯住我的腋下，飛快踢腿向前游動。

確定我能自行前進，穹宇才鬆開手，擰住寫滿咒文的紙張，張口誦念。咒文效果非常顯著，不消幾秒，仍在搜索天外之音的廷達羅斯獵犬突然狺狺而吠，受驚似地作鳥獸散；以傾斜之姿急馳航行的玉釵號則像遭遇泥岸或淺灘，速度急遽歸零，驟停的慣性力將船尾的凝面者甩出甲板，重重砸在瘋狂竄動的同伴身上。

混沌歸於靜謐時，我們終於看見那聲震耳欲聾的音爆究竟帶來怎樣的威脅。

理當空無一物的夢境狹縫乍現宛如撕裂傷的垂直破口，偌大的裂縫流出一道無法直射的炫光，淨白光芒受到不應存在的引力影響，化作蘊含星海的絢麗瀑布，自幽暗空間的裂口流淌而下，落入無窮無盡的深淵。

凝面者無不停下腳步，整齊劃一地仰起頭，微屈膝蓋，高舉雙臂，掌心朝內，指尖朝前，發出聲調與頻率完全相同的共振叫喊。流瀑般的光芒抬高並發散，彷彿有某種力量擰住裂口，強迫流散的白光沿著玉釵號傾斜的甲板灑落，形成一座斜四十五度角的光輝滑坡。巨大的裂口晃過幾道陰影，數十隻漆黑強壯的手臂攀住開口，隨即探入兩張相互緊鄰，沒有眼睛、沒有鼻子也沒有耳朵，長著利齒大嘴的慘白臉孔。

比凝面者大上數十倍，兩張白臉連在龐大的軀幹，有著驚悚駭人之惡夢形體的厄畸獸，宛如烙印的鮮明記憶自我腦海甦醒。

死定了死定了死定了死定了死定了死定了！

籠罩周身的恐懼如同毛細現象滲入每個毛孔，瞬間空白的大腦重新植入厄畸獸巨大手臂帶來的惡夢，同時預視著不久後將會到來的死期。厄畸獸龐大的身軀擠過光輝裂口，強壯的烏黑手膀抓住玉釵號船尾，身子的重心挪上船舶甲板，白光的流瀑成為滑梯，邪惡的巨獸順著傾斜的船體向下移動。

數以百計的凝面者歡欣鼓舞，瘋狂舞動手腳，仰起沒有五官的頭顱發出宛如嬰孩的尖聲吶喊。

這是我們第一次直面厄畸獸夢魘般的形體。先前，僅是透過破開的門縫窺見些許，便已帶來足堪摧毀理性的超常壓迫感；這回，身於毫無迴避手段的夢境狹縫，光是看到那身彷彿畫錯草稿的詭譎軀幹，便讓我牙列狂顫，按著太陽穴發出無意義的悶聲低吼。

穹宇雙唇微啟，眉間擠皺，雙頰瞬間刷白。這是我頭一次看到他如此顯著的恐懼表情，也是頭一次發現，他與常人一樣擁有難以壓抑的激烈情緒。意識深知不能僵在原地，全身知覺卻不容如願，只能放任視覺被莫可名狀之物支配，對於未來與性命的未知化作無窮恐懼，壓制一切理智，剝奪思考能力。

穹宇望著前方不遠處的金色光點，再次攤開掌中紙張，瞟了我一眼才開口誦念：「擎天霹靂驚天地，萬馬奔騰壯山河；天帝神聖降福佑……」

說時遲，那時快，尚未唸完紙張後段節錄自《清玄御儀經》的第一句咒語，穹宇的鼻子突然像被擰了一把，自鼻孔流出兩道鮮血，淌出的速度快得不可思議，順著人中與上唇的弧度流。

迴盪於夢境狹縫的半句咒語，瞬間中止不斷擁入的白光，高聲狂吼的凝面者不再躁動，反而抱住頭顱，彎腰打顫；玉釵號發出劇烈聲響，船舷與甲板出現細微裂痕，似乎承受著某種不可見的強大阻力；厄畸獸的兩張臉分別望向我和穹宇，看似未受影響，龐大的身軀卻停止不前，一邊呲牙裂嘴地發出低吼，一邊激烈扭動頸部，以令人感到不適的奇異角度，搖晃偌大可怖的頭顱。

「天清清，地靈靈，千星雷宇千星尖，萬星毫光萬星明……」

穹宇的眼珠開始泛紅，瞳孔緩緩上翻，鼓脹的眼角像是隨時會流出鮮血。

厄畸獸的兩張臉同時轉向他，停止魔音傳腦般的低吼，咧開大嘴，露出兩道令人頭皮發麻、理智崩毀的不祥笑靨。

我猛然驚覺，眼前的龐然大物正等著穹宇倒下。厄畸獸與凝面者一樣，擁有不亞於人類的智慧，不盲目攻擊，也不冒著被《清玄御儀經》消滅的風險靠近我們。這頭怪物深知穹宇撐不到誦念完畢，只消等待，便能坐收成果。

我揪住穹宇的臂膀，咬緊牙關踢動雙腿，亟欲逃離原地。

穹宇的聲音極為虛弱，有如悄聲低喃，始終未能唸完下一段咒文。咒文效果一分一秒下降，玉釵號開始緩慢前進，凝面者與厄畸獸也以狀似慢動作的幅度，跨出一個又一個極具威脅的步伐。

儘管腦中不再浮現夏時雨的聲音，能夠確定的是，前方約莫兩百公尺處的那抹金光，就是我們的出口。雙腿越來越重。這股重量只是反應於大腦的感覺，實則應是肌肉過於疲勞帶來的麻痺感。此等速度必定逃不過凝面者與厄畸獸的追趕，更不用提那艘無視體力、持續逼近的木造大船，盲目前進絕不可能甩開為數眾多的怪物，平安抵達那道光點。殘餘的理智驅動大腦運轉，演繹法、歸納法、溯因法，任何可行的邏輯推理皆已殆盡，仍找不出脫離絕境之法。

「官先生！」

聲波入耳的剎那，我一度懷疑自己失去理智，在夢境狹縫墮入更為深層的夢境。抬起頭，望向前方，一道熟悉的身影遮住那抹微弱的金光。

「毓燁！」

夏時雨朝我伸出右手，身上不是皈錦寺時的淺灰長袍，而是眼熟的白袍、毛衣與長裙，她左臂抱著一個籃球大小的包裹，厚實布巾沒能掩蓋那獨特的外型，我瞬間明白底下藏著什麼物品。

我將最關鍵的牛皮紙袋塞到全身癱軟、失去意識的穹宇懷中，抓起他手裡寫滿咒文的紙條，接過夏時雨帶來的包裹。使勁將穹宇推向夏時雨，俐落地拆開包裹的活結，取出散發不祥氛圍的黑色克希塔利神像。

神像現形的剎那，凝面者和厄畸獸發了狂似地仰起頭顱，發出雜亂無章、此起彼落的尖聲嘶吼。我將神像扔向右側，大批凝面者像鎖定獵物的掠食者，一邊發出無可言喻的怪聲，一邊瘋狂擺動手腳，衝向那座不斷向遠方漂浮的神像。厄畸獸兩張慘白的臉孔擠皺出更為駭人的樣貌，收起所有臂膀，單以後足站立，撐起龐大且笨重的軀幹，舉起最強壯的兩條手臂，朝我身後的光輝裂口揚聲吶喊。

唯獨這次，我聽懂了他彷若嬰孩般尖銳，回音重疊、難以辨別的呼喚：「Iä! Iä! Cthytali Azanah, ng

zeklit uh'eog ah'ehye'drnn gn'th! Iä! Ya gnaiih!」

震耳欲聾的尖叫撕裂著無盡的夢境狹縫，虛無的空間驀然泛起一波波地震般的搖晃，伴隨著劇烈的震盪，不再流淌光輝的裂口完全被某種龐然大物遮掩，一掌便能包覆厄畸獸的巨大手臂穿越孔洞，拉住裂縫邊緣，慢慢將扯開空間的裂口。白光向下流入沒有底部的深淵，失去光源的裂口被夢境狹縫的深邃黑暗覆蓋，透過搖晃的形影，依稀能夠判別兩副龍首、兩條長頸、成對的數枚紅眼、龐大蜷曲的蛇身與美如花朵的尾部。

遮天蔽日的莫可名狀之影，穿過不斷擴大的孔洞，直朝我們前來。

「手握寶劍斬妖靈，不伏凶星鬼滅亡；千星發起淨光視，萬星宗法鬼神驚。」

口中誦念的咒語雖是中文，卻無法被大腦理解，好似罹患暫時性失語症，只能透過五官、肌肉與皮膚突如其來的劇痛，判斷自己成功讀出了《清玄御儀經》的咒文。

藏於黑暗的雙頭魔尾蛇還在接近，躍下玉釵號的厄畸獸卻已近在眼前，伸長脖子，絲毫不把我放在眼裡，逕朝夏時雨所在的那抹金光伸出大手，磨著利牙發出無法辨識的呢喃。我隱約覺得，厄畸獸那道聽來近似嬰孩，潛藏虛無的空洞呼喊，彷彿朝向更遙遠、更深邃，也更難觸及的未知彼端。

「毓燁，那段咒語會撕裂夢境狹縫！」夏時雨的聲音聽來非常遙遠。「未能成功抵達特定時空的你，將遭遇難以預測的『回歸時差』，無法確定最後會現身於何處！」

夏時雨震顫的雙肩，讓我猜想自己的鼻孔與嘴巴，或許溢出了可怕的鮮血。

我確認夏時雨已抵達金光邊緣，才接著誦念：「吾奉萬靈新勅賜，降落凡間救萬世；聖尊一心專崇拜，聖眷靈姬降臨來……」

「毓燁！」

「時雨，請在穹宇醒來時，為我轉達一句話。」

時間一分一秒流逝，雙眼已看不見任何事物，耳朵連自己的聲音都聽不清楚，雙手似乎也捏不住那張薄薄的紙條。

我試著揚起嘴角，但無法確定是否真有露出微笑。

「**無論身在何處，我都會找到你們。**」

依稀聽見她以令人心痛的哭腔呼喊我的名字，可惜聽覺已徹底消滅，迴盪腦海的或許是一廂情願的幻想——或是最後一次奢侈的想望。

囿於永夜的我，念出最後一段咒語。

「急急如律令！」

下一秒，夢境狹縫迸出偌大裂痕，幽暗之域有如雪崩迅速崩毀。

感覺自己飛快墜入無盡深淵，不斷向下，不斷向下……

最後的最後，混沌的大腦浮現厄畸獸嬰孩般莫可名狀的呼喚。

「媽……」

# 第九節：深淵禮讚

睜開雙眼，刺眼的炫光率先襲來，隨後映入眼簾的是空曠寬廣的敬獻正殿。

雙腳踏在敬獻池水的大理石材質地面，裡頭的水全數流空，有著因長期浸泡液體產生的色差，但光滑的石材表面並無發霉與髒汙，絲毫不像一潭不會流動的死水。

意識漸漸重整，發現手中抓著一塊乒乓球大小的堅硬黑石，隨手拋向旁側，下定決心抬起雙腿，向前邁步。正殿的擺設和裝潢並無變化，看似一切正常，卻沒有先前所見的混亂場面；既無破開的大門，亦無翻覆的跪拜墊，各式物品卻陳舊得彷彿歷經數年，木製跪拜墊無一例外地長著霉斑，石造牆垣與梁柱出現多處龜裂，裂縫之間甚至生出苔蘚與菟絲子。

過於老舊的廢棄狀態，與我記憶中最後的畫面存在明顯衝突。

地面以不明物體刻著我很熟悉的那串文字：「Iä! Cthytali Azanah, ng zeklit uh'eog ah'ehye'drnn gn'th.」

令人背脊發麻的念頭衝上腦際，回頭一望，高聳巨大的克希塔利神像依然尚存，頂著駭人的雙蛇首，身後的蛇尾有朵莊嚴華美的絢麗大花。由四周景象可知，這的確是我曾踏足的敬獻正殿，但整體氣氛與時空狀態卻存在著無可名狀的差異，某種超越五感、近乎第六感的不明知覺，告訴自己此處絕非先前「那個」正殿，甚至可能並非位於雲林的清嶽皈錦寺。

跨出池水，冰冷的地面讓我打起寒顫，夾藏石板之間的雜草，踏起來像事先鋪設的地毯，柔軟的觸感很舒服。小心翼翼地避開龜裂的地面，繞過幾條破毀的路線，穿梭於數以千計的跪拜墊之間，發現無論怎麼收起雙肩、瑟縮身子，都無法避免撞歪或踢倒腳邊的跪拜墊。

高大莊嚴的大門沒有上鎖，只消輕輕一推便能開啟。門的另一端被某些物品塞住，擋著門板的書架和矮櫃顯然是用來彌補缺失的鎖芯與鎖頭，憑藉物理性阻礙防止堅實的大門遭人開啟，甚或破壞。散落四周的善本逸品與珍稀寶物，原先或許置於書架與矮櫃，為了移動不得不撥落地面。

令人在意的是，空蕩蕩的敬獻正殿不見任何人類，亦不見任何生物，若說門外之人亟欲防範的對象是不可見的細菌或病毒，物理性阻礙便毫無意義，讓我不禁猜想，她們不惜破壞珍貴書庫也想阻擋的威脅到底是什麼。

理當位於地下的正殿卻與地面連通，難以形容的斷垣殘壁無法與印象中靜謐深幽的皈錦寺重合，整座寺廟遭到無可言喻的力量剷平，更向下刨挖數公尺，讓地下二層的殿堂反常地化為地上一樓。歪斜的石柱、散落的磚石與叢生的藤蔓，佔據並侵蝕著不似人居的遺跡，坍塌的混凝土建材看不出水泥與油漆的顏色，泥沙嵌於其上，幾乎化作其他色彩。紮根生長的短枝矮樹，在傾倒的磚頭間扳出一道醒目的縫隙，伸手一拔，連綿不絕的根部彷彿已在此地生長數百年之久，牢牢深陷。

攀過幾道斷牆，爬過幾座殘蹟，翻過彷若山頭的矮坡，抵達遺跡的最外層。

懸於天際的太陽被厚重的霧霾遮掩大半，彷彿隔了一層不透光的帷幕，日夜之別儼然成為歷史，正午烈日被晦暗的蒼穹完全覆蓋。面朝高山，光禿禿的黃土取代應有的翠綠，大地一片荒蕪，拂上臉龐的微風嗅起來有股臭酸味，彷彿各種化學物質混入空氣，令人作嘔。

踏過幾片略有高低差的方形矮窪，不同於地面的柔軟土質觸感非常特殊，猜想原來應是水田或魚塭，經過殘酷的歲月流逝最終成為廢土，根本找不出任何生物曾經生存其中的客觀證據。假使我的記憶依然可靠，清嶽宗皈錦寺的所在位置理當是臺灣雲林縣，但周遭的荒山廢土卻像曾遭烈火燃燒，沒有民房、沒有街道、沒有電線、沒有農田、沒有魚池、沒有雞舍、沒有廟宇、沒有鐵路、沒有工廠，也沒有任何人。

大腦一片空白，無法理解的世界一點一滴剝奪我僅存的理智，儘管不斷告訴自己眼前所見即是現實，源於內心的警告卻否定著視覺接收的一切。

霎時感到全身癱軟，不願跪地屈服，只能默默抬起頭，凝望不能稱為太陽的烏暗恆星，張開嘴，發出不明所以的嘆息。

聽見自己發出的聲音，赫然想起某件稍加細想，便讓人恐懼不已的事實。

我被內心瘋狂的想法嚇得渾身發抖，抱著頭，揚聲嘶吼，背對已成荒土的中央山脈拔腿狂奔。

奔至風平浪靜的臺灣海峽，我才終於停下腳步，趴伏在地，凝視宛如死去的無波汪洋。彎下腰，伸出顫抖的雙手捧起一把海水，低頭望入其中，異常澄澈的水面，將假想中的可能化作真正的夢魘。

我無法動彈，血淋淋的真相中斷一切思緒，自我意念飛灰一般四處飄散。闔上雙眼，試圖遮擋映入眼簾的事實，崩潰的理智卻連自己的眼皮都無法支配，只能遵循非出於我的意志，睜大雙眼，凝視殘酷至極的畫面。

將掌中之水拋回大海，踉踉蹌蹌地逃離原地，沉重的身軀與迷茫的大腦讓我失去平衡，拖著身子向前摔跌。我拔開腿來瘋狂奔跑，在萬籟俱寂、別無他物的荒山廢土留下足跡，踏過每吋乾涸龜裂的土地，憑藉無須仰賴視覺的特異感知，將世界最後的景致盡收腦海。飛奔於曾被稱作福爾摩沙的大地，拚命甩動頭顱，亟欲捨棄殘留的記憶，試圖忘記所有能與過往連結的奢侈意念，好逃避殘酷痛苦的悲慘現狀。

儘管忘卻可能帶來平靜，我卻明白自己早已屬於界域之外，成為存在於世界幽暗一角的外來者。不只存在於常理之外，更是背於一切邏輯的異域者。

當時，我不加思索捧起的海水，成為足以擰碎理智，無法接受但卻無法辯駁，莫可名狀的殘忍事實。

透過掌中海水的倒影，我看見擁有兩張慘白大臉，呲牙裂嘴的怪物。

——莫可名狀的夢尋之旅　完——

## 書末彩蛋：破曉的新世界

雨點打上擋風玻璃，雨刷的規律聲響變得清晰，我揉揉眼睛，逐漸清醒。

瞄向汽車電子面板的時間，是六月四日上午十點十九分。今天清晨，家財萬貫的駱姓女士將在豪華住處舒適的特大雙人床上，嚥下最後一口氣。思及這件看似單純之事件帶來的後續發展，忍不住打了個寒顫，隨即瞥向駕駛座的律師學長沈靖瑋。

學長瞟了我一眼，問：「怎麼了嗎？」

「抱歉，沒事。不，也不是沒事……」見我支支吾吾的模樣，學長微皺眉頭，狐疑地瞅著我。我趕緊擺手說道：「雖然是很奇怪的問題，但……學長今天是不是有個整理遺產清冊的工作要交辦給我？」

「你指的是駱女士的案件吧，那個我已經交給別人辦了，畢竟除了不動產外，值錢的動產都被她雲林的外孫女林月妤搬走了。現在就看其他繼承人有沒有要爭執，等他們提告再慢慢處理。——慢著，你怎麼知道駱女士的事？」

「請當作是『宇宙意志』之類的東西吧。」

「什麼跟什麼啊。」

顯然，我腦中依然留著完整的記憶。

此刻應是潛入皈錦寺的數個月前，尚未介入夢遊囈語和清嶽宗教團等事件，也還沒在海豐島外遭遇克希塔利，更沒見過那些改變我一生的重要之人。

學長讓我在新莊捷運站下車，按照既定行程，我應該先跑一趟住在頭前重劃區的大客戶，再去三重先裔宮見一名宮廟董事。然而，從駱女士遺產調查工作的解消可知，現在的時空狀態與過去截然不同，使我對於「此刻」的變化特別在意，也格外恐懼。

清嶽宗的敬獻儀式還在進行嗎？《轅岐嶼拓碑卷》的搜尋行動是否已經終止？新莊敬獻塔是否已被發現？克希塔利的威脅是否已經解除？夢遊囈語症狀有無消滅？世界有沒有脫離毀滅的危險？大家是否都已得救？太多太多疑惑，讓我太陽穴驟然發麻，只能倚靠路旁的電線桿，狼狽地大口喘氣。

拖著沉重的腳步漫無目的地走，不知過了多久，偶然在新莊路二一四巷口看見寫著「新莊玄穹御儀宮」的棕色指標，突然靈光一閃，精神抖擻地轉入巷子，沿著指標前進。

即便接近正午，作為新北市第一大廟的新莊御儀宮，香客絡繹不絕，毫不間斷。我點燃線香，按照廟內指示拜過一圈，才以徵信社調查員的身分向宮廟管理辦公室提出請求，希望能見九降詩櫻小姐一面。

我卻無法坦白告知諮詢的內容，以及理由。

起初，宮廟人員不願受理，最後實在耐不住我的苦求，無可奈何地撥了一通電話。令人意外的是，儘管並無更多資訊，九降小姐仍然接受這項請求。

我被領進後殿旁側的別房，高度緊貼天花板的書架佔滿整面牆，架上擺滿有關信仰、妖怪和靈術的書籍，其中除了機場捷運劫持事件、特二高架斷橋事件與臺中車站封城事件的私人筆記外，還有幾冊記載各地超常事件的歸檔資料。略作掃視，我數本精裝書間看見一本鍍金邊的線裝書，上頭以秀麗的書法寫著「清玄御儀經」五字。

正想伸手將之取出，背後傳來溫柔悅耳的聲音：

「那本書，是不供外人閱覽的哦。」

我連忙收手，低頭致歉。「對不起，我不知道……」

九降詩櫻小姐留著一頭烏黑亮麗的長髮，鬢髮繫著醒目的緞帶鈴鐺，身穿經過特殊剪裁、彷若旗袍的桃紅漢服，搭配裙襬與袖口的白紗，全身上下無不散發豐沛的知性美與動人的古典美。

擁有御儀姬美稱的她，光是一抹微笑，都能傳達直透人心的無限親和力。

九降小姐來到我身旁，輕輕抽出《清玄御儀經》，說：「這是一本很特別的經書，不只是內容，連寫作過程都足以稱為奇蹟。」

「這本書是九降小姐寫的，對吧？」

她眨了眨眼，似乎略感驚訝。「您真厲害，這本經書除了提供特定機構節錄與研究外，未曾公開發表，包含作者在內的詳細資料只有極少數人知情。」

沒想到，未加思索的提問竟讓自己陷入如此窘境。面對九降小姐溫柔卻不容欺瞞的雙眸，我無法辯駁，只能低頭沉默。九降小姐並未追問，反倒微瞇雙眼，露出得意的小惡魔微笑，慢悠悠地翻開經書。

「雖然內文由我提筆撰寫，經書的綱要卻非出自我手。」

「綱要比內文重要嗎？」

「經書的撰寫與編輯，與製作巧克力有異曲同工之妙，綱要就是模子與工具，內文是巧克力本體。能吃與不能吃的部分，不分高低，都很重要。」九降小姐笑了笑，纖細的指尖游走於頁面之間。「經文具備獨立誦讀與傳布信仰的作用，但綱要的編排不只決定排序，也直接影響了誦念者的意念，能在閱讀的當下，讓讀者的意識與靈魂產生無形的內化作用——瞧您困惑的模樣，一定是我說得太複雜了。」

的確有聽沒有懂，我也只能苦笑了。

「為什麼九降小姐方才會說，這本經書的寫作過程堪稱奇蹟？」

「《清玄御儀經》的綱要原定由天央研究院某位首席研究員為我整理，之後因為種種原因，未能完成，因此我雖早已提筆寫完經文，卻無法順利編製經書。數年後，那名研究員的哥哥捎來一份文件，內容正是《清玄御儀經》的綱要，更有該研究員的編排凡例與親筆簽名，讓我不得不相信這份綱要的真正性。有了經書綱要，我便按序編排經文，以絲線裝幀，完成您現在看到的《清玄御儀經》。」

九降小姐闔上書本，微瞇雙眼，露出一道動人的微笑。

「不過，我想這些事情您早就知道了。」

「咦？」

「您知道《清玄御儀經》的綱要是誰整理的，對嗎？」

我嚥下一口唾沫，點點頭。「崇紗夜博士。」

「您也知道那份綱要是誰捎來的，對嗎？」

再次點頭。「崇穹宇醫師。」

九降小姐露齒而笑，將手中精緻華麗的線裝書放回書架。

「我問過穹宇，這份文件到底是怎麼來的，他告訴我，這是他與摯友費盡千辛萬苦才找到檔案，特地印出來給我。當時我沒追問，但那份文件……該怎麼說比較才好呢，紙張的年代看起來放了好幾年，實在不像是『找到檔案後印出來』，反而更像『從持有者手中取得』。但紗夜早就……您知道的。為此，我苦惱了好一陣子。」

「九降小姐找到答案了嗎？」

「沒有。」她搖搖頭，隨即漾起一抹微笑，指尖輕輕拂過我的臉頰。「但在見到您的瞬間，我什麼都明白了。」

望著她溫柔的笑臉，彷彿感受到蘊藏於那對眼眸的無限慈藹，我眼眶一熱，無法壓抑地落下淚水。

我想，作為阻絕克希塔利的眷族入侵北部區域，甚至威脅清嶽宗教團存立的「大敵」，九降小姐勢必早已明白，那些藏在事實背後，不為人知卻重要至極的血淚搏鬥史。

我們的計畫終究是成功了。

祟紗夜博士交給我們的牛皮紙袋，想必就是《清玄御儀經》的綱要。這本經書，能夠直接削弱或解除清嶽宗教團與克希塔利的威脅，就結果論，可能也是時空變動的重要轉捩點。

穹宇和時雨成功脫離夢境狹縫之後，回到正確的時空，將經書綱要交給唯一正確的人——九降詩櫻小姐，從而扭轉神祇的勢力分布，狠狠地打擊了清嶽宗教團在臺灣各地的影響力。

我不知道穹宇和時雨最後回到哪一個時間點，也不知道他們此刻身在何處，只知道圍繞著邪陶像的瘋狂危機與後續衍生的各項挑戰，包含駱女士的遺產、海豐島的出航、敬獻塔的調查和皈錦寺的潛行，皆已完全消弭，不復存在。

回到車上，我深吸一口氣，以和平與安全的氛圍過濾靈魂，稀釋並抹去我所經歷的恐怖記憶。望著衛星導航系統畫面，我猶豫半晌，才鼓起勇氣搜尋那個位於臺北市萬華區的獨特地址。

找到鄰近華江橋的密醫診所，就找得到那個人。

準備啟動引擎時，我在副駕駛座發現一支落於間隙的錄音筆。

正想塞回置物櫃，卻意外壓到播放鍵，播出一段不知何時收錄，我沉睡時呢喃誦念，熟悉卻令人恐懼的夢魘囈語。

「Ia! Cthytali Azanah, ng zeklit uh'eog ah'ehye'drnn gn'th.」

——書末彩蛋：破曉的新世界　完——

# 後記　崩壞邊緣的一息殘喘

大家好，我是秀弘，感謝各位拿起這本書！

「崇家軼事錄系列」的第二本書《深淵禮讚：詭祕穹宇的妄執演繹》（下稱《深淵禮讚》），終於順利來到各位手中了，這是秀弘式臺灣克蘇魯神話的打頭陣作品。讀過《純粹理論：狂狷丞樹的滑坡實證》（下稱《純粹理論》）的話，或許會對這本黑暗、殘暴、有些冷血卻又陰鬱得讓人無法自拔的故事感到熟悉，希望大家能夠愛上哥德式的黑暗懸疑與獵奇鬱美！

讀完本書的朋友，應該充分體驗克蘇魯神話的醍醐味了，讓我們攜手進入這個浩瀚無窮的宇宙吧！

按照慣例，必須先解決最重要的感謝環節。

本書得以順利出版，老樣子得感謝長年支持我寫作的父母、細心閱讀原稿並撰寫推薦序的「愛波」業珩、專文推薦的高中老同學啟瑞和吳彥、熱心宣傳又強力推薦的「招財貓」尹崇恩會計師、細心推薦的金柏夫老師與雪茄、每位列名推薦的師長前輩、按讚支持「秀弘今天依舊寫不出來」粉絲專頁的各位、讀過《玄靈的天平：白虎宿主與御儀靈姬》（下稱《天平Ⅰ》）和《玄靈的天平Ⅱ：蛛絲、冰晶與熾燄的大地》（下稱《天平Ⅱ》）、《純粹理論》和《虛無的彌撒：破邪異端與焱魅魔女》（下稱《彌撒》）的眾多讀者，沒有你們，就沒有這本新書，真的非常感謝！

※　※　※　以下文字保證會劇透，請務必先讀完本書　※　※　※

與至今出版的作品不同，《深淵禮讚》一完稿就寄給書豪責編了，是目前已出版書籍中極少數「寫完即投稿」的作品，箇中原因有點複雜，請詳後述。本書主體架構分為三個部分：〈浪潮暗影〉、〈敬獻手記〉和〈莫可名狀的夢尋之旅〉，第一部分創作時間為二〇二二年五月二十四日至同年六月二十日，第二部分則作於二〇二二年六月二十日至同年月二十六日，第三部分由於同時籌備《純粹理論》與《彌撒》之出版事宜，創作時間拉得很長，從二〇二二年九月二十三日著手撰寫，至今年二〇二三年二月二十二日方才完成，完成不及一個月，補上書末彩蛋的原稿便已投入書豪責編的信箱。

先照慣例（？）說幾個有意思的冷知識吧。

首先，《深淵禮讚》從一開始就是為了建構臺灣克蘇魯神話（Taiwan Cthulhu Mythos）而存在的作品，裡頭諸多設定，如：克希塔利‧阿撒納、清嶽宗教團、正體中文版《死靈之書》、《清玄御儀經》、位於新北市新莊區的敬獻塔與位於雲林縣臺西鄉的清嶽皈錦寺，都是夾藏在真實之間的原創產物，與夢境狹縫這一串連著三個篇章的要素，都是為了讓本作更加可信、更加詭譎而專門設計的臺灣克蘇魯神話元素。

其次，本書其實預計更晚一些推出，基本上是排在二〇二四年的作品，但因為種種原因，有必要提前將書中構築的世界觀與根植臺灣的克蘇魯神話元素周知於世，逼不得已必須趕在《玄靈的天平Ⅲ》或其他「聖眷的候鳥系列」作品之前出版——能夠順利如願，真的多虧獲得秀威出版社的支持。

第三，本書是目前第一本明文串連「崇家系列」與「候鳥系列」的長篇作品，官毓燁和崇穹宇頻繁提及的御儀姬九降詩櫻自不在話下，被清嶽宗教團視為必須迴避之敵的虎騎士沈雁翔和焱魔女月神美同樣是明顯的彩蛋，雖說完全不影響閱讀體驗，若能一併查閱已出版的另外四本書，應能獲得超過100％的滿足感。

第四，最初的「海流之神」克希塔利・阿撒納，其實是以「魔尾蛇」這頭臺灣妖怪為基礎，創造一尊近似於克蘇魯眷族領袖（類似父神大袞）的神話生物，但在〈浪潮暗影〉和〈敬獻手記〉接連完稿後，先是結合幾年前頻繁出現的邪教團體概念，後又獨自發想出獵奇駭人的邊沁圓塔水牢，搭配夢境狹縫的時空詭計，改寫成為現今位階更高、力量更強且威脅更大的異域者神祇。

第五，依據最早的設定，克希塔利的眷族只有凝面者，沒有厄畸獸，且〈莫可名狀的夢尋之旅〉前半段官毓燁和夏時雨在水牢遭遇的大手，是某種慘白的手臂，而非後來改動的厄畸獸之手。

第六，本書的付梓，有很大的目標是想活絡臺灣克蘇魯神話的原創作品圈，為此，書中的世界觀和神話元素已由一本出版書籍所沿用，亦即金柏夫老師的《玄社宮祕聞》；該書成稿於〈浪潮暗影〉完成後不久，原本預計安排於本書序列之後出版，卻因緣際會地榮獲一一一年基隆海洋文學獎文學創作出版補助，在二〇二二年十一月三十日率先出版，才讓我不得不先推出本書，好讓《玄社宮祕聞》中的寰星祕文、鄭義生離開雲林老家養病的原因、唯獨女人會罹患的夢遊病症及沒能幫上忙的臺大博士等元素得到完整的說明，另外，〈敬獻手記〉提及的社寮島和貓神芭絲特（Bastet）信仰，也與該書有關，算是互有連動、共享世界觀的結果。

這時就得說明一下什麼是臺灣克蘇魯神話了。

「在人類出現以前的遠古時代，一群來自外部宇宙、異形般的存在君臨著最初的地球，世界各地的神話與傳說不約而同地以惡魔、妖怪或魔物之姿，形容這群原始的神明——『舊日支配者』。

悠久的歲月中，舊日支配者消失在地表上，此刻潛伏於地底、深海或異次元空間，虎視眈眈地等待時機，重新支配我們的世界。然而，嘗試以《死靈之書》（*Necronomicon*）為首的禁忌魔法書所記載之祕法開啟異次元之門，並與舊日支配者締結非人道聯繫的妖術師或邪教團體，從古至今皆未斷絕……」

——東雅夫，《クトゥルー神話大事典》，新紀元社。

克蘇魯神話是由一群作者以集體創作形式建構的獨特神話，非出於一時一地一人，屬於擴充型共享世界觀，包含神祇、地點、人物、組織與細部設定在內，皆可容許任何作家使用與新增，是個非常柔軟、具開放性的「框架」。依據此一框架特性，自然也能融入以臺灣本土在地文化為基礎的原創神話，惟目前經營此領域的作者不多，作品更是稀缺，多數作品大量沿用洛夫克拉夫特（Howard Phillips Lovecraft）和西方作者創造的既有神明與元素，諸如：奈亞拉托提普（Nyarlathotep）、猶格・索托斯（Yog-Sothoth）、克蘇魯（Cthulhu）、深潛者（Deep Ones）、食屍鬼（Ghouls）、大袞密教（Esoteric Order of Dagon）等，始終無法設立足以代表「臺灣克蘇魯」的共通神話元素，使得克蘇魯神話創作圈缺少專屬臺灣的一席之地——這也是我急切想讓本書出版，建構臺灣克蘇魯神話的原因。

雖說急切，卻也不能小看克蘇魯神話「無限包容」的危險性。無限大的包容，換言之便是毫無秩序的涵蓋，最終可能淪為「這也是臺灣克蘇魯」、「那也是臺灣克蘇魯」的可怕窘境，更壞的狀況是劣幣驅逐良幣，讓讀者直接放棄此一領域，最終化作一潭死水。因此，至少得確定與我們共享同一世界觀的臺灣克蘇魯作品，最低程度能夠符合三項要求：

第一，故事地點須儘量發生於臺灣，即臺澎金馬自由地區，或至少故事之主要事件發生地為臺灣。主要人物亦儘量為臺灣人。

第二，故事主線內容和原創神話元素必須改編、結合或引述臺灣本土文化元素。

第三，原則上盡量採行古典克蘇魯神話作品的哥德式鬱美風格，否定輕鬆、歡愉和戲謔的作品，並最低限度地採用非出於洛夫克萊夫特之衍生設定（反對神祇強弱排序，也不使用外神之分類等）。

由於設有上開要求，我才會說本書屬於「秀弘式」臺灣克蘇魯神話，是概念上更為限縮，卻更嚴謹的分類。這種創作形式，為的是讓共享世界觀的作者們，絞盡腦汁地創作出真正意義的臺灣克蘇魯，不會只搬弄、堆疊神話名詞，就端到讀者面前交差了事。克蘇魯神話作品畢竟還是「故事」，不能忽略說故事的基本原理和終極目的：懸念、衝突和吸引力，預先設立框架就是為了讓作者專注於故事創作，無庸考慮是否脫逸於類別之外的難題——因為只要符合三項條件，再怎麼樣都一定是適格的臺灣克蘇魯作品。

以本書為例，故事地點主要集中在新北市新莊區和雲林縣沿海地區，主要事件發生於臺灣本島，官毓燁、崇穹宇和夏時雨等主要人物亦為臺灣人；本書主線故事以調查偽裝成道教組織的邪教團體清嶽宗為主體，並以臺灣民俗妖怪「魔尾蛇」的故事創造「海流之神」克希塔利・阿撒納（神祇名稱就是寰星祕文的「魔尾蛇」），同時結合有關疫情後蕭條、雲林海水倒灌和失蹤監禁事件等臺灣議題；敘事時則使用壓抑、憂鬱的筆觸，營造灰暗憂愁的哥德式氣氛，更以詭譎難解的獵奇事件與悲哀揪心的不可逆發展塑造獨特的「鬱美」風格——三項要求的門檻就是如此簡單。

有志於耕耘臺灣克蘇魯神話的作者，歡迎踴躍嘗試這三項要求！

至於何謂「哥德式鬱美風格」，基於篇幅問題，請另行參考《純粹理論》後記或本人粉專的相關說明。

說完對臺灣克蘇魯神話的想法，來談談「我所理解的克蘇魯創作」吧。

創作克蘇魯神話故事，絕非拋出幾組神祇名諱、擺放幾頭傳說生物或寫出幾串不明字句即可，必須營造詭譎難解又令人著迷的氣氛，帶領讀者抽絲剝繭，一步一步墮入莫可名狀的混沌。換言之，必須給予讀者足夠的現實元素，打造一個可信的環境，再找個適當的時機「背叛」讀者逐步累積的信賴，用力將他們推下深淵。

### 信賴與背叛，正是克蘇魯神話作品的醍醐味。

知識讓人物產生信賴，讀者也信賴著人物，但這份信賴最終遭到背叛，不只人物本身，就連讀者都被最初建構的知識澈底反噬。

妥善使用臺灣本土元素，以洛夫克拉夫特式的作品文風，創造一個讓人深深信賴卻又畏懼背叛的世界，才是臺灣克蘇魯神話必須達成的目標。因此，我捨棄描寫那些已經累積諸多作品的舊日支配者，也捨棄「方便主義」的奈亞拉托提普，畢竟在我心中有句俗語：「遇事不決，量子力學；克文難寫，奈亞去解」，能不能打造新的神祇、創造真正屬於臺灣的克蘇魯神話，是最核心也最重要的目標，至於其他已有作品的神祇或眷族，僅需稍稍提及，引起讀者興趣即可，不用多費篇幅大加著墨。

克蘇魯神話的體系中，不可忽略的主題是「未知的恐懼（Cosmic Horror）」、「遠古的威脅（Ancient Evils）」、「異種的交合（Interspecies Hybrid）」、「現實的交錯（Crossing Reality）」與「瀕臨的末日（Approaching Apocalypse）」。

不少人認為，一部合格的克蘇魯神話作品必須是洛夫克拉夫特式的宇宙恐怖（Cosmic Horror），實則應是誤解。洛式恐怖很大程度歸屬於個人風格之範疇，頂多能理解為「洛夫克拉夫特創作的克蘇魯神話故事多屬宇宙恐怖」，而不能反過來將宇宙恐怖視為克蘇魯神話作品的必要條件，此點由〈赫伯特・衛斯特：甦屍者〉（Herbert West-Reanimator）和〈皮克曼的模特兒〉（Pickman's Model）等作品可得印證。不可否認的是，宇宙恐怖確實是克蘇魯神話作品常見的主題，若嘗試在創作時營造「宇宙中孤立無援的不安狀態」，說不定能更快掌握創作克蘇魯神話作品的節奏。

但我個人比較傾向將Cosmic Horror的Cosmic理解為「無窮」或「廣大」之意，無窮就像《易經》的變，變化萬千以至無形，無所不在、無可感知的事物正是未知，而人類最古老的恐懼，也是未知——我通常會這樣理解洛夫克拉夫特的Cosmic Horror。

「遠古的威脅」、「異種的交合」、「現實的交錯」同樣是本書描述的次要主題，暫且不提克希塔利・阿撒納來到地球的確切時間，至少遠在荷蘭統治時期便已萌生的清嶽宗邪教，以及來自數百萬年前、真實位置不明之古大陸的克希塔利眷族「凝面者」，都是非常久遠的產物，這種比我們、甚至比人類本身還更古老的存在，本質上就因為時間產生的距離感，讓人油然產生恐懼。

異種交合在洛夫克拉夫特的〈敦威治怪談〉（The Dunwich Horror）便有描述，於〈敬獻手記〉的結尾亦有相關敘述，〈莫可名狀的夢尋之旅〉最後幾個章節也有厄畸獸與某人之間存在血緣關係的暗示；我自己不排斥異種族交合、並且產下子嗣的禁忌議題，這是外在生命體入主地球最簡單的方式之一，與其花時間瞭解，不如讓自己的後代「變成他們」，便能輕而易舉地掌握所需的一切知識。

有關現實的交錯，我運用兩種不同的手法執行，其一，是大量真實的人事時地物和擬真的資訊，其二便是「敘述性詭計」（敘述トリック）。敘述性詭計的部分，本書除了「不可靠的敘事者」（Unreliable Narrator）外，還搭配了「不可靠的訊息」（Unreliable Information），充分展現克蘇魯神話作品不同於一般懸疑推理的特性，盡情地瞞騙讀者；有關敘述性詭計，詳細說明和介紹請參考《純粹理論》後記。本書的主體故事與設定都立基於真實世界，利用魔幻寫實的手法，以「六成事實、四成虛構」的配置詳加安排，事實與虛構交會之處包括：

- 律師事務所與徵信公司確實會合作，也有可能執行遺產內容清查。
- 發源於雲林縣的清嶽宗，設定上為「狀似道教卻非屬之」的教派。
- 清嶽宗教團信奉的神明克希塔利・阿撒納是臺灣民俗妖怪「魔尾蛇」。
- 雲林縣外海的海豐島，本身就存在不少神祕的傳說。

- 雲林縣台西林厝寮一帶沿海確實荒蕪、混亂，亟待重整。
- 崇穹宇這類吊銷執照卻仍持續執業的「密醫」，即使是臺北市也仍存在。
- 神祕典籍《死靈之書》目前收藏於臺灣大學圖書館及故宮南院等處。
- 發生在新北市新莊區蕭厝的夢遊囈語事件，暗示著現代人的睡眠障礙。
- 夢遊囈語之病患選擇求神問卜、飲用符水，也是頻繁出現的不正偏方。
- 敬獻塔代表的監禁事件，暗示著臺灣北漂子女的潛在風險，以及疫情後時代詐騙集團變本加厲的駭人作風，與無法無天的高調態度。

看起來越真實的故事背景，就越能讓讀者身陷其中，困在混沌難解的克蘇魯神話世界觀。

瀕臨的末日則是一項常常遭到誤解的神話主題，也常被不甚熟悉克蘇魯神話的人們理解為「必然的結局」。事實上，洛夫克拉夫特雖然在〈克蘇魯的呼喚〉（Call of Cthulhu）與〈超越時間之影〉（The Shadow Out of Time）等作品明示或暗示「總有一天必會到來」的末日，卻不曾直接寫出末日的情境，〈敦威治怪談〉更直接型塑出對抗信奉邪神之人、阻止邪神入侵的方法。為什麼洛夫克拉夫特不直接讓人類毀滅呢？因為「我們此刻並未毀滅」對吧？克蘇魯神話就像某種啟示錄，述說著隨時可能降臨的災禍，卻也僅止於此，若故事中發生了末日般的滅絕，那虛實交錯的苦心不都白費了嗎？這聽起來很「反創作」，但卻是保持神話恐懼感的有效方法，即使要描述毀滅，也要聚焦於一人一事，描述單一個體的「個案性末日」，不能直接降下宇宙性的制裁。畢竟「如此確定」的元素，將使作品可信度大打折扣，失去克蘇魯神話一貫的「未知恐懼」醍醐味。

本書《深淵禮讚》即屬「個案性末日」，不管是正統結局抑或書末彩蛋，要不是唯獨一人被拋棄在不明的時空，籠罩在全盤未知的荒蕪之中，要不就是唯獨一人依然沒能逃離邪神威脅的影響，暗示著必定到來的毀滅。除了個案性末日，本書最後幾個章節，也致敬了〈敦威治怪談〉阻擋邪神威脅的手段，相信讀者能夠輕易發現才是。

在臺灣運作上較可能出現疑義的是，克蘇魯神話的「共享資料庫」（Shared Database）在《著作權法》和其他相關法令中的「接受度」，以及援引已出版作品必須留意的適法性和禮儀。關於這點，以本書為例，直接與共享資料庫連結的正體中文版《死靈之書》大概沒什麼問題，但出自《玄靈的天平》的御儀姬九降詩櫻與出自《純粹理論》的崇穹宇醫師、崇紗夜博士等崇家成員，恐怕就有援引上的灰色地帶。創作者在援引其他臺灣克蘇魯作品的元素時，倘若出現「有沒有問題」的疑惑時，或許能採行「最低限度使用」的方式，降低不必要的麻煩與困擾。什麼是最低限度使用？例如本書援引金柏夫老師的《玄社宮祕聞》時，因當時無法確定該書出版契約之內容，只能「正面承認該書事件曾經發生」、「該書援引的克蘇魯神祇確實存在於本書世界觀」兩件事，並與該書分享本書的清嶽宗儀式咒文，間接承認克希塔利・阿撒納在該書世界觀的存在。實際上，這種「玩法」就是洛夫克拉夫特與同時代創作者之間，相互流用、彼此承認設定的手段，也是最簡單、最不麻煩的連結。

當然，成功的克蘇魯神話作品立基於氣氛與筆觸，能夠成功營造「對於未知的恐懼」，就算並未援引任何洛夫克拉夫特或其他作家之神話元素，也不會因此被認為不屬於克蘇魯神話作品。莫大的包容性，是克蘇魯神話至為重要的特色。

值得一提的是，本書與過往已出版之作品不同，特別安排了附錄章節，將書中使用的各種原創設定表列出來，方便讀者參考。當然，經過妥善調整，說不定也能用這些設定完成一套可行的「克蘇魯的呼喚TRPG」（俗稱COC）劇本呢。

歡迎大家一起加入臺灣克蘇魯神話的創作行列！

※ ※ ※ 以下文字沒有劇透風險，請安心閱讀 ※ ※ ※

二〇二三年四月底，經手《玄靈的天平》、《玄靈的天平Ⅱ》與《虛無的彌撒》三本書的責任編輯石書豪離開秀威出版社了。書豪責編告訴我這件事時，確實讓我消沉好一陣子，畢竟《深淵禮讚》是我卯足全力、想要打開全新局面的關鍵作品，沒能在最初提拔我的責編手中付梓，真的非常可惜。天下無不散的筵席，離開一處，終是為了前往他處，沒有好壞，只是向前罷了。

由衷祝福書豪責編，希望您能找到全新的道路，在各自的崗位發光發熱。感謝您過去的支持與提攜，沒有您，就沒有今日的「候鳥系列」，也不會有名為秀弘的作家，謝謝！

我會盡力不讓新任責編彥儒頭痛的！（喂）

接下來是眾所矚目（？）的道歉環節。

首先必須向繪製本書封面、設計「崇家軼事錄系列」人物立繪的由風老師道歉！本書封面圖早在二〇二二年十二月六日便已完成，中間不只追加一大堆小東西委託，連崇家成員都快讓您畫完了，卻遲遲等不到本書出版，真的非常對不起老師！

話說回來，《存在虛無》的封面似乎早已……（再次以下略）

無論如何，未來的「崇家系列」也請您多多指教了！（喂）

當然，也得向被迫（？）幫我試閱並寫序的業珩、吳彥、啟瑞、柏夫和雪茄道個歉，由於本書風格特別黑暗，強調繁瑣的團塊式敘事手法也很多，外加恐怖獵奇的扭曲心理狀態描寫，讀起來鐵定很辛苦，真是萬分抱歉！感謝大家！（喂喂喂喂）

已有追蹤粉絲專頁的讀者應該知道，《深淵禮讚》雖是「崇家軼事錄系列」的作品，卻與「聖眷的候鳥系列」共享局部世界觀，同時也開拓了全新的「臺灣克蘇魯神話系列」，是一本承先啟後的重要之作，擁有「崇家系列」獨特的鬱美風格、「候鳥系列」的豐富情感和「克蘇魯神話」的未知詭祕，希望大家喜歡！

感謝大家的購買與閱讀，我是秀弘，期盼有緣再見！

Iä! Cthytali Azanah, ng dof'lani klog'äl ot gn'th!

# 附錄
# 秀弘式臺灣克蘇魯神話元素事典

克希塔利・阿撒納Cthytali Azanah（魔尾蛇）

●分類：異域者∨神祇∨主神
●關聯：克希塔利邪陶像、清嶽宗教團、凝面者與厄畸獸
●出處：秀弘，《深淵禮讚：詭祕穹宇的妄執演繹》
●記述：

清嶽宗的信仰主神，有「海流之神」、「海之巡行者」之稱，即臺灣民間傳說之「魔尾蛇」。徘徊於太平洋，頻繁經過臺灣海峽的巨大海蛇型神祇，與舊日支配者克蘇魯、大袞或海德拉之關聯性不明，西太平洋「凝面者Coagulate Ahororr'e（Coagulate Face）」與「厄畸獸Calamitas Deformitas」的主神。受到上古靈咒的束縛而無法利用己身力量行動，必須仰賴定期之咒文詠唱，從束縛中獲得短暫的自由。

部分學者認為，克希塔利畏懼著北臺灣的玄靈道靈巫「御儀姬」九降詩櫻，而透過宗教典儀等手段，以夢境迷惑接近其陶像的人類，驅使他們靠近大海，獻上生命力，以換取自身之行動力。祟紗夜博士則認為，克希塔利等異域者是否畏懼御儀姬的力量，有待商榷，之所以發生怪異夢境、夢遊囈語等現象，是神祇經過時自然產生的外部影響，並非有意為之，僅是被邪教團體加以利用、刻意詮釋罷了。

其信奉者以海豐島及雲林縣為根據地，將新製成的邪陶像浸泡大海，汲取克希塔利的體液能量。克希塔利之體液存在不明的放射性能量，透過邪陶像與敬獻之水，干涉持有者的夢境，導引其行止，緩慢侵蝕生命力，轉作己用。

克希塔利會定期前往尼莫點，守護拉萊耶周邊的安全，並設法誘惑接近該處的船隻和飛機。目擊報告多半不可信，是否真的巡游於汪洋，仍屬假說。

## 克希塔利邪陶像

●分類：器物∨宗教物品

●關聯：克希塔利、清嶽宗教團、凝面者與厄畸獸

●出處：秀弘，《深淵禮讚：詭祕穹宇的妄執演繹》

●記述：

清嶽宗教團依照信仰發想之克希塔利外型打造此一陶像，有象牙材質與黑曜石材質兩種，功能相同，但黑曜石版較為罕見。不知是何人設計陶像外貌，也無法確定陶像符合克希塔利之外型。

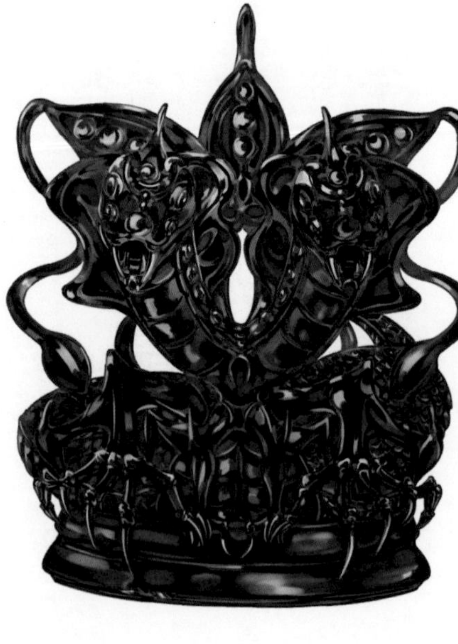

## 凝面者Coagulate Ahororr'e／厄崎獸Calamitas Deformitas

●分類：異域者＞異種生物
●關聯：克希塔利、清嶽宗教團、凝面者、厄崎獸
●出處：秀弘，《深淵禮讚：詭祕穹宇的妄執演繹》
●記述：

克希塔利的眷族。深受克希塔利影響，精神與理智遭到嚴重侵蝕的女性會轉變為「凝面者」；反之，男性則會轉變成「厄崎獸」。

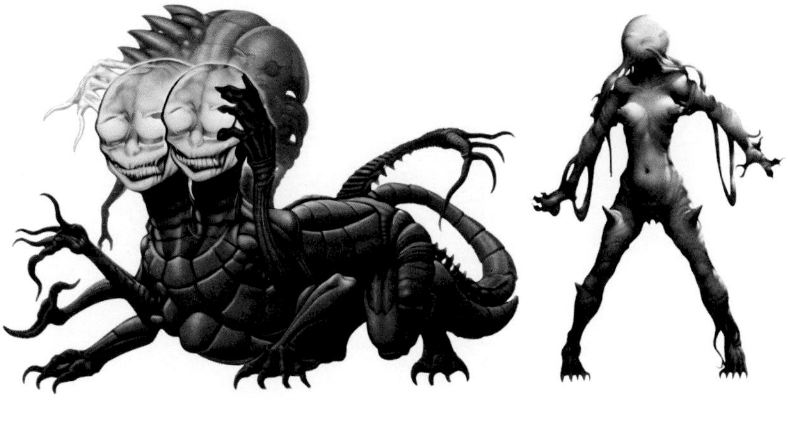

## 正體中文版《死靈之書》

●分類：器物∨書類物品
●關聯：崇紗夜博士、克希塔利、天央研究院
●出處：秀弘，《深淵禮讚：詭祕穹宇的妄執演繹》
●記述：

阿拉伯文版《死靈之書》（Al Azif或Necronomicon）抄本，公元九六〇年左右的「伊州之役」後，由大契丹國（遼穆宗耶律璟）自甘州回鶻（可汗景瓊）傳入，並未完成翻譯，歷經各朝，最終收藏於紫禁城之善本書庫。

清乾隆九年（一七四四），高宗諭令內廷翰林檢閱內府善本，擇其宋、元、明之精善者別於昭仁殿設架庋藏，並御筆題額「天祿琳琅」；「天祿」取漢代宮中藏書天祿閣之故事，「琳琅」則寓意內府藏書琳琅滿目，美不勝收。「天祿琳琅」所藏皆一流善本，鄉嬛祕籍，縹緗精品，是皇家藏書之精華所在。

一九四八年十二月二十一日，（國民政府遷臺前）中央博物院籌備處理事兼祕書李濟，安排故宮第一批文物三二〇箱裝入海軍派遣之中鼎號登陸艦；同時裝船遷運者，計含中央博物院籌備處二一二箱、中央研究院歷史語言研究所一二〇箱，以及中央圖書館六十箱、外交部重要條約檔案六十箱，其中便有《死靈之書》的阿拉伯文抄本。

第一批文物抵臺後，傅斯年、蔣復璁和屈萬里等學術領導人主張將特定典籍封入機密書庫，其中便包含了《死靈之書》手抄本。

中央政府解嚴後，即使機密文書資料逐步解密，此抄本卻始終沒有公諸於世。機場捷運事件後，抄本由未知防制與特殊容留察核司——「蒼溟」容留司編入類目編號，轉由尖端解析與異態對策研究院——「天央」研究院，並由崇紗夜博士獨自完成正體中文版之翻譯，並保留了阿拉伯文版全部的內容。

正體中文版《死靈之書》正本收藏於天央研究院，並有五冊副本，依照崇紗夜博士之指示藏入特定之書櫃；副本分別藏於輔仁大學公博樓圖書館、東明學院大學部圖書館、國立臺灣大學總圖書館和國家圖書館，最後一冊則由崇紗夜本人私自持有，並隨著崇紗夜的自殺下落不明。

# 清嶽宗教團（邪教團體）

- 分類：組織機構＞宗教組織＞邪教團體
- 關聯：克希塔利、《轅歧嶼拓碑卷》、御儀姬九降詩櫻
- 出處：秀弘，《深淵禮讚：詭祕穹宇的妄執演繹》
- 記述：

【簡述】

清嶽宗係崇拜海流之神克希塔利・阿撒納（Cthytali Azanah）的未登記宗教團體，亦非合法之宗教財團法人，以募集得來之資金私下進行傳教活動，由於流傳著各種違反憲法基本權利之強制傳教手段和踩在違法邊緣之供奉儀式，被中央政府及三大超常事例應變組織定性為邪教團體。

其發源地為雲林縣台西鄉之清嶽皈錦寺，目前已知其於新北市新莊區蕭厝地方設有傳教據點，並與當地頻傳之夢遊囈語事件有所關聯。

【歷史】

荷蘭統治時期，荷蘭東印度公司（Vereenigde Oost-Indische Compagnie）於雲林笨港地區設立海防港口，駐福爾摩沙之隨行商人阿夫雷・梅傑（Alfred Meijer）收藏著一份相傳源於「轅歧嶼」（Yuán Cí Yǔ）未知古大陸的莎草紙古卷，以拓碑的圖騰與文字描述關於「海流之神」、「海之巡行者」克希塔利・阿撒納

（Cthytali Azanah）的神祕力量與供奉方式（下稱「轅歧嶼拓碑卷」）。阿夫雷認為轅歧嶼拓碑卷的價值在於太平洋各洋流之記載，為了提供東印度公司有關迴避浪潮之航道資訊而妥善保留，並未重視關於供奉未知神祇的描述。

明朝天啟年間，大約公元一六二五年移入今雲林縣四湖鄉的漳州仕紳林旭清，自阿夫雷手中購入轅歧嶼拓碑卷，深深著迷於克希塔利彰顯之汪洋控制力，邀請至交陳永華及其夫人洪淑貞協助解讀，並由洪淑貞以優美之詞藻完成譯文。明鄭時期，公元一六六二年，陳永華向鄭經推薦擁有預知海相能力的林旭清，後者於同年六月解決黃昭內亂一役幫助鄭氏海軍渡海與攻擊，深受鄭經重視。

清治時期，公元一七〇〇年時九降宗聖於北部設立御儀宮，不只將玄靈道發揚光大，更協助清政府抑制崇拜外界神祇的邪教組織。林旭清之孫林淨嶽認知業已無法得到清政府重用，公元一七二五年開始向地方仕紳籌募資金，於雲林縣台西鄉舊虎尾溪右岸設立皈錦寺，以佛道釋之混合信仰為包裝創立拜水信仰「清嶽宗」，受封為首任宗主，暗中供奉克希塔利，並以雲林縣為中心積極向山區住民和南方沿海傳布。

清康熙年間，清嶽宗將克希塔利描述為「阻擾渡海的巨大海蛇」，創造出「魔尾蛇傳說」。有關魔尾蛇之記述，公元一六八四年時被季麒光收錄於《臺灣雜記》，公元一六九八年時又被郁永河收錄於《裨海記遊》。

劉銘傳治臺時期，清嶽宗信仰因潛在的反政府思想而遭抑制，信眾人數大幅縮減，供奉行為卻變本加厲，開始於偏僻地段興建高塔式圓形監獄「敬獻塔」。日治時期，暗中提供日本軍政府有關太平洋地區海相的預測，在檯面上受到一定的地位保障，信眾人數穩定成長，同時逐步往臺中和彰化地區傳布。解嚴後，清嶽宗並未登記為寺廟財團法人，利用全球暖化、人口老化、物價飛漲、經濟動盪和病毒肆虐等天災人禍，積極拉攏徬徨無助的年輕人和深受病痛之苦的老年人，更積極拓展傳教範圍，在新北市新莊區蕭厝地方設立第二座傳播據點，與新莊御儀宮的玄靈道遙相對抗。

【組織】

清嶽宗的宗主採世襲制，至今傳至第十一代之林月好，為清嶽宗首任女性宗主，積極推動改革，富冒險心，積極嘗試於玄靈道之中樞地帶新北市新莊區拓展教團勢力。除宗主外，各宮寺設一「寺司」，並於宮寺外之信眾住宅或特定地點成立分寺，不設寺司，由信眾選一「持守」負責與寺司及宗主回報傳教事宜。

依據雷霆特勤隊之估算，清嶽宗信眾人數應在兩萬人以上，業已超過一貫道之信仰人數。

【活動】

清嶽宗之宗教行為多半融入民間信仰，以暗中傳布之方式，潛移默化地影響居民生活，進而拉攏新的信眾。透過魔尾蛇傳說，清嶽宗提供偷渡來臺之人和出海捕魚之人特定的供奉方式，即帶著「克希塔利陶像」向海「立拜」（以站立之姿，低頭祈禱）。

清嶽宗會以「臨近之禮」的降福儀典，讓虔誠的信眾飲用神明流經海域的鹹水，達成接觸神祇、進入夢境聖域的導引效果。另外，清嶽宗也會配合春節、清明節、中元節的民俗節慶，以提供祭祀集中處之手段，讓非信眾之百姓「意外」供奉克希塔利，同時提供茶水、符水或解咒水，讓一般百姓完成臨近之禮。

清嶽宗會在發現信眾已有夢遊和囈語等症狀後，與之接觸，探查其是否擁有接受聖神旨意的能耐。若無，則放任病症惡化；若有，則會設法將其擄至敬獻塔，強迫禱念咒文，直到聖神降臨。

## 崇紗夜博士

●分類：人物＞研究員（次分類：人物＞英雄＞崇家成員）

●關聯：正體中文版《死靈之書》、天央研究院、御儀姬九降詩櫻

●出處：秀弘，《純粹理論：狂狷丞樹的滑坡實證》、《深淵禮讚：詭祕穹宇的妄執演繹》

●記述：

崇紗夜是尖端解析與異態對策研究院的首席研究員之一，不只擁有生物化學的專業，也是異文化研究的箇中翹楚，更是未知語言領域首屈一指的頂尖解析者。她是崇家的次女，崇穹宇醫師的妹妹，崇丞樹與崇胤言的二姊。

臺中市霧峰區曦鳶里崇家大院的崇紗夜，是一名幾乎完全隱藏於公開記錄之下，神祕至極的國家級研究員。她一共跳級三次，只花三年便取得臺灣大學生化科技博士和語言學博士雙學位，未滿三十歲即就任尖端解析與異態對策研究院「天央研究院」之首席研究員，此後資料一概俱無。取得雙博士學位後，她曾

以九降人文社會基金會之專業顧問身分，協助御儀宮完成《首楞嚴經》各版譯本之校對，亦著手草擬《清玄御儀經》綱要，嘗試轉錄御儀姬九降詩櫻使用之靈術及咒語，但並未完成。

據說，崇紗夜以阿拉伯文版《死靈之書》抄本為底，完成正體中文版《死靈之書》之翻譯，同時將千年來之邪祟異事收錄其中，並私下印製五冊副本。然而，包含正本在內，未曾有人見過正體中文版《死靈之書》之全書樣貌。

崇紗夜留有一頭銀白髮，繫著雙馬尾，雖然年近三十，卻沉迷於精緻的扭蛋、可愛的手辦和不分類型的遊戲。她的標準裝束是漆黑哥德式洋裝和黑色高跟鞋，即便進入天央研究院，甚或參加國際級學術研究會，均不改這身穿著。

崇紗夜是臺灣大學卡通漫畫研究社（National Taiwan University Cartoon & Comic Club，簡稱「臺大卡漫社」）的哥德系幽靈社員，由於對動漫畫獨到的想法和品味，深受前輩與新社員之喜愛。

## 崇穹宇醫師

- 分類：人物＞研究員（次分類：人物＞英雄＞崇家成員）
- 關聯：崇紗夜博士、御儀姬九降詩櫻、官毓燁調查員
- 出處：秀弘，《純粹理論：狂狷丞樹的滑坡實證》、《深淵禮讚：詭祕穹宇的妄執演繹》

●記述：

臺灣大學醫學系畢業的腦神經外科醫師，隨手武器為藏在白袍下的手術刀。現於萬華區某陰暗角落開設無牌照的私人診所。

指標性物品是手中的黑色記事本。

## 御儀姬九降詩櫻

●分類：人物∨宗教人員（次分類：人物∨英雄∨聖眷的候鳥）

●關聯：祟紗夜博士、祟穹宇醫師、新莊玄穹御儀宮

●出處：秀弘，《玄靈的天平：白虎宿主與御儀靈姬》、《玄靈的天平II：蛛絲、冰晶與熾燄的大地》、《虛無的彌撒：破邪異端與焱魅魔女》、《純粹理論：狂狷丞樹的滑坡實證》、《深淵禮讚：詭祕穹宇的妄執演繹》

●記述：

御儀宮的現任宗主，亦為玄靈道中宮主，是現存最強大的靈能力者。

九降詩櫻是此一時空最強的超能力者（靈能），亦為臺灣本島潛在的守護者。她的存在，使各處的邪祟之力不敢伸張，只能隱藏於檯面之下悄悄行動。

對邪教組織而言，與其正面衝突，不如低調地靜候她的死亡之日到來。

誠然，九降詩櫻並沒有直接對抗邪神的意願，來自界外的邪神也沒有主動挑起衝突的念頭，彼此觀察勢力消長，不會輕舉妄動。

## 官毓燁調查員

●分類：人物＞調查員
●關聯：祟穹宇醫師、沈靖瑋律師、夏時雨博士
●出處：秀弘，《深淵禮讚：詭祕穹宇的妄執演繹》
●記述：

徵信社調查員，隨手武器為非法持有的柯特警探特裝型左輪手槍（Colt Detective Special Revolver）。有一個暱稱為小官的妹妹。

## 夏時雨博士

●分類：人物＞研究員
●關聯：劉靜瑕教授、祟紗夜博士、官毓燁調查員
●出處：秀弘，《深淵禮讚：詭祕穹宇的妄執演繹》
●記述：

輔仁大學外語學院跨文化研究所「比較文學與跨文化研究」博士，輔大跨文化研究所劉靜瑕所長的學生。

## 清嶽皈錦寺

●分類：地點＞宗教場所＞宮廟
●關聯：清嶽宗教團、克希塔利、《轅歧嶼拓碑卷》
●出處：秀弘，《深淵禮讚：詭祕穹宇的妄執演繹》
●記述：

位於雲林縣台西鄉舊虎尾溪右岸，溪頂和丘厝地區之間的「崙頂寮」，是清嶽宗教團的大本營。一般不開放外人參觀和參拜。

皈錦寺的白牆取代傳統廟宇的三川殿、後殿、東護室和西護室，雖然沒有山門、鼓樓和龍虎門，但傳統廟宇該有的外觀，諸如台階、柱珠、龍柱和抱鼓石等，並未缺失，設計到位。三川殿的中門兩側，沒有常見的石獅子，反而放置兩尊比人還高的怪物塑像，擁有兩顆圓形頭顱，數對手腳，面部僅有露齒咧開的嘴，軀幹的節肢頗似甲蟲，卻有一條尖銳細長的尾巴，醒目且粗壯的左掌。

## 新莊玄穹御儀宮

●分類：地點＞宗教場所＞宮廟
●關聯：御儀姬九降詩櫻、《清玄御儀經》、清嶽皈錦寺
●出處：秀弘，《玄靈的天平：白虎宿主與御儀靈姬》、《玄靈的天平II：蛛絲、冰晶與熾燄的大地》、《深淵禮讚：詭祕穹宇的妄執演繹》

●記述：

位於新北市新莊區凌祈里，新莊路盡頭的廣大區域。

御儀姬九降詩櫻所屬的玄靈道清玄宗鎮守宮廟，虎騎士沈雁翔、冰七戌九降書樗和棘蛛精熒雨潼均於此地修練。

## 敬獻塔

●分類：地點＞宗教場所＞祭壇

●關聯：清嶽宗教團、凝面者與厄畸獸、《轅歧嶼拓碑卷》

●出處：秀弘，《深淵禮讚：詭祕穹宇的妄執演繹》

●記述：

興建於偏僻地段的高塔式圓形監獄。

清嶽宗會在發現信眾已有夢遊和囈語等症狀後，與之接觸，探查其是否擁有接受聖神旨意的能耐。若無，則放任病症惡化；若有，則會設法將其擄至敬獻塔，強迫禱念咒文，直到聖神降臨。

經通報發現涉及不明命案，超常事例與特殊應變勤務部隊——「雷霆」特勤隊、蒼溟容留司及天央研究院等三大應變組織皆已介入調查。

## 海豐島（佐佐木島）

●分類：地點＞神祕場所
●關聯：清嶽宗教團、克希塔利、《輳歧嶼拓碑卷》
●出處：秀弘，《深淵禮讚：詭祕穹宇的妄執演繹》
●記述：

座標位置23°43'50.0"N 120°08'00.0"E。

邪神克希塔利首次被人類（官毓燁、崇穹宇）目擊的位置。

## 《輳歧嶼拓碑卷》

●分類：器物＞書類物品
●關聯：清嶽宗教團、克希塔利、凝面者與厄畸獸
●出處：秀弘，《深淵禮讚：詭祕穹宇的妄執演繹》
●記述：

相傳源於「輳歧嶼」（Yuán Cí Yǔ）未知古大陸的莎草紙古卷，以拓碑的圖騰與文字描述關於克希塔利・阿撒納（Cthytali Azanah）的神祕力量與供奉方式。

## 《清玄御儀經》

●分類：器物＞書類物品
●關聯：御儀姬九降詩櫻、崇紗夜博士、新莊玄穹御儀宮
●出處：秀弘，《深淵禮讚：詭祕穹宇的妄執演繹》
●記述：

玄靈道三大經典之一。

記載御儀姬和玄靈道系統術式的經書，經書綱要由崇紗夜博士編制，經文預計由九降詩櫻繕寫。並未完成。實際功能不明。

## 《首楞嚴經》御儀姬手書本

●分類：器物＞書類物品
●關聯：御儀姬九降詩櫻、崇紗夜博士、新莊玄穹御儀宮
●出處：秀弘，《深淵禮讚：詭祕穹宇的妄執演繹》
●記述：

玄靈道三大經典之一。

流傳已久的佛學經書。存在著由崇紗夜博士校對、御儀姬九降詩櫻書寫的全譯本，藏書位置不明。實際功能不明。

## 《時輪圭旨》

● 分類：器物＞書類物品
● 關聯：御儀姬九降詩櫻、崇紗夜博士、新莊玄穹御儀宮
● 出處：秀弘，《深淵禮讚：詭祕穹宇的妄執演繹》
● 記述：

玄靈道三大經典之一。

流傳千年的玄靈道經書，存在著由御儀姬手書的版本，分別有一份原稿和三份正本。收藏狀況不明，內容與實際功能亦不明。

## 《太虛經斷章》（Tài Xū Book Fragments）

● 分類：器物＞書類物品
● 關聯：不明
● 出處：秀弘，《深淵禮讚：詭祕穹宇的妄執演繹》
● 記述：崇紗夜提及的書名，詳情不明。

## 《八門報》

●分類：器物＞書類物品
●關聯：無
●出處：秀弘，《深淵禮讚：詭祕穹宇的妄執演繹》
●記述：
免費報紙，一份二十四面。
由出版《元週刊》的「世界之島」媒體集團發行，每日於捷運站等大眾交通工具出入口派發，除頭版外，尚有政治、經濟、社會、娛樂和專欄版，並有連載娛樂小說。

## 超常事例與特殊應變勤務大隊（雷霆特勤隊）

●分類：組織機構＞政府組織＞偵查組織
●關聯：御儀姬九降詩櫻、清嶽宗教團、敬獻塔
●出處：秀弘，《玄靈的天平：白虎宿主與御儀靈姬》、《玄靈的天平II：蛛絲、冰晶與熾燄的大地》、《虛無的彌撒：破邪異端與焱魅魔女》、《純粹理論：狂狷豕樹的滑坡實證》、《深淵禮讚：詭祕穹宇的妄執演繹》
●記述：
超常事例應變機構之一，部隊成員身穿全黑制服，左胸有道閃電標記。

雷霆特勤隊直屬於總統，不屬於受民主機制制衡的任何國家機關，獨立於行政權，是超越且高於軍、警、消三大國家公權力的情報管理部隊。

介於總統與雷霆特勤隊之間的只有被稱為「最高委員會」的不明機構。

雷霆特勤隊在機場捷運劫持事件、特二高架斷橋事件及臺中車站封城事件皆有參與。

雷霆特勤隊是應付超常事例——即「超越凡常之特異事件案例」的第一線部隊，相較於軍、警、消，針對擁有特殊力量的異能者或異種，更有經驗也更富優勢。通常而言，雷霆會鎮壓、捕捉甚或殺害目標對象，再將其送往蒼溟收容，亦或天央進行細部研究。

穎辰與幼潔等人就讀的「超常事例與特殊應變勤務大隊特殊招募專科學校」（簡稱為雷霆特募專校），是雷霆獨立招收的特別訓練學校，位於臺中市霧峰區曦鳶里，裡頭特別配置「候補生」一職，用來培育潛在的正規成員。

## 未知防制與特殊容留察核司（蒼溟容留司）

- 分類：組織機構＞政府組織＞收容組織
- 關聯：御儀姬九降詩櫻、清嶽宗教團、敬獻塔
- 出處：秀弘，《玄靈的天平：白虎宿主與御儀靈姬》、《玄靈的天平II：蛛絲、冰晶與熾燄的大地》、《虛無的彌撒：破邪異端與焱魅魔女》、《純粹理論：狂狷丞樹的滑坡實證》、《深淵禮讚：詭祕穹宇的妄執演繹》

●記述：

超常事例應變機構之一。機構的徽章是個亮銀色圓形標記，中間則有波浪圖示。機構成員身穿深藍色制服，制服背後、左手臂有著機構的標記。

相較於作為武力鎮壓前線的雷霆特勤隊，蒼溟容留司著重於收容、拘束及管制，同樣是針對超常事例的組織，但下轄的機動部隊卻遠不及雷霆的武力。原初設計上，中央政府希望讓雷霆、蒼溟與天央三個機構互相制衡，達到防免專斷專政的情形。蒼溟在各方面行事上都比雷霆隱密，對於各地研究機構也有相應的審查流程，尤其針對足以製造「人為超常」的潛在狀況。

蒼溟容留司共有四個特殊隔離區，於各縣市設有中小型的一般隔離區。雖然相對於雷霆與天央，蒼溟負責收容與管制，但這並非絕對劃分，雷霆特勤隊本身也有臨時管制所，天央研究院亦有解析與實驗用的特別管收處。

在確定收容之後，蒼溟會給予收容目標一個編號，並將其稱為「管制類目」。舉例而言，預計要移轉至蒼溟容留司的炎魔女月神美，就被編列為「管制類目第七四八號」。

## 尖端解析與異態對策研究院（天央研究所）

●分類：組織機構＞政府組織＞研究組織

●關聯：崇紗夜博士、清嶽宗教團、敬獻塔

●出處：秀弘，《玄靈的天平：白虎宿主與御儀靈姬》、《玄靈的天平II：蛛絲、冰晶與熾燄的大地》、《虛無的彌撒：破邪異端與焱魅魔女》、《純粹理論：狂狷丞樹的滑坡實證》、《深淵禮讚：詭

●記述：

超常事例應變機構之一。同樣是針對超常事例的特殊機構，自身卻沒有武力，仰賴雷霆特勤隊協助作戰與防護；同時也沒有高規格的管制所，仰賴蒼溟的隔離區執行相關拘禁任務。

天央研究院是研究超常事例的最高技術單位，其所擁有的高規格研究員更是世界級標準，舉凡生物、物理、化學、醫學、神學、宗教學、宇宙學、工程學、遺傳學、古生物學等，均備有獨立的大型研究室。

與雷霆特勤隊、蒼溟容留司遍布各地的情形不同，研究院僅於北、中、南、東各設一編制所，並於臺北市南港區地下安置「首席研究院」，除此之外皆無分所。天央的編制所均設於地下，且皆為圓柱的塔狀建物，相當特殊。

研究院負責解析、測試、檢驗超常事例，研究資料可能係雷霆特勤隊提供之戰鬥資料，亦可能係蒼溟容留司提出之收容資料。除此之外，研究院每日均會派遣研究小組前往各地之蒼溟隔離區，對管制類目或潛在超常事例進行解析。於特殊情形下，亦會派員隨同雷霆特勤隊執行圍堵任務。與另外二單位相同，天央研究院亦有自己一套資訊銷毀與隱匿的作業流程，應付特別大型的超常事態時，會協同雷霆與蒼溟，以武力、圍堵與銷毀等方式將超常事例完全隱藏。通常天央研究院負責銷毀資料留存的可能性，因此研發了數種包含電磁脈衝在內的尖端消磁、絕電科技。天央研究院在三個機構中是最神祕的單位，連總統本人都未能完全掌握其內部運作。

為了抵制雷霆與蒼溟，天央下轄之單位也常規避相關流程，以期超越其他機構，突破現狀。其中更有試圖摒除輕雲等空降高層的潛在計畫。另外，天央亦負責異能等級的評定。無論是否編列為管制類目，亦無論是否已受雷霆表列公告為潛在超常事例，均可評定。

**中央政府面對異常事件時所採取之程序：**

一、基本上一樣要先報警（一一〇）處理，當地分局之派出所會派員控制現場，確定屬於「超越凡常之特異事件案例」（超常事例），會立即通知當地分局之「超常科」，由超常科員警於第一時間承辦案件。

二、超常科員警接手之後會立刻通知超常事例與特殊應變勤務大隊（雷霆特勤隊），由雷霆負責鎮壓、壓制或殲滅；若有後續管制之需求，雷霆會主動通知未知防制與特殊容留察核司（蒼溟容留司），或蒼溟自行到場進行管制；受到鎮壓與管制的超常事例，會在危險程度降低之後，轉由尖端解析與異態對策研究院（天央研究所）進行分類研究。

三、三大超常事例應變機構都是直屬總統的特殊單位，不是獨立機關，也不是行政機關，不受立法院監督，也不透過考試院徵才，處理後的超常事例也不會送到地檢署或法院，需要扣押、羈押或處決，都由承辦機構之高層和總統併同決定。

## 寰星祕文（Cosmos lingvo）

- 分類：語言∨未知語言∨人工編譯語言
- 關聯：祟紗夜博士、正體中文版《死靈之書》、天央研究院
- 出處：秀弘，《深淵禮讚：詭祕穹宇的妄執演繹》
- 記述：

以拉萊耶語為基礎，由祟紗夜博士補完的外星語言。主要以拉丁語源和格林法則為基礎創造，具有特定規律與文法。

**Yä! Cthytali Azanah, ng dof'lani klog'àl ot gn'th.**

| 重要咒文 | | | | | |
|---|---|---|---|---|---|
| 寰星祕文 | Ot ah’lloigshogg gn’thor. Ot ah’lloigshogg gn’thor. R’luhh ot epgn’thor ah r’luhi ph’nglui ph’trub’ta isuloca’si. | La’zfign. La’zfign ephaii. Fad’sy. Fad’sy ephaii. Iä! Cthytali Azanah, throdog r’luhhor ot gn’th kolr’om’si, dof’lani klog’àl ot gn’th, ng zeklit uh’eog ah’ehye’drnn gn’th. | Iä! Cthytali Azanah, ng zeklit uh’eog ah’ehye’drnn gn’th. | Nad’aer La’zfign ng nad’aer keli, throdog vulgtmoth r’luhhor, dof’lani r’luh, ep fm’latgh gn’th’bthnkor yogfm’log, comt’ryi ph’ nnn uh’e ot gn’th, ng keli’var’ryi ph’ nnn shugnah ehiekimd l’ gn’th. Nnnogor ed yogfm’log nafl’fhtagn, pilot ep yogfm’log zad. | Iä! Cthytali Azanah, ng dof’lani klog’àl ot gn’th. |
| 英文版 | Fear of water. Fear of water. The secrets of the underwater are hidden in the overturned islands. | Respect. Respect again. Piety. Piety again. Cthytali Azanah, the great God of ocean currents, the supreme cruiser of the sea, and the sacred lord guards the ocean. | Cthytali Azanah, the sacred lord guards the ocean. | Mutual respect and mutual care, the great Holy God, the supreme power, under the flaming red sun, kindly watch over the people of the sea, and carefully watch over the land adjacent to the ocean. Guardian at sunrise, pilot after sunset. | Cthytali Azanah, the supreme cruiser of the sea. |
| 中文版 | 畏懼水。畏懼水。水下的祕密藏於覆沒的島嶼。 | 敬畏。再敬畏。虔誠。再虔誠。克希塔利・阿撒納，偉大的海流之神，巡行大海無上至尊，守護汪洋的神聖天主。 | 克希塔利・阿撒納，守護汪洋的神聖天主啊！ | 互敬，互應，偉大聖神，至高權力，在熾燄之紅日下，慈祥守望海之子民，細心看顧鄰海之陸。日升時守護，日落後領航。 | 克希塔利・阿撒納，巡行大海無上至尊啊！ |

## 夢境狹縫（Dream Slit）

●分類：地點＞未知地點
●關聯：異域者、克希塔利、凝面者與厄畸獸
●出處：秀弘，《深淵禮讚：詭祕穹宇的妄執演繹》
●記述：

存在於無限夢境之間的縫隙。只要擁有正確的時間、座標和穩定的理智，就能穿越至其他時空，進出的方法雖多，安全出入的手段卻屬不明。

## 幽幻歧途（Illusion Crossroads）

●分類：地點＞未知地點
●關聯：不明
●出處：秀弘，《深淵禮讚：詭祕穹宇的妄執演繹》
●記述：崇紗夜提及的名詞。不明地域。

## 混沌奇異點（Chaos Singularity）

●分類：地點＞未知地點

●關聯：不明
●出處：秀弘，《深淵禮讚：詭祕穹宇的妄執演繹》
●記述：

目前已知存在於夢境狹縫、幽幻歧途與太虛闇境，是界域之間的交點。

能夠自由利用混沌奇異點，行走於各個世界，那些莫可名狀的未知存在，被稱之為「異域者」（Xenosphere Ousider）。

## 異域者（Xenosphere Ousider）

●分類：無
●關聯：克希塔利、凝面者與厄畸獸、偉大的克蘇魯
●出處：秀弘，《深淵禮讚：詭祕穹宇的妄執演繹》
●記述：

基本上就是所有「非地球神明」或「界域外之存在」的總稱。

概念上，偉大的克蘇魯、阿撒托斯（Azathoth）、奈亞拉托提普（Nyarlathotep）、猶格・索托斯（Yog-Sothoth）、哈斯塔（Hastur）、克希塔利、珂爾莉（kelri）、繆勒普利（Mudlor'pry）與古庫爾亢（Qkullkon）都是異域者。

醸奇幻75　PG2966

# 深淵禮讚：

## 詭祕穹宇的妄執演繹


作　　者　秀　弘
責任編輯　陳彥儒、邱意珺
圖文排版　陳彥妏
封面插畫　由　風
封面設計　王嵩賀
附錄圖片設計　由　風、霜　若、秀　弘

出版策劃　醸出版
製作發行　秀威資訊科技股份有限公司
114 台北市內湖區瑞光路76巷65號1樓
電話：+886-2-2796-3638　傳真：+886-2-2796-1377
服務信箱：service@showwe.com.tw
http://www.showwe.com.tw
郵政劃撥　19563868　戶名：秀威資訊科技股份有限公司
展售門市　國家書店【松江門市】
104 台北市中山區松江路209號1樓
電話：+886-2-2518-0207　傳真：+886-2-2518-0778
網路訂購　秀威網路書店：https://store.showwe.tw
國家網路書店：https://www.govbooks.com.tw
法律顧問　毛國樑　律師
總 經 銷　聯合發行股份有限公司
231新北市新店區寶橋路235巷6弄6號4F
電話：+886-2-2917-8022　傳真：+886-2-2915-6275

出版日期　2023年10月　BOD一版
定　　價　360元




讀者回函卡


**Printed in Taiwan**

國家圖書館出版品預行編目

深淵禮讚：詭祕穹宇的妄執演繹/秀弘著. --
一版. -- 臺北市：釀出版, 2023.10
面； 公分. -- (釀奇幻；75)
BOD版
ISBN 978-986-445-863-9(平裝)

863.57 112014752